Im Mittelpunkt des Romans steht die zehnjährige Emily Bas-Thornton. Sie lebt mit ihrer Familie auf Jamaika, doch als ein Orkan über die Insel hinwegfegt und das Wohnhaus der Familie davonträgt, beschließen die Eltern, ihre Kinder nach England heimzuschicken. John, Emily und die »Krümel« werden einem Schiff anvertraut, das jedoch gekapert wird. Die Kinder bleiben durch eine Verknüpfung unglücklicher Umstände an Bord des Schiffes mit den überaus freundlichen Piraten und erleben in der Folge zahlreiche Abenteuer, ehe sie an Bord eines Dampfers nach England gelangen. Richard Hughes erzählt in seinem atemberaubenden Abenteuerroman, dass das Berüchtigte keineswegs so gefährlich und das Unschuldige so harmlos ist, wie es den Anschein macht.

Richard Hughes wurde im Jahr 1900 in Surrey, England, geboren. Seine frühe Kindheit wurde durch den Tod zweier Geschwister und des Vaters geprägt, die Mutter arbeitete nach dem Tod des Vaters als Journalistin. Nach dem ersten Weltkrieg ging Hughes nach Oxford, wo er zum Star der universitären Literaturszene avancierte. Bereits 1922 publizierte er einen Gedichtband. Eines seiner Theaterstücke wurde im gleichen Jahr im Londoner West End aufgeführt. Hughes' erster Roman, ›A High Wind in Jamaica‹, erschien 1928 und wurde in Großbritannien und in den USA ein Bestseller. ›In Bedrängnis‹ (ebenfalls lieferbar bei FISCHER Klassik) folgte zehn Jahre später.

Richard Hughes

Orkan über Jamaika

Roman

Aus dem Englischen
von Michael Walter

FISCHER Klassik

Die Arbeit des Übersetzers am vorliegenden Text
wurde vom Deutschen Übersetzerfonds gefördert.

FSC
www.fsc.org
MIX
Papier aus verantwortungsvollen Quellen
FSC® C083411

Erschienen bei FISCHER Taschenbuch
Frankfurt am Main, April 2017

Die Originalausgabe erschien 1929 unter dem Titel
›The Innocent Voyage‹ bei Harper & Brothers in Boston
und später im selben Jahr unter dem Titel
›A High Wind in Jamaica‹ bei Chatto & Windus in London.

Eine gebundene Ausgabe der Neuübersetzung
erschien 2013 im Dörlemann Verlag, Zürich

Satz: Dörlemann Satz, Lemförde
Druck und Bindung: CPI books GmbH, Leck
Printed in Germany
ISBN 978-3-596-90645-1

Kapitel Eins

Zu den Früchten der Abschaffung der Sklaverei auf den Westindischen Inseln gehören unzählige Ruinen, die entweder unmittelbar neben den übrig gebliebenen Häusern stehen oder nur einen Steinwurf entfernt: verfallene Sklavenunterkünfte, verfallene Zuckerrohrmühlen, verfallene Siedehäuser; und häufig auch verfallene Herrensitze, deren Erhaltung zu kostspielig gewesen wäre: Erdbeben, Feuer, Regen und eine verheerende Vegetation haben rasche Arbeit geleistet.

Eine Szene auf Jamaika ist mir sehr deutlich in Erinnerung. Es gab dort ein großes, aus Stein erbautes Haus, Derby Hill (wo die Parkers wohnten). Einstiger Mittelpunkt einer florierenden Plantage. Im Zuge der Befreiung ging sie, wie viele andere, *pleite*. Die Gebäude der Zuckerfabrik stürzten ein. Zuckerrohr und Guineagras erstickte der Busch. Die Feldneger verließen geschlossen ihre Hütten, um irgendwo zu leben, wo nicht einmal die Aussicht auf Arbeit sie belästigte. Dann brannten die Unterkünfte der Hausneger ab, und die drei verbliebenen treuen Diener bezogen den Herrensitz. Die zwei Erbinnen des gesamten Anwesens, die beiden Miss Parker, waren allmählich in die Jahre gekommen und infolge ihrer Erziehung lebensuntüchtig. Und dies ist die Szene: Ich besuche in irgendeiner Angelegenheit Derby Hill und wate durch hüfthohes Dickicht bis zur Haustür, die jetzt dauernd offen steht, weil ein üppig wucherndes Gewächs sie aufdrückt. Kräftige Kletterranken hatten alle Jalousien am Haus abgerissen und verdunkelten nun an deren Stelle die Räume, und aus diesem maroden, halbvegetabilen Dämmer lugte eine greise, in schmuddeligen Brokat gehüllte Negerin. Die beiden alten Miss Parker verlebten ihre Tage im Bett, denn die Neger hatten ihnen sämtliche Kleider weggenommen; sie waren halb verhungert. Auf einem silbernen Serviertablett wurde, in zwei gesprungenen Worcester-Tassen und drei Kokosnussschalen, Wasser zum Trinken gebracht. Bald erschien, in einem alten, ihren Tyrannen rasch abgebettelten Kattunkleid, eine der Erbinnen und werkelte lustlos im Chaos; sie versuchte, altes verkrustetes Blut und verklebte Federn geschlachteter Hühner von einem vergoldeten Marmortisch zu wischen, etwas Vernünftiges zu sagen und nebenher eine goldbronzierte Uhr aufzuziehen; schließlich kapitulierte sie und geisterte traumverloren zurück ins Bett. Nicht lange danach, so meine ich, ließ man beide vollends verhungern oder, da dies in einem so überaus fruchtbaren Land nahezu unmöglich war, mischte ihnen vielleicht gemahlenes Glas ins Essen – es gab verschiedene Gerüchte. Wie auch immer, sie starben.

Eine solche Szene prägt sich tief ein; weit tiefer als der gewöhnliche, weniger romantische Alltag, der den wirklichen Zustand einer Insel im statistischen Sinne widerspiegelt. Natürlich spielten sich derlei Melodramen selbst in der Übergangszeit nur ganz vereinzelt ab. Viel typischer war da beispielsweise Ferndale, ein ungefähr 15 Meilen von Derby Hill entferntes Anwesen. Dort stand nur noch das Aufseherhaus: Der Herrensitz war komplett eingestürzt und dem Erdboden gleichgemacht worden. Im steinernen Parterre des Aufseherhauses tummelten sich Ziegen und Kinder, zum bewohnten, aus Holz gebauten ersten Stock gelangte man über eine doppelte Holztreppe an der Außenseite. Bei einem Erdbeben verrutschte der obere Teil nur ein klein wenig und ließ sich anschließend mit großen Hebeln wieder zurechtrücken. Das Dach deckten Schindeln: Nach sehr trockenem Wetter leckte es wie ein Sieb, und in den ersten Tagen der Regenzeit wurden Betten und andere Möbel hastig verschoben, um sie dem Getröpfel zu entziehen, bis die Holzschindeln aufgequollen waren.

Die Leute, die damals dort lebten, hießen Bas-Thornton, keine eingeborenen »Kreolen« von der Insel, sondern eine Familie aus England. Mr. Bas-Thornton betrieb irgendein Geschäft in St. Anne, wohin er auf einem Maultier auch täglich ritt. Mit seinen langen Beinen bot er einen ziemlich lächerlichen Anblick, und da er ebenso launisch war wie ein Maultier, lohnte es sich meist, einen Streit zwischen den beiden zu beobachten.

Unweit des Wohnhauses befanden sich die verfallenen Mühlen und Siedehäuser. Diese beiden Gebäude liegen nie dicht beieinander; die Mühle, deren Wasserrad die mächtigen, senkrechten Walzen antreibt, steht auf höherem Terrain. Von hier fließt der Zuckerrohrsaft in einem keilförmigen Trog zum Siedehaus, wo ein Neger mit einem Graspinsel etwas Kalkmilch unterrührt, damit die Brühe granuliert. Dann kommt der Saft in große Kupferbottiche, unter denen Reisigbündel und »Bagasse«, d.h. ausgepresstes Zuckerrohr, verbrannt werden. Ein paar Neger schöpfen die brodelnden Bottiche mit lang gestielten Kupferkellen ab, während ihre Freunde in einem Dunst aus heißem Dampf danebensitzen, Zucker lutschen oder Bagasse kauen. Die abgeschöpfte Menge rinnt mit einer deftigen Beimischung aus Unrat – Insekten, sogar Ratten und was

Negern sonst noch alles an den Sohlen klebt – über den Boden und in einen anderen Bottich, um Rum zu destillieren.

So hat man es zumindest damals gemacht. Moderne Methoden kenne ich weder, noch weiß ich, ob es überhaupt welche gibt, denn im Jahr 1860 habe ich die Insel zum letzten Mal besucht, und inzwischen ist viel Zeit vergangen.

Aber bereits vor diesem Jahr zählte all das auf Ferndale längst zur Geschichte; die großen Kupferbottiche waren umgestürzt, und oben in der Mühle lagen die drei großen Vertikalwalzen lose herum. Dort floss kein Wasser mehr, der Bach hatte sich ein anderes Bett gesucht. Die Kinder der Bas-Thorntons krochen oft durch die Wasserrinne zwischen welkem Laub und den Trümmern des Wasserrades in den Hohlraum dahinter. Dort fanden sie eines Tages einen von der Mutter für kurze Zeit verlassenen Wurf Wildkatzen. Emily wollte die winzigen Kätzchen in ihrer Schürze nachhause tragen, aber sie bissen und kratzten so wütend durch das dünne Kleidchen, dass Emily eigentlich ganz froh war – abgesehen von ihrem gekränkten Stolz –, dass ihr alle bis auf eines entwischten. Dieser Kater, Tom, wuchs bei ihnen auf, ohne je wirklich zahm zu werden. Später zeugte er mit ihrer alten Hauskatze, Kitty Cranbrook, etliche Würfe Junge; und Tabby, der einzige Überlebende dieser Nachkommenschaft, Tabby gelangte auf seine Art ebenfalls zu Berühmtheit. (Tom jedoch verschwand bald für immer im Dschungel.) Tabby war treu und erwies sich als ausgezeichneter Schwimmer; er paddelte den Kindern zum Vergnügen rund durch den Badeteich hinterher und maunzte hin und wieder vor Begeisterung. Außerdem liebte er das tödliche Spiel mit Schlangen. Er lauerte einer Klapperschlange oder einer Schwarzotter auf, als handele es sich nur um eine Maus, stürzte sich von einem Baum oder von sonst wo auf sie und kämpfte mit ihr auf Leben und Tod. Einmal wurde Tabby dabei gebissen, und alle heulten Rotz und Wasser, weil sie nun mit seinem spektakulären Todeskampf rechneten, aber Tabby verschwand einfach im Dschungel und fraß dort wahrscheinlich irgendein Kraut, denn nach einigen Tagen erschien er wieder in alter Frische und mit unverändertem Appetit auf Schlangen.

Im Zimmer von John, dem Rotschopf, wimmelte es von Ratten. Er fing sie in großen Fallen und ließ sie dann später frei, damit Tabby sie vertilgen konnte. Einmal schnappte sich der ungeduldige Kater die Falle samt Inhalt und lief damit unter großem Gejaule in die Nacht hinaus, und als die Falle scheppernd über die Steine schrappte, sprühten die Funken. Auch diesmal kehrte Tabby nach einigen Tagen geschmeidig und hochzufrieden zurück, aber seine Falle sah John nie wieder. Eine weitere Plage waren die Fledermäuse, die sein Zimmer ebenfalls zu Hunderten heimsuchten. Mr. Bas-Thornton knallte mit der Viehpeitsche und erledigte höchst elegant eine Fledermaus im Flug. Aber das verursachte nachts einen Heidenlärm in dem nur schuhschachtelgroßen Zimmer: Das ohrenbetäubende Knallen mischte sich mit dem leisen, durchdringenden Kreischen des verdammten Viehzeugs.

Ihre Eltern mochten das durchaus anders sehen, aber für englische Kinder war es so etwas wie das Paradies; besonders damals, als zuhause in England kein Mensch ein derart verwildertes Leben führte. Hier auf Jamaika musste man schon ein wenig fortschrittlicher sein oder dekadent, je nachdem, wie man das nennen will. Auf den Unterschied zwischen Jungen und Mädchen zum Beispiel wurde nicht groß geachtet. Mit langen Haaren hätte sich die abendliche Suche nach Zecken und Nissen langwierig gestaltet: Emily und Rachel trugen die Haare kurzgeschnitten und durften auch alles, was die Jungs durften – auf Bäume klettern, Schwimmen gehen und verschiedene Tierfallen aufstellen; sie hatten sogar zwei Taschen in ihren Kleidern.

Ihren Lebensmittelpunkt bildete eher der Badeteich als das Haus. Jedes Jahr nach der Regenperiode wurde ein Damm quer über den Fluss gebaut, und so hatte man die ganze Trockenzeit über einen ziemlich großen Teich zum Schwimmen. Ringsum standen Bäume: Riesige aufgeplusterte Kapokbäume, zwischen denen Kaffeebäume, Blauholz sowie prächtige rote und grüne Pfeffersträucher gediehen; in dieser Umrahmung lag der Teich beinahe völlig im Schatten. Emily und John hängten Vogelschlingen in die Bäume – Lame-foot Sam hatte ihnen gezeigt, wie man sie baut: Schneide einen biegsamen Zweig und binde an das eine Ende eine Schnur. Das andere Ende wird so angespitzt, dass man eine Frucht als Köder darauf spießen kann. Genau unter diesem Dorn flacht man den Zweig etwas ab und bohrt dann durch den abgeplatteten Teil ein Loch. Schnitze einen kleinen Pflock, der genau in dieses Loch passt. Danach knüpfe eine Schlinge in das Ende der Schnur und biege den Zweig, als würdest du einen Bogen spannen, bis die Schlinge durch das kleine Loch gefädelt werden kann. Blockiere das Loch mit dem Pflock und lege die Schlinge um den Zweig herum aus. Spieße den Köder auf die Spitze und hänge die Falle ins Geäst eines Baumes. Der Vogel landet auf dem Pflock und pickt an der Frucht, der Pflock fällt heraus, die Schlinge zieht sich um seine Füße straff zusammen: dann schnell aus dem Wasser und durch irgendeine umständliche Prozedur wie »Ene, mene, muh, und raus bist du!« entscheiden, ob man dem Vogel den Hals umdreht oder die Freiheit schenkt – so lässt sich für beide Seiten – Kind und Vogel – die Spannung und Ungewissheit über den Augenblick der Gefangennahme hinaus verlängern.

Ganz klar, dass Emily große Pläne hegte, um den Negern etwas Gutes zu tun. Christen waren sie natürlich schon, an ihrer Sittlichkeit gab es also nichts zu bessern; ebenso wenig brauchten sie eine warme Suppe oder etwas Selbstgestricktes; aber sie waren betrüblicherweise ungebildet. Nach ausgedehnten Verhandlungen erklärten sie sich schließlich einverstanden, dass Emily Little Jim das Lesen beibringen durfte; aber der Erfolg blieb ihr versagt. Nicht weniger leidenschaftlich versuchte sie, Hauseidechsen zu haschen, ohne dass sie ihre Schwänze abwarfen, was sie nämlich tun, wenn sie Angst bekommen; es erforderte unendliche Geduld, um sie heil, das heißt, ohne sie zu erschrecken, in eine Zündholzschachtel zu sperren. Grüne Graseidechsen zu fangen war genauso heikel. Emily musste still sitzen und wie Orpheus pfeifen, bis die Tierchen aus ihren Schlupfwinkeln krochen und vor Aufregung die rosa Kehlen blähten; dann fing sie sie ganz behutsam mit einem langen, zu einem Lasso geschlungenen Grashalm. Ihr Zimmer beherbergte viele solcher Haustiere; manche davon waren lebendig, andere wahrscheinlich tot. Sie hatte auch folgsame Elfen und einen Hausgeist beziehungsweise ein Orakel: der Weiße Mäuserich mit dem Gummischwanz, der stets bereit war, eine strittige Frage zu klären und dessen Entscheidungen unwiderruflich galten – besonders für Rachel, Edward und Laura, die Kleinen (oder Krümel, wie man sie in der Familie nannte). Emily, als seine Dolmetscherin, genoss selbstverständlich gewisse Privilegien, und mit John, der älter war als Emily, legte er sich klugerweise gar nicht erst an.

Das Orakel war allgegenwärtig, die Elfen beschränkten sich mehr auf einen Ort; sie hausten in einem kleinen Loch im Hügel, wo zwei Palmlilien Wache standen.

Den meisten Spaß hatten sie mit einem großen, gegabelten Baumstamm. John hockte rittlings auf dem Hauptstamm, und die anderen schoben ihn an zwei Astgabeln durchs Wasser. Die Krümel planschten natürlich nur im Flachen, aber John und Emily tauchten. John machte einen richtigen Kopfsprung, während Emily stocksteif mit den Füßen voran ins Wasser hüpfte; dafür sprang sie aber von höheren Ästen als er. Als Emily acht Jahre alt war, hatte Mrs. Thornton gemeint, sie sei jetzt zu groß, um weiter nackt zu baden. Der einzige Badeanzug, den sie auftreiben konnte, war ein altes Baumwollnachthemd. Emily sprang in den Teich wie sonst auch. Erst verlor sie durch das von der Luft aufgeblähte Nachthemd die Balance, dann schlang sich der nasse Stoff um Kopf und Arme, sodass sie beinahe ertrunken wäre. Danach scherte man sich wieder den Teufel um die Schicklichkeit, es lohnt sich kaum, deswegen zu ertrinken – zumindest nicht auf den ersten Blick.

Aber einmal ertrank wirklich ein Neger im Teich. Er hatte sich den Bauch mit gestohlenen Mangofrüchten vollgeschlagen, und da ihn sein schlechtes Gewissen sowieso schon quälte, dachte er, er könnte sich auch gleich noch im verbotenen Teich abkühlen und mit einmal bereuen für zwei Vergehen büßen. Er konnte nicht schwimmen und hatte nur ein Kind (Little Jim) bei sich. Das kalte Wasser und sein übervoller Magen verursachten einen Schlaganfall: Jim stupste ihn ein paar Mal mit einem Stöckchen und lief dann erschrocken weg. Ob der Mann am Schlag gestorben war oder ob es sich um Tod durch Ertrinken handelte, sollte eine gerichtliche Untersuchung feststellen; und nachdem sich der Arzt eine Woche in Ferndale aufgehalten hatte, erklärte er, der Mann sei zwar ertrunken, aber auch bis oben hin mit grünen Mangos vollgestopft gewesen. Dies brachte den großen Vorteil mit sich, dass kein Neger mehr im Teich baden wollte, aus Angst, der »Duppy« oder Geist des Toten könnte ihn holen. Näherte sich also ein Schwarzer, wenn John und Emily badeten, dann taten sie immer so, als würden sie gerade vom »Duppy« gepackt, worauf der Neger völlig fassungslos davonrannte. Nur ein einziger Neger auf Ferndale hatte tatsächlich jemals einen Duppy gesehen: Aber das reichte völlig. Man kann einen Duppy nicht mit einem lebendigen Menschen verwechseln, weil ein Duppy den Kopf nämlich verkehrt herum auf den Schultern trägt und auch immer eine Kette mit sich herumschleppt; außerdem darf man ihn niemals ins Gesicht hinein Duppy nennen, denn das verleiht ihm eine gewisse Macht. Das hatte der arme Kerl nicht bedacht und bei dessen Anblick laut »*Duppy!*« gerufen. Seither plagte ihn ein schreckliches Reißen.

Lame-foot Sam wusste die meisten Geschichten. Er hockte den ganzen Tag auf der Steinterrasse, wo der Nelkenpfeffer getrocknet wurde, und pulte Würmer aus seinen

Zehen. Die Kinder fanden das zuerst grauenvoll, aber er wirkte ganz zufrieden dabei; und wenn solche Würmlein ihnen selbst unter die Haut krochen und ihre Eiersäckchen ablegten, dann war das durchaus nicht nur unangenehm. John überlief sogar ein prickelndes Gefühl, wenn er an so einer Stelle rieb. Sam erzählte ihnen die Geschichten von Anansi: Anansi und der Tiger und wie Anansi einmal das Kinderzimmer des Krokodils hütete und so weiter. Er wusste auch ein kleines Gedicht, mit dem er sie schwer beeindruckte:

Quacko Sam
Sein ganz feine Mann:
Er tanzen alle Tänze, wo ein Schwarzer kann:
Er tanzen den Schottischen, er tanzen den Jig
Er tanzen so lange, bis seine Füße dick.

Vielleicht lag hier ja der Ursprung von Sams Gebrechen: Er war ausgesprochen gesellig. Man sagte ihm eine Unmenge von Kindern nach.

II

Der den Teich speisende Bach trat aus dem Dschungel als Wasserader zu Tage, die zu Entdeckungsreisen einlud; trotzdem kamen die Kinder bei ihren Erkundungen nur selten weit. Jeder Stein musste umgedreht werden, in der Hoffnung, darunter einen Flusskrebs zu finden, oder John hatte sein Sportgewehr dabei, das er mit Wasser lud, um auf fliegende Kolibris zu schießen, die als Jagdbeute für jedes massivere Geschoss viel zu winzig und zart waren.

Denn nur wenige Meter weiter wuchs ein Frangipanibaum: Ein leuchtendes, blattloses Blütenmeer, das fast verschwand hinter einer Wolke aus Kolibris, deren Glanz die Blüten überstrahlte. Viele Schriftsteller sind bei dem Versuch gescheitert, ein so funkelndes Juwel wie den Kolibri zu schildern – es ist schlicht unmöglich.

Kolibris bauen ihre winzigen Wollnester auf den Astspitzen, dort, wo keine Schlange sie erreichen kann. Sie kümmern sich hingebungsvoll um ihr Gelege und lassen es selbst dann nicht im Stich, wenn man sie anfasst. Aber die Kinder wagten nie, diese zarten Geschöpfe zu berühren; sie betrachteten sie unverwandt mit angehaltenem Atem – und die Vögel hielten ihren Blicken stand.

An dieser überirdisch leuchtenden Barriere blieben sie meist hängen; nur selten dehnten sie ihre Erkundungen weiter aus. Dies geschah, glaube ich, nur einmal, nämlich an einem Tag, als Emily besonders schlechte Laune hatte.

Es war ihr zehnter Geburtstag. Sie hatten den ganzen Morgen im gläsernen Dämmerlicht des Badeteichs vertrödelt. Jetzt kauerte John nackt am Ufer und bastelte eine Falle aus Weidenzweigen. Die Krümel tobten und alberten im Seichten. Emily hockte, um sich abzukühlen, bis zum Kinn im Wasser, und Hunderte von frisch geschlüpften Fischchen kitzelten mit ihren forschenden Mäulchen jeden Zentimeter ihres Körpers wie mit ausdruckslos hingetupften Küssen.

Neuerdings empfand sie sowieso jede Art körperlicher Berührung als unangenehm – aber das hier war einfach ekelhaft. Schließlich ertrug sie es nicht länger, stieg aus dem Teich und zog sich an. Rachel und Laura waren zu klein für einen langen Spaziergang, und am allerwenigsten, das spürte sie, hätte sie einen der Jungs dabeihaben wollen. Also stahl sie sich hinter Johns Rücken leise davon und bedachte ihn im Weggehen, ohne recht zu wissen warum, noch mit einem bitterbösen Blick. Schon bald war sie im Gebüsch verschwunden.

Sie watete im Flussbett ziemlich rasch etwa drei Meilen aufwärts, ohne sonderlich auf ihre Umgebung zu achten. So weit draußen war sie noch nie gewesen. Dann weckte eine bis zum Wasser hin abfallende Lichtung ihr Interesse. Hier entsprang der Fluss. Emily hielt entzückt den Atem an: Unter einer Bambusgruppe sprudelte er aus drei verschiedenen Quellen kalt und klar hervor, genau so, wie es sich für einen Fluss schickte. Eine phantastische Entdeckung, und ein Fund, der nur ihr allein gehörte. Sie sandte augenblicklich ein stummes Dankgebet gen Himmel, dass ihr der liebe Gott so eine herrliche Geburtstagsüberraschung beschert hatte, vor allem, weil bis dahin alles schiefzugehen schien. Dann stocherte sie mit dem Arm zwischen Farnkraut und Brunnenkresse in den Kalksteinquellen.

Als es hinter ihr platschte, drehte sie sich um. Ungefähr ein halbes Dutzend fremder Negerkinder waren die Lichtung heruntergekommen, um Wasser zu holen, und glotzten sie jetzt erstaunt an. Emily erwiderte die Blicke. Plötzlich erschraken die Kinder, warfen die Kalebassen weg und hoppelten wie Hasen über die Lichtung davon. Emily folgte ihnen sofort, aber gemessenen Schritts. Die Lichtung verengte sich zu einem Pfad, der sie bald zu einem Dorf führte.

Alles hier war verwildert und verwahrlost und von schrillem Stimmengewirr erfüllt. Ringsum verstreut standen kleine einstöckige Flechtwerkhütten, die unter den gewaltigen überhängenden Bäumen fast verschwanden. Irgendeine Ordnung ließ sich nicht erkennen, die Hütten standen regellos herum, kamen überall zum Vorschein; es gab keine Zäune und nur ein paar Stück klapperdürres, räudiges Vieh. Inmitten des Ganzen dunstete ein Schlammtümpel, in dem eine Gruppe halbnackter Neger und splitterfasernackter schwarzer und brauner Kinder zusammen mit Gänsen und Enten planschten.

Emily machte große Augen; sie gafften zurück. Als Emily näher kam, verschwanden sie sofort in den verschiedenen Hütten und beobachteten sie von dort. Ermutigt durch das beruhigende Gefühl, furchteinflößend zu wirken, drang Emily weiter vor und fand schließlich einen Alten, der den Mund aufmachte: »Hier Liberty Hill, Stadt von Schwarze Mann, Nigger, wo früher weggelaufen von Bushas (Aufseher) kommen hier zu leben. Piccaninnies (Kinder) noch nie gesehen Buckras (Weiße) …« Und so weiter. Es war eine von entlaufenen Sklaven erbaute und immer noch bewohnte Zufluchtsstätte.

Und Emilys Freudenbecher quoll über, als sich noch einige mutigere Kinder herauswagten und ihr respektvoll Blumen schenkten – eigentlich nur, um ihr blasses Gesicht mehr aus der Nähe sehen zu können. Stolzgeschwellten Herzens verabschiedete sie sich gönnerhaft und schwebte den langen Rückweg wie auf Wolken nach Hause, zurück zu ihrer geliebten Familie, zurück zu dem mit Stephanotis umkränzten Geburtstagskuchen, der im Glanz von zehn Kerzen erstrahlte und in dem der Sixpenny zuverlässig in dem Stück steckte, das schließlich auf dem Teller des Geburtstagskindes landete.

III

So verlief eigentlich typischerweise das Leben einer englischen Familie auf Jamaika. Meist blieb man nur ein paar Jahre dort. Die Kreolen – Familien, die schon länger als eine Generation auf den Westindischen Inseln lebten – entfalteten allmählich ein paar Eigenheiten. Sie entledigten sich einiger traditioneller geistiger Mechanismen Europas und entwickelten Ansätze einer neuen Einstellung.

Die Bas-Thorntons kannten so eine Familie, der im Osten der Insel ein baufälliger Besitz gehörte. Emily und John wurden eingeladen, ein paar Tage bei ihnen zu verbringen, doch Mrs. Thornton hatte Bedenken, weil sie einen schlechten Einfluss befürchtete. Die Kinder dort waren ein wilder Haufen, und sie gingen oft, zumindest vormittags, barfuß wie die Neger, was in einer Weltgegend wie Jamaika, wo die Weißen den Schein wahren müssen, beileibe keine Nebensächlichkeit ist. Sie hatten eine möglicherweise nicht hundertprozentig reinblütige Gouvernante, die die Kinder mit einer Haarbürste gnadenlos vertrimmte. Andererseits herrschte auf dem Besitz ein gesundes Klima, und da Mrs. Thornton es eigentlich gut fand, wenn ihre Kinder auch einmal mit den Kindern anderer Familien verkehrten, selbst wenn dieser Umgang alles andere als ideal schien, gab sie ihre Erlaubnis.

Es war der Nachmittag nach besagtem Geburtstag, und die Fahrt in dem leichten Einspänner dauerte ewig. Dem dicken John und der dünnen Emily hatte es vor Aufregung die Sprache verschlagen, und ihnen war richtig feierlich zumute. Sie fuhren schließlich zum ersten Mal in ihrem Leben zu anderen Leuten auf Besuch. Stunde um Stunde quälte sich der Einspänner über die holprige Straße. Endlich erreichten sie die Abzweigung nach Exeter, dem Besitz der Fernandez. Es war Abend geworden, und der für die Tropen typische rasante Sonnenuntergang nahte. Die Sonne wirkte ungewöhnlich groß und rot und irgendwie unheildräuend. Der Weg, bzw. die Zufahrt bot einen phantastischen Anblick; Traubenbäume mit ganzen Büscheln aus Früchten, in der Größe zwischen einer Stachelbeere und einem Pippinapfel, säumten die ersten hundert Meter; hie und da leuchteten die roten Beeren von Kaffeebäumen, die zwischen den verkohlten Stümpfen auf einer Lichtung neu angepflanzt worden waren, aber bereits wieder vernachlässigt wirkten. Dann kam ein massives Steintor in einer Art gotischem Kolonialstil. Man musste es umfahren, denn seit Jahren hatte sich niemand mehr die Mühe gemacht, die schweren Flügel aufzustemmen. Einen Zaun gab es nicht und hatte es nie gegeben, also bog der Weg einfach um das Tor herum.

Und hinter dem Tor begann eine Allee prächtiger Schirmpalmen. Keine anderen Bäume, nicht einmal uralte Buchen oder Kastanien, bilden grandiosere Alleen. Sie schießen in einem Schwung glatte hundert Fuß empor bis zur gefiederten Krone; Palme neben Palme neben Palme erstrecken sie sich in einer Doppelreihe himmlischer Säulen endlos weiter, bis vor ihnen sogar das gewaltige Haus zur Größe einer Mausefalle schrumpfte.

Als sie zwischen den Palmen dahinfuhren, ging die Sonne plötzlich unter, der ringsum aus dem Boden hochflutenden Dunkelheit trat fast augenblicklich der Mond entgegen. Unversehens versperrte ihnen, gespenstergleich schimmernd, ein altersblinder, weißer Esel den Weg. Da

Flüche nichts fruchteten, musste der Kutscher absteigen und ihn beiseiteschieben. Der charakteristische Lärm der Tropen erfüllte die Luft: Moskitos sirrten, Zikaden zirpten, Ochsenfrösche plärrten wie Gitarren. Der Lärm dauert die ganze Nacht und fast den ganzen Tag, er ist penetranter, markanter als selbst die Hitze oder die unzähligen Stechtiere. Unten im Tal erwachten die Glühwürmchen; wie auf ein ständig weitergegebenes Signal hin schwappte Lichtwoge um Lichtwoge durch die Schlucht. Von einem benachbarten Berg erscholl die Abendserenade der Kakadus: Ein betrunkener Männerchor grölte zum scheppernden Klang aneinanderschlagender Eisenträger, die mit rostigen Bügelsägen malträtiert wurden: ein grässlicher Radau. Doch soweit sie ihn überhaupt bemerkten, fanden Emily und John den Krach ganz amüsant. Durch die Geräuschkulisse vernahm man jetzt etwas anderes: die Stimme eines betenden Negers. Sie gelangten bald in seine Nähe. Wo ein von goldenen Früchten strotzender Orangenbaum im Mondschein dunkel und hell schimmerte, saß, in einen funkensprühenden Schleier Abertausender Leuchtkäfer gehüllt, der alte schwarze Heilige zwischen den Zweigen und sprach laut, trunken und vertraulich mit seinem Gott.

Fast unvermittelt standen sie vor dem Haus und wurden sofort ins Bett verfrachtet. Weil alles ganz schnell gehen musste, verzichtete Emily auf die Abendwäsche, zog dafür aber ihr Nachtgebet ungewöhnlich in die Länge. Sie presste andächtig die Finger fest auf die Lider, bis sie Funken stieben sah, obwohl ihr davon immer ein bisschen schlecht wurde; und dann kletterte sie vermutlich schon schlaftrunken ins Bett.

Anderntags ging die Sonne auf, wie sie untergegangen

war: groß, rot und rund. Eine stechende, ungute Hitze. Emily, die in dem fremden Bett früh erwacht war, stand am Fenster und beobachtete einen Neger, der die Hennen aus den Hühnerställen ließ, wo man sie wegen der Truthahngeier nachts einsperrte. Der Schwarze betastete jedem schläfrig heraushüpfenden Huhn den Bauch, um zu prüfen, ob heute mit einem Ei zu rechnen sei; wenn ja, dann wurde das Huhn wieder eingesperrt, damit es sein Ei nicht irgendwo im Busch legte. Es herrschte bereits eine Gluthitze. Mit markerschütterndem Gebrüll, durch allerlei Schikanen und mithilfe eines Kälberstricks zwängte ein anderer Schwarzer eine Kuh in eine Art Pranger, damit sie sich beim Melken nicht hinlegen konnte. Von der Hitze schmerzten dem armen Tier die Hufe, und im Euter fieberte eine kümmerliche Tasse Milch. Obwohl Emily am schattigen Fenster stand, schwitzte sie wie nach einem Dauerlauf. Der Boden hatte durch die Dürre Risse bekommen.

Margaret Fernandez, mit der sich Emily das Zimmer teilte, glitt lautlos aus dem Bett, trat neben sie und krauste die Stupsnase im blassen Gesicht.

»Guten Morgen«, sagte Emily höflich.

»Riecht nach Erdbeben«, meinte Margaret und zog sich an. Emily fiel die schlimme Geschichte mit der Gouvernante und der Haarbürste ein; da Margaret trotz ihrer langen Haare offensichtlich keine benutzte, musste das Gerücht wohl stimmen.

Margaret war lange vor Emily fertig und knallte im Hinausgehen die Tür zu. Als Emily ihr etwas später folgte, adrett und aufgeregt, traf sie niemanden an. Das Haus war leer. Draußen entdeckte sie John, der sich unter einem Baum mit einem Negerjungen unterhielt. An seinem lässigen Gehabe erkannte Emily, dass er über die Bedeutung von Ferndale im Vergleich zu Exeter *übertriebene* Geschichten (keine *Lügen*) erzählte. Sie rief ihn nicht, denn im Haus herrschte Stille und ihr als Gast stand es nicht an, daran etwas zu ändern, darum ging sie zu ihm nach draußen. Gemeinsam machten sie sich auf die Suche und fanden einen Stallhof, wo die Neger ein paar Ponys sattelten; die Fernandez-Kinder standen tatsächlich barfuß daneben, also stimmte auch dies Gerücht. Emily hielt bestürzt die Luft an. Im selben Augenblick flitzte ein Huhn über den Hof, tappte auf einen Skorpion und fiel tot um wie von einer Kugel getroffen. Doch Emily schockierten weniger die mit dem Barfußgehen verbundenen Gefahren als das Ungehörige daran.

»Los«, sagte Margaret, »hier ist es viel zu heiß. Wir verziehen uns runter nach Exeter Rocks.«

Die Kavalkade saß auf – Emily im Vollgefühl ihrer ehrbar bis zur Wadenmitte zugeknöpften Stiefel. Irgendjemand hatte Essen eingepackt und Kalebassen mit Wasser. Die Ponys kannten offensichtlich den Weg. Immer noch war die Sonne rot und groß, und der wolkenlose Himmel glich einer blau glasierten Terrakotte; aber dicht über dem Boden waberte ein schmutziggrauer Brodem. Unterwegs Richtung Meer passierten sie eine Stelle, wo gestern noch eine ansehnliche Quelle gesprudelt hatte. Jetzt schien sie ausgetrocknet. Aber gerade, als sie vorbeiritten, schoss ein Wasserschwall heraus, dann versiegte die Quelle wieder, obwohl es unterirdisch weitergurgelte. Doch den Mitgliedern der Kavalkade war heiß, viel zu heiß, um miteinander zu reden, sie saßen möglichst locker auf den Ponys und sehnten das Meer herbei.

Die Morgenstunden verrannen. Die sengende Luft erhitzte sich immer mehr, als speise sie sich nach Belieben aus einem gewaltigen Glutreservoir. Die Ochsen bewegten die schmerzenden Hufe bloß, wenn sie den heißen Boden nicht mehr ertrugen; selbst die Insekten waren zu matt, um zu lärmen, die sonnensüchtigen Eidechsen verkrochen sich und ächzten. Es war so still, dass man das leiseste Summen noch meilenweit gehört hätte. Nicht einmal die nackten Fische bewegten freiwillig die Flossen. Die Ponys liefen nur weiter, weil sie mussten. Die Kinder ließen nicht einmal ihre Gedanken spielen.

Sie erschraken bis ins Mark, als unmittelbar in der Nähe ein Kranich einmal verzweifelt trompetete. Dann senkte sich wieder tiefe Stille herab. Der Schock trieb ihnen den Schweiß doppelt heftig aus den Poren. Sie ritten immer langsamer. Im Schneckentempo erreichten sie schließlich das Meer.

Exeter Rocks ist berühmt. Eine Bucht am Meer, ein nahezu vollkommener Halbkreis im Schutz des Riffs. Ein abfallender weißer Sandstrand überbrückt die paar Schritte zwischen dem Wasser und der unterspülten Grasnarbe – und fast in der Buchtmitte springt eine Felsenbank weit vor ins unergründlich tiefe Wasser. Ein schmaler Spalt in den Felsen leitet das Meer in einen kleinen Teich oder eine Miniaturlagune hinter der Felsbastion. Dort, sicher vor Haien und vor dem Ertrinken geschützt, wollten sich die Kinder den ganzen Tag im Wasser aalen, träge wie Schildkröten. Der Wasserspiegel der Bucht war glatt und reglos wie Basalt und trotzdem glasklar wie erstklassiger Gin, obgleich man eine Meile weit entfernt die Brandung gegen das Riff donnern hörte. Das Wasser im Teich konnte nicht glatter ruhen. Keine Meeresbrise wollte sich regen. Kein Vogel durchmaß den trägen Äther.

Es dauerte eine ganze Weile, bis sie sich aufrafften, ins Wasser zu gehen; sie legten sich auf den Bauch und starrten hinab – tief, tief hinab auf die Seefächer und Seefedern, die scharlachrot gefiederten Entenmuscheln und Korallen, die schwarzgelben Schleierfische, die Regenbogenfische – hinab auf diesen Wald perfekter Weihnachtsbäume, der dem tropischen Meeresgrund entsprießt. Als sie dann aufstanden, wurde ihnen schwindlig und schwarz vor Augen, und im Nu trieben sie wie Ertrunkene im Schatten eines Felsvorsprungs, nur die Nasen ragten aus dem Wasser.

Ungefähr eine Stunde nach Mittag drängten sie sich, schwammig vom warmen Wasser, im kargen Schatten eines Panamafarns, aßen vom mitgebrachten Proviant das, worauf sie Appetit hatten, tranken ihren ganzen Wasservorrat leer und bedauerten, dass er nicht größer war. Dann geschah etwas sehr Eigenartiges: Denn als sie dort saßen, hörten sie einen merkwürdigen Ton – ein seltsames Rauschen, als fege ein Sturmwind über ihren Köpfen dahin – aber das Eigenartige war, kein Lüftchen regte sich. Dann folgte ein scharfes Zischen und Brausen wie von einem ganzen Schwarm Raketen oder einem Geschwader riesiger Schwäne – Roks-Vögel vielleicht, die in der Ferne vorüberrauschten. Alle blickten auf, doch es gab nichts zu sehen. Der Himmel: leer und klar. Lange bevor sie erneut ins Wasser gingen, war alles wieder still. Nur John spürte nach einer Weile ein Pochen, als klopfe jemand von außen sacht an die Badewanne, in der man lag. Doch ihre Badewanne hier besaß keinen Außenrand, sie bestand aus der ganzen fest gefügten Welt. Es war seltsam.

Bei Sonnenuntergang waren sie vom langen Aufenthalt im Wasser so schwach, dass sie sich kaum auf den Beinen halten konnten, und so salzig wie gepökelter Speck. Aber kurz bevor die Sonne sank, gaben sie sich gemeinsam einen Ruck, verließen die Felsen und gingen los und stellten sich neben ihre Kleider, die unter den Palmen lagen, wo auch die angebundenen Ponys warteten. Im Sinken wurde die Sonne noch größer und färbte sich nicht rot, sondern matschig violett. Sie tauchte hinter der westlichen Spitze der Bucht unter, die sich immer tiefer einschwärzte, bis ihre Wasserlinie verschwand und fester Stoff und Spiegelung zu einem scharf umrissenen symmetrischen Muster verschmolzen.

Kein Hauch einer Brise kräuselte das Wasser; trotzdem erzitterte es einen Augenblick lang, zerbrach die Spiegelbilder und lag dann wieder glatt wie Glas. Die Kinder hielten den Atem an und warteten, dass es geschah.

Aufgeschreckt von einem unterseeischen Aufruhr reckte ein Schwarm von Fischen die Köpfe aus dem Wasser; sie schossen pfeilschnell über die Bucht und pflügten glitzernde Wellen auf; dahinter erstarrte alles bald wieder zu härtestem, dunklem, dickem Glas.

Einmal gerieten die Dinge in leichte Vibration wie ein Sitz in einem Konzertsaal, und wieder hörte man das geheimnisvolle Flügelrauschen, obwohl unter den irisierenden, aufgeblähten Sternen nichts zu entdecken war.

Dann geschah es. Das Wasser in der Bucht verebbte, als hätte jemand den Stöpsel gezogen; nur einen Lidschlag lang schimmerten ein Fußbreit Sand und Korallen an der ungewohnten Luft; dann kehrte das Meer in Miniatursturzwellen zurück, die bis zum Fuß der Palmen hochspritzten.

Grassoden wurden weggespült, und am entgegengesetzten Ende der Bucht stürzte ein kleiner Felsbrocken ins Wasser: Sand und Zweige prasselten herab, von den Bäumen tropfte diamantengleich der Tau: Vögeln und anderem Getier stockte die Stimme nicht länger, sie schrien und brüllten, sogar die gelassenen Ponys hoben die Köpfe und wieherten schrill.

Das war alles. Ein paar Augenblicke nur. Dann reklamierte die rasch zurückkehrende Stille ihr rebellisches Reich. Die Bäume standen unbeweglich wie Säulen einer Ruine, jedes einzelne Blatt lag brav an seinem Platz. Das Schaumgebrodel verflüchtigte sich, und nun erschienen die Spiegelbilder der Sterne, als träten sie hinter Wolken hervor. Still, ruhig, dunkel, sanft, als hätte es nie eine Störung gegeben. Auch die nackten Kinder verharrten reglos neben ihren ruhigen Ponys, Tau im Haar und auf den Lidern, die runden Kinderbäuche glänzten.

Doch Emily hielt es nicht länger aus. Das Erdbeben stieg ihr zu Kopf. Sie begann zu tanzen, hopste schwerfällig herum. John ließ sich anstecken. Er schlug auf elliptischer Bahn unablässig Purzelbäume im feuchten Sand, bis er unversehens im Wasser landete, wo ihm so schwindlig wurde, dass er kaum noch sagen konnte, wo oben und unten war.

Jetzt wusste Emily, wozu sie Lust hatte. Sie kletterte auf ein Pony, galoppierte den Strand entlang und versuchte, wie ein Hund zu bellen. Die Fernandez-Kinder beobachteten sie ernst, aber keineswegs missbilligend. John, mit Kurs auf Kuba, schwamm um sein Leben, als würden die Haifische schon nach seinen Zehen schnappen. Emily trieb ihr Pony ins Meer und peitschte es so lange, bis es zu schwimmen begann. So folgte sie John in Richtung des Riffs und kläffte sich heiser.

Erst nach hundert Metern hatten sie sich restlos verausgabt. Dann hielten sie wieder auf den Strand zu, John klammerte sich schnaufend und keuchend an Emilys Bein, beide hatten sich etwas übernommen, ihre Begeisterung erlahmte. John japste:

»Wer nackt reitet, kriegt Hautschwamm.«

»Ist mir doch egal«, sagte Emily.

»Wart's ab«, sagte John.

»Mir egal!« leierte Emily.

Das Ufer schien weit entfernt. Als sie es erreichten, hatten sich die Übrigen schon angezogen und machten sich zum Abmarsch bereit. Bald zog die ganze Gruppe im Dunkeln nach Hause. Margaret sagte:

»Das war's also.«

Keiner antwortete.

»Ich hab das Erdbeben schon heute früh beim Aufstehen gerochen. Stimmt's, Emily?«

»Was du nicht alles riechst!«, sagte Jimmie Fernandez. »Dauernd riechst du irgendwas!«

»Sie hat eine ganz feine Nase«, sagte Harry, der Jüngste, voller Stolz zu John. »Sie braucht bloß an schmutziger Wäsche zu schnuppern, schon weiß sie, wem die gehört. Das kann sie.«

»Kann sie nicht«, sagte Jimmie, »sie tut bloß so. Als ob jeder anders riechen würde!«

»Kann ich doch!«

»Hunde können so was«, sagte John.

Emily sagte nichts. Natürlich roch jeder Mensch anders, darüber musste man nicht streiten. Sie zum Beispiel konnte immer ihr eigenes Handtuch von Johns unterscheiden, sie merkte sogar, wenn jemand anderes ihres benutzt hatte. Aber das zeigte nur wieder einmal, was für Leute diese Kreolen waren: so ganz ungeniert über Gerüche zu *reden*.

»Jedenfalls habe ich vorhergesagt, dass es ein Erdbeben gibt, und genauso war es«, meinte Margaret.

Darauf hatte Emily nur gewartet! Es war also tatsächlich ein Erdbeben gewesen. (Sie hatte nicht fragen wollen, um nicht dumm dazustehen, aber jetzt hatte Margaret die Tatsache ja mehrmals ausdrücklich bestätigt.)

Falls sie je nach England zurückkehrte, konnte sie den Leuten sagen: »*Ich habe ein Erdbeben erlebt.*«

Mit dieser Gewissheit keimte ihre abgeflaute Erregung wieder auf. Denn es gab nichts, kein Ereignis, ob nun von Gott oder von den Menschen gemacht, das diesem gleichkam. Die plötzliche Erkenntnis, fliegen zu können, wäre ihr nicht unglaublicher erschienen. Der Himmel hatte seinen letzten, furchtbarsten Trumpf ausgespielt, und die kleine Emily hatte überlebt, wo doch sogar Erwachsene (wie Korah, Dathan und Abiram) umgekommen waren.

Das Leben erschien ihr plötzlich leer; denn nie wieder würde ihr etwas so Gefährliches, so Erhabenes widerfahren.

Unterdessen stritten Margaret und Jimmie immer noch.

»Na, eines steht fest, morgen gibt's jede Menge Eier«, sagte Jimmie. »Nach einem Erdbeben legen sie besonders gut.«

Komische Leute, diese Kreolen! Sie schienen überhaupt nicht zu begreifen, was ein überstandenes Erdbeben für das ganze spätere Leben eines Menschen bedeutete.

Als sie nach Hause kamen, fand Martha, das schwarze Hausmädchen, nur harsche Worte für die erhabene Katastrophe. Erst gestern hatte sie das Porzellan im Salon abgewischt, und jetzt lag schon wieder eine dünne Staubschicht auf allem.

IV

Am nächsten Morgen, einem Samstag, fuhren sie nach Hause. Emily war noch immer durchdrungen und sprachlos vom Erdbeben. Sie aß Erdbeben und schlief Erdbeben; ihre Finger und Beine waren Erdbeben. John hatte nur Ponys im Kopf. Das Erdbeben war ganz nett, aber die Ponys blieben die Hauptsache. Vorläufig machte es Emily jedoch nichts aus, dass sie mit ihrem Gefühl für die Bedeutung dieses Ereignisses allein dastand. Sie war zu besessen davon, um irgendetwas anderes wahrnehmen zu können oder zu bemerken, dass – und sei es nur aus purer Selbsttäuschung – außer ihr noch irgendjemand einen Daseinsanspruch erhob.

Ihre Mutter empfing sie an der Tür, übersprudelnd vor Fragen; John plapperte über Ponys, aber Emily brachte noch immer keinen Ton heraus. Sie wirkte auf ihre Mutter wie ein Kind, das so viel gegessen hat, dass es sich nicht einmal mehr übergeben kann.

Mrs. Thornton machte sich manchmal Sorgen um Emily. Das Leben hier verlief sehr geruhsam und mochte für rappelige Kinder wie John genau das Richtige sein; aber ein Kind wie Emily, dachte Mrs. Thornton, das alles andere als überdreht ist, braucht eigentlich gewisse Anreize und Herausforderungen, sonst läuft es Gefahr, geistig restlos zu verkümmern. Das Leben hier auf Ferndale war zu einschläfernd. Darum sprach Mrs. Thornton mit Emily auch stets mit größter Verve, so als sei alles von höchstem Interesse. Auch hatte sie gehofft, der Besuch auf Exeter würde Emily etwas aufmöbeln; doch sie war so schweigsam und unlebendig wie eh und je zurückgekehrt. Das Ganze hatte augenscheinlich keinerlei Eindruck auf sie gemacht.

John exerzierte mit den Krümeln im Keller, wo sie, Holzschwert über, ständig im Kreis marschierten und sangen: »Vorwärts, Christi Streiter.« Emily beteiligte sich nicht. Welche Rolle spielte jetzt noch ihr früherer Kummer, dass sie als erwachsenes Mädchen nie ein richtiger Soldat mit einem richtigen Schwert werden konnte? Sie hatte ein Erdbeben erlebt.

Aber auch die anderen Kinder waren nicht so ausdauernd bei der Sache wie sonst. (Manchmal trieben sie dieses Spiel drei oder vier Stunden.) Denn egal, was das Erdbeben für Emilys Seele bewirkt haben mochte, die Luft hatte es jedenfalls nicht gereinigt. Die Hitze lastete unvermindert. Die Tiere befanden sich in einem merkwürdigen Aufruhr, als hätten sie Witterung von etwas bekommen. Die sonst allgegenwärtigen Eidechsen und Moskitos ließen sich noch immer nicht blicken; an ihrer statt aber erschien der Erde abscheulichste Brut, suchten Geschöpfe der Finsternis das Freie: Landkrabben irrten ziellos umher und wackelten zornig mit den Scheren, und der Boden wimmelte von roten Ameisen und Kakerlaken. Oben auf dem Dach hatten sich die Tauben versammelt und gurrten furchtsam miteinander.

Zwischen dem Keller (oder besser gesagt, dem Erdgeschoss), wo sie spielten, und der darüberliegenden Holzkonstruktion bestand keine Verbindung, sondern der Keller besaß einen separaten Zugang unter der doppelten Holztreppe, die hinauf zur Haustür führte; dort im Schatten hatten sie sich bald gemeinsam eingefunden. Draußen im offenen Gelände lag eines von Mr. Thorntons besten Taschentüchern. Er musste es diesen Morgen verloren haben. Aber keiner von ihnen konnte sich aufraffen, hinzugehen und es aufzuheben, draußen in der Sonne. Wie sie da standen, sahen sie Lame-foot Sam über den Hof hinken. Er erspähte die Beute und wollte sie eben einstecken. Plötzlich entsann er sich, dass Sonntag war. Er ließ das Taschentuch auf der Stelle fallen wie eine glühende Kohle und bedeckte es mit Sand.

»Wills Gott, stehle ich dich morgen«, meinte er hoffnungsvoll. »Wills Gott, bist du dann noch da, ja?«

Ein leises Donnergrollen schien widerwillige Zustimmung zu signalisieren.

»Ich danke dir, Herr«, sagte Sam, indem er sich vor einer tief hängenden Wolkenbank verbeugte. Er humpelte davon, aber dann, weil ihn vielleicht doch gewisse Zweifel plagten, ob der Himmel seine Zusage auch halten würde, änderte er seinen Sinn, schnappte sich das Taschentuch und ging zu seiner Hütte. Der Donner grollte lauter und zorniger, doch Sam ignorierte die Warnung.

Es war beinahe schon ein Ritual, dass John und Emily Mr. Thornton, wenn er in St. Anne gewesen war, entgegenliefen und mit ihm, jedes Kind in einem Steigbügel balancierend, das letzte Stück zurückritten.

An diesem Sonntagabend rannten sie ihm entgegen, sobald sie ihn kommen sahen, trotz des krachenden Gewitters direkt über ihren Köpfen – und nicht nur über ihren Köpfen, denn in den Tropen ist ein Gewitter kein fernes Schauspiel oben am Himmel wie in England, sondern hier steckt man mittendrin: Blitze flitzen wie Hüpfsteine übers Wasser, zucken von Baum zu Baum, flackern über die Erde, während der Donner von heftigen Explosionen im eigenen Innern herzurühren scheint.

»Zurück! Zurück, seid ihr denn verrückt geworden!« brüllte er wütend. »Sofort ins Haus mit euch!«

Sie blieben entgeistert stehen und begriffen jetzt erst, dass der Sturm mit außergewöhnlicher Heftigkeit tobte. Sie merkten, dass sie bis auf die Haut durchnässt waren – schon seit dem Augenblick, als sie das Haus verlassen hatten. Die Blitze erzeugten ein fortwährendes Leuchten, es spielte auf den eisernen Steigbügeln ihres Vaters; und plötzlich spürten sie seine Angst. Sie flüchteten zutiefst erschrocken ins Haus; und er erreichte es fast ebenso schnell wie sie. Mrs. Thornton stürzte ihm entgegen.

»Mein Gott, bin ich froh …«

»So einen Sturm habe ich noch nie erlebt! Warum hast du die Kinder überhaupt aus dem Haus gelassen?«

»Ich konnte ja nicht ahnen, dass sie so dumm sind! Und die ganze Zeit hatte ich solche Angst – aber, Gott sei Dank, du bist ja da!«

»Ich glaube, das Schlimmste haben wir überstanden.«

Das stimmte vielleicht; doch das ganze Abendessen über leuchteten die Blitze beinahe pausenlos. Und John und Emily brachten kaum einen Bissen herunter, die Erinnerung an die bange Miene ihres Vaters verfolgte sie.

Die ganze Mahlzeit verlief unerfreulich. Mrs. Thornton hatte ihrem Gatten sein »Lieblingsgericht« gekocht, das ist für einen launischen Mann die Höchststrafe. Zu alledem platzte dann auch noch Sam völlig ungeniert ins Zimmer. Er schmiss das Taschentuch wütend auf den Tisch und stapfte wieder hinaus.

»Was in aller Welt ...«, begann Mr. Thornton.

Aber John und Emily wussten Bescheid und teilten Sams Ansicht über die Ursache des Unwetters vollkommen. Stehlen war schon schlimm genug, aber ausgerechnet noch an einem Sonntag!

Unterdessen zuckten immerfort die Blitze. Der Donner machte die Unterhaltung mühsam, aber es war sowieso niemand in Plauderstimmung. Man hörte nur das Gedonner und den prasselnden Regen. Plötzlich gellte dicht unter dem Fenster ein entsetzlicher, unmenschlicher Schreckensschrei.

»Tabby!« rief John, und alle stürzten ans Fenster.

Aber Tabby war schon ins Haus geschossen, ein ganzes Rudel Wildkatzen dicht auf den Fersen. John öffnete für einen Moment die Esszimmertür, und der Kater witschte zerzaust und keuchend herein. Nicht einmal da ließen die Bestien locker; unvorstellbar, welch irrsinnige Wut diese Geschöpfe des Dschungels trieb, Tabby bis ins Haus zu verfolgen; aber sie hielten den Flur besetzt und jaulten im Chor; und wie auf ihre Beschwörung hin erwachte der Donner erneut, und die Blitze ließen das spärliche Licht der Tischlampe verblassen. Man verstand sein eigenes Wort nicht in dem Getöse. Tabby tigerte mit gesträubtem Fell durchs Zimmer, seine Augen funkelten, er maunzte und schrie auf eine Weise, wie es die Kinder noch nie gehört hatten, und ihnen stockte das Blut in den Adern. Draußen im Flur regierte infernalisches Chaos.

Die Atempause konnte nicht lange währen. Draußen vor der Tür stand der Trinkwasserfilter, und das Oberlicht der Esszimmertür war schon lange kaputt. Etwas Schwarzes fegte mit gellendem Gekreisch durch die zerbrochene Scheibe, landete mitten auf dem Abendbrottisch, verstreute Gabeln und Löffel und warf die Lampe um. Katze auf Katze folgte – aber Tabby war bereits zum Fenster hinaus und hetzte wieder davon in den Busch. Das ganze Dutzend Wildkatzen sprang vom Oberteil des Trinkwasserfilters durchs Oberlicht direkt auf den Abendbrottisch und von dort Tabby hinterher. Im Nu hatte die Nacht die Wilde Jagd verschluckt mitsamt ihrer chancenlosen Beute.

»Ach, Tabby, mein geliebter Tabby!« klagte John, während Emily wieder ans Fenster lief.

Alle verschwunden. Vor der Blitzkulisse wirkten die Lianen des Dschungels wie riesige Spinnweben, doch von Tabby und seinen Verfolgern fehlte jede Spur.

John brach zum ersten Mal seit Jahren in Tränen aus und warf sich seiner Mutter an den Hals: Emily stand wie versteinert, den entsetzten Blick gebannt von etwas, das sie in Wahrheit gar nicht sehen konnte, und plötzlich musste sie sich übergeben.

»Mein Gott! Was für ein Abend!« stöhnte Mr. Bas-Thornton, als er im Finstern nach etwaigen Überresten des Abendessens tastete.

Kurz danach stand Sams Hütte in Flammen. Vom Esszimmer aus sahen sie den alten Neger mit dramatischen Gebärden ins Dunkel hinaustorkeln. Er bombardierte den Himmel mit Steinen. In einer Sturmpause hörten sie ihn schreien: »Ich hab's doch zurückgegeben? Ich hab das eklige Ding doch zurückgegeben, oder?«

Dann zuckte der nächste grelle Blitz, und Sam stürzte, wo er stand, zu Boden. Mr. Thornton riss die Kinder vom Fenster weg und sagte so etwas wie: »Ich geh mal nachsehen. Du lässt sie nicht ans Fenster.«

Dann schloss und verriegelte er die Läden und ging hinaus.

John und die Krümel schluchzten unaufhörlich. Emily wünschte, jemand würde eine Lampe anzünden, sie wollte lesen. Egal was, bloß um nicht an den armen Tabby zu denken.

Der Wind musste schon geraume Zeit an Stärke gewonnen haben, doch jetzt, als es Mr. Thornton gelungen war, die Leiche des alten Sam ins Haus zu schleppen, steigerte sich der Sturm zum Orkan. Der alte Mann, dessen Gelenke im Leben wohl steif gewesen sein mochten, war nun biegsam wie ein Wurm. Emily und John, die unbemerkt auf den Flur geschlichen waren, faszinierte der Anblick seiner schlenkernden Glieder maßlos, und sie konnten sich eben noch rechtzeitig losreißen, um wieder im Esszimmer zu sein, bevor man sie entdeckte.

Dort saß im Kreise ihrer kleinen Schar Mrs. Thornton ganz heroisch auf einem Stuhl und trug auswendig Psalmen vor oder rezitierte Gedichte von Sir Walter Scott, während Emily den Gedanken an Tabby zu verdrängen versuchte, indem sie im Geist ihr Erdbeben noch einmal in allen Einzelheiten Revue passieren ließ. Zeitweise wurde das Getöse aus Donnergrollen und ungestümem Sturmgeheul so laut, dass es beinahe in ihre innere Welt einbrach; sie sehnte das rasche Ende dieses grässlichen Unwetters herbei. Zuerst inszenierte sie eine regelrechte Aufführung des Erdbebens, durchlebte es ganz unmittelbar, so, als würde es wieder passieren. Dann schilderte sie es in direkter Rede, als eine erzählte Geschichte, die mit der Zauberformel begann: »Ich habe einmal ein Erdbeben erlebt.« Doch schon bald setzte sich das dramatische Element wieder durch – diesmal in Gestalt der ehrfürchtigen Bemerkungen ihres imaginären englischen Publikums. Anschließend wendete sie es ins Historische – eine Stimme verkündete, ein Mädchen namens Emily habe einmal ein Erdbeben erlebt. Und in diesem Stil erfuhr das ganze Geschehen noch eine dritte Ausarbeitung.

Plötzlich stand ihr Tabbys grässliches Schicksal wieder vor Augen, es traf sie so unerwartet, dass sie sich beinahe noch einmal übergeben musste. Selbst ihr Erdbeben hatte sie diesmal im Stich gelassen. Im Griff dieses Albtraums klammerte sie sich sogar an die Außenwelt als allerletzten Strohhalm. Sie versuchte, ihre Aufmerksamkeit auf jede noch so kleine Einzelheit ihrer Umgebung zu konzentrieren – die Latten der Fensterläden zu zählen, noch das allerkleinste *äußerliche* Detail zu registrieren. Dadurch nahm sie jetzt das Unwetter eigentlich zum ersten Male richtig wahr.

Die Gewalt des Sturms hatte sich inzwischen mehr als verdoppelt. Die Läden wölbten sich nach innen, als lehnten sich müde Elefanten dagegen, und der Vater wollte den Riegel mit besagtem Taschentuch festbinden. Doch sich gegen diesen Sturm zu stemmen war so, als wollte man sich gegen einen Felsen stemmen. Taschentuch, Fensterläden – alles barst und zerriss; der Regen flutete herein wie das Meer in ein sinkendes Schiff, der Wind eroberte den Raum, riss Bilder von den Wänden, fegte den Tisch blank. Jenseits der gähnenden Fensterrahmen erschien draußen die von

Blitzen erhellte Szenerie. Die Lianen, die vorhin noch Spinnweben geähnelt hatten, flatterten jetzt gen Himmel wie frisch gekämmtes Haar. Platt niedergedrückte Büsche lagen so flach auf dem Boden, wie ein Kaninchen die Ohren anlegt. Abgebrochene Äste wirbelten durch die Luft. Die Hütten der Neger waren spurlos verschwunden, und die Schwarzen krochen bäuchlings über den Hof, um beim Haus Schutz zu finden. Der hochspritzende Regen schien die Erde mit weißem Rauch zu überziehen, einer Art Meer, worin die Schwarzen wie Tümmler schwammen. Ein Negerjunge rollte langsam davon, seine Mutter stand unvorsichtigerweise auf, und im selben Augenblick wurde die dicke alte Frau glatt davongewirbelt, kullerte über Stock und Stein wie in einem lustigen Märchen, bis sie an einer Mauer landete, wo sie wie festgenagelt und ohne sich rühren zu können liegen blieb. Doch die Übrigen schafften es bis zum Haus, und bald hörte man sie unten im Keller rumoren.

Zudem begann sogar der Fußboden Wellen zu schlagen wie ein schlabberiger Teppich an einem böigen Tag. Beim Öffnen der Kellertür hatten die Schwarzen den Sturm eingelassen, und sie brachten die Tür eine ganze Weile nicht mehr zu. Der Sturm, gegen den man sich stemmte, glich eher einem massiven Klotz als einem Luftstrom.

Mr. Thornton ging durchs Haus – um, wie er sagte, nachzusehen, ob sich nicht etwas machen ließ. Ihm wurde rasch klar, dass als Nächstes das Dach wegfliegen würde. Darum kehrte er zur Niobe-Gruppe im Esszimmer zurück. Mrs. Thornton hatte *The Lady of the Lake* zur Hälfte bewältigt, und die Krümel lauschten gespannt. Aufgebracht informierte er sie, dass sie die nächste halbe Stunde wahrscheinlich nicht überleben würden. Keinen schien seine Mitteilung sonderlich zu interessieren. Frau Thornton, mit ihrem nahezu gusseisernen Gedächtnis, rezitierte weiter.

Zwei Strophen später segelte das gefährdete Dach davon. Glücklicherweise packte es der Wind von innen, sodass der größte Teil vom Haus wegflog, nur ein Stück des Dachsgestühls stürzte schräg ins Zimmer und blieb an den Überresten der Esszimmertür hängen – um ein Haar hätte es John erschlagen. Sehr zu ihrem Unwillen fror Emily plötzlich. Mit einem Schlag reichte es ihr jetzt mit dem Sturm, er war einfach unerträglich geworden und alles andere als eine willkommene Ablenkung.

Mr. Thornton suchte ein Werkzeug, womit sich ein Loch in den Fußboden schlagen ließ. Wenn ihm dies gelang, dann konnte er seine Frau und die Kinder vielleicht hinunter in den Keller schaffen. Zum Glück musste er nicht lange suchen, denn ein Balken des heruntergebrochenen Dachstuhls hatte ihm die Arbeit bereits abgenommen. Laura, Rachel, Emily, Edward und John sowie Mrs. Thornton und zuletzt Mr. Thornton glitten ins Dunkel hinab, wo sich bereits Neger und Ziegen drängten.

Mr. Thornton verfiel auf die sehr vernünftige Idee, einige Karaffen Madeira von oben mit hinunterzunehmen, und jeder bekam einen kräftigen Schluck, von Laura bis zum ältesten Neger. Die Kinder nutzten die gottlose Gelegenheit nach Kräften, und irgendwie landete die Flasche bei Emily zweimal, und sie nahm jedes Mal einen tüchtigen Schluck. In ihrem Alter reichte das; und während über ihren Köpfen das Wechselspiel von Flaute und stürmischer Revanche die letzten Reste des Hauses davonwehte, schliefen John, Emily, Edward, Rachel und Laura sinnlos betrunken und in sich zusammengesackt auf dem Kellerboden. Ein Schlaf, der albtraumhaft beherrscht wurde von Tabbys entsetzlichem Ende, den diese Furien fast vor ihren Augen in Stücke gerissen hatten.

Kapitel Zwei

Das Wasser troff die ganze Nacht durch den Fußboden des Erdgeschosses auf die Schutzsuchenden darunter, richtete bei ihnen aber (vielleicht dank des Madeira) kein größeres Unheil an. Kurz nach der zweiten Windattacke hörte es allerdings auf zu regnen, und bei Dämmerungsanbruch kletterte Mr. Thornton ins Freie, um den Schaden zu begutachten.

Die Gegend war nicht wiederzuerkennen, so als hätte eine Flut alles überschwemmt. Man konnte, rein geografisch gesprochen, kaum mehr feststellen, wo man sich befand. Die Vegetation, nicht etwa die Geländeform, prägt den Charakter einer tropischen Landschaft, und die gesamte Vegetation hatte sich jetzt auf viele Meilen in eine breiige Masse verwandelt. Flüsse, die sich tief in die rote Erde fraßen, hatten den Boden umgepflügt. Das einzige lebendige Geschöpf weit und breit war eine Kuh, und ihr fehlten beide Hörner.

Von dem aus Holz erbauten Teil des Hauses stand so gut wie nichts mehr. Nachdem sie den Unterschlupf erreicht hatten, war eine Wand nach der anderen umgefallen. Das Mobiliar existierte nur noch als Kleinholz. Selbst vom geliebten massiven Mahagoni-Esstisch, dessen Beine wegen der Ameisen immer in ölgefüllten Glaswännchen geruht hatten, fehlte jede Spur. Einige herumliegende Bruchstücke mochten von ihm stammen, vielleicht aber auch nicht, es ließ sich nicht mehr feststellen.

Mr. Thornton kehrte in den Keller zurück und half seiner Frau heraus; sie war so verkrampft, dass sie sich kaum bewegen konnte. Sie knieten gemeinsam nieder und dankten Gott, dass ihnen nichts Schlimmeres zugestoßen war. Dann standen sie auf und blickten sich benommen um. Unfassbar, dass all das ein Luftstrom angerichtet hatte. Mr. Thornton streichelte die Luft (mit der Hand). Bei Windstille war sie so weich, so dünn, wie sollte man da glauben, dass ihr etwas ebenso Ungreifbares wie Bewegung diese Härte verliehen, dass dies sanfte Ätherphänomen letzte Nacht Fat Betsy mit der Raubgier eines Tigers und den reißenden Fängen eines Vogel Rok gepackt und vor seinen Augen zwei Felder weit geschleudert haben sollte?

Mrs. Thornton verstand seine Geste.

»Bedenke, welcher Herr auch diesem Element gebietet«, sagte sie.

Der Stall war beschädigt, wenn auch nicht restlos zerstört, und Mr. Thorntons Maultier zeigte so schwere Verletzungen, dass er einem Neger befehlen musste, ihm die Kehle durchzuschneiden. Der Buggy war total hinüber. Das einzige unbeschädigte Gebäude war eine Steinkammer, die auf der alten Zuckerplantage als Spital gedient hatte; also weckten sie die Kinder, die sich krank und maßlos unglücklich fühlten, und quartierten sich dort ein, wo die Neger überraschend tatkräftig und freundlich für ihre Bequemlichkeit sorgten, so gut es eben ging. Der Raum war gepflastert und lichtlos, aber stabil.

Die Kinder waren einige Tage übellaunig und schlecht aufeinander zu sprechen, doch sie akzeptierten ihre veränderten Lebensumstände, praktisch ohne sie zu bemerken. Tatsächlich bedarf es einer gewissen Erfahrung, um erkennen zu können, was eine Katastrophe ist und was nicht. Kinder besitzen kaum die Fähigkeit, zwischen einem Unglück und dem gewöhnlichen Verlauf ihres Lebens zu unterscheiden. Wäre Emily klar gewesen, dass sie einen *Orkan* erlebt hatte, hätte sie sich davon mehr beeindruckt gezeigt, denn diesem Wort wohnte ein romantischer Schrecken inne. Aber das kam ihr nie in den Sinn, und ein Gewittersturm, sei er auch noch so heftig, ist schließlich etwas ganz Alltägliches. Der bloße Umstand, dass er unermesslichen Schaden angerichtet hatte, das Erdbeben hingegen nicht den geringsten, berechtigte ihn absolut nicht, mit Letzterem in der Hierarchie der Naturkatastrophen zu konkurrieren: Ein Erdbeben ist eine Sache für sich. Wenn Emily schwieg, weil sie von einem schrecklichen Ereignis innerlich umgetrieben wurde, dann beschäftigte sie nicht der Orkan, sondern Tabbys Ende. Dies erschien ihr zeitweise unerträglich grausam. Es war ihre erste direkte Begegnung mit dem Tod – noch dazu mit einem gewaltsamen. Den Tod von Old Sam empfand sie nicht auf diese Weise, schließlich besteht ein riesiger Unterschied zwischen einem Neger und einer Lieblingskatze.

Das Kampieren im Spital besaß auch seinen Reiz: Es glich einem unendlichen Picknick, an dem ausnahmsweise auch ihre Eltern teilnahmen. Dadurch erlebten sie diese zum ersten Mal als vernünftige Menschen mit nachvollziehbaren Neigungen – wie zum Beispiel, beim Essen auf dem Fußboden zu sitzen.

Mrs. Thornton wäre überaus erstaunt gewesen, hätte man ihr gesagt, dass sie ihren Kindern bisher eigentlich nichts bedeutet hatte. Sie interessierte sich lebhaft für Psychologie (die Kunst der Geschwätzigkeit, wie Southey sie nennt). Sie steckte voller Theorien über Kindererziehung, die sie aus Zeitmangel nicht in die Praxis umsetzen konnte;

dennoch glaubte sie, ein tiefes Verständnis für das Wesen ihrer Kinder zu besitzen und Mittelpunkt ihrer stürmischen Zuneigung zu sein. Tatsächlich aber war sie von Natur aus unfähig, ihre Kinder voneinander zu unterscheiden. Sie war ein pummeliges Persönchen – aus Cornwall, glaube ich. Als Baby war sie so winzig gewesen, dass man sie ständig auf einem Kissen herumtrug, aus Sorge, die plumpe Armbewegung eines Erwachsenen könnte sie verletzen. Mit zweieinhalb konnte sie bereits lesen. Ihre Lektüre war stets ernsthaft. Auch ihre Umgangsformen waren gut ausgebildet: ihre *Conduite*, so befanden ihre Anstandslehrerinnen, sei außerhalb der älteren Adelshäuser selten anzutreffen – trotz der Figur eines Polsterkissens könne sie eine Kutsche besteigen so wie ein Engel eine Wolke. Sie war ausgesprochen aufbrausend.

Mr. Bas-Thornton besaß ebenfalls alle erdenklichen Vorzüge, ausgenommen zwei: Er erfreute sich weder des Erstgeburtsrechts noch der Begabung, sein Auskommen zu finden. Eines von beiden hätte zu ihrer Existenzsicherung genügt.

Ebenso überrascht wie die Mutter wären zweifellos auch die Kinder gewesen, hätte man ihnen gesagt, wie wenig ihnen die Eltern im Grunde bedeuteten. Kinder verfügen selten über die Fähigkeit der quantitativen Selbstanalyse; unabhängig von den Tatsachen gilt für sie der Glaubenssatz, dass sie gleich stark und an erster Stelle Vater und Mutter lieben. Eigentlich gehörte die erste Stelle in ihren Herzen der Katze Tabby, an zweiter Stelle kam das eine oder andere der Geschwister, während sie von ihrer Mutter höchstens einmal pro Woche Notiz nahmen. Ihren Vater liebten sie etwas mehr, teilweise wohl wegen der

Zeremonie des abendlichen Heimreitens in seinen Steigbügeln.

Jamaika überdauerte und erblühte neu aus seinem unerschöpflich fruchtbaren Schoß. Mr. und Mrs. Thornton überdauerten und versuchten mit Geduld und unter Tränen, alles wieder aufzubauen, soweit es sich wieder aufbauen ließ. Aber der Gefahr, in der ihre geliebten Kleinen geschwebt hatten, durfte man sie kein zweites Mal aussetzen. Der Himmel hatte eine Warnung gesandt. Die Kinder mussten fort.

Außerdem waren sie nicht nur an Leib und Leben gefährdet.

»Diese entsetzliche Nacht!«, sagte Mrs. Thornton einmal, als sie ihren Plan berieten, die Kinder nach Hause und auf eine Schule in England zu schicken. »Meine Güte, wie müssen die armen Würmchen gelitten haben! Als Kind fürchtet man sich doch noch viel mehr! Und dabei sind sie so tapfer gewesen, so britisch.«

»Ich glaube nicht, dass sie sich der Gefahr bewusst waren.« (Aus ihm sprach der pure Widerspruchsgeist; er durfte kaum erwarten, ernst genommen zu werden.)

»Ich befürchte wirklich, sie könnten durch den Schock dauerhaft *seelischen* Schaden genommen haben. Ist dir aufgefallen, dass sie nie darüber sprechen? In England wären sie zumindest vor solchen Gefahren sicher.«

Die Kinder, die das neue Leben ganz selbstverständlich akzeptierten, genossen es weidlich. Auf einer Bahnreise steigen die meisten Kinder am liebsten an möglichst vielen Stationen um.

Auch den Wiederaufbau von Ferndale verfolgten sie mit höchstem Interesse. Denn einen Vorteil haben diese

Streichholzschachtelhäuser: So leicht sie einstürzen, so leicht sind sie auch wieder aufgebaut; und als einmal der Anfang gemacht war, schritten die Arbeiten rasch voran. Mr. Thornton leitete den Bautrupp persönlich und brachte diverse selbst erfundene mechanische Gerätschaften zum Einsatz, und schon bald nahte der Tag, da steckte er den hübschen Kopf durch das schnell schrumpfende Loch im neuen Dach und kommandierte lautstark die zwei schwarzen Zimmerleute, die in karierten Hemden, Arme und Beine ausgestreckt, auf dem Dach lagen, Schindel um Schindel festnagelten und ihn dabei quasi einmauerten wie das Opfer in einer Gruselgeschichte. Zuletzt musste er den Kopf doch einziehen, und dort, wo er sich eben noch befunden hatte, wurden die letzten Schindeln eingepasst.

Eine Stunde später sahen die Kinder Ferndale zum letzten Mal.

Die Mitteilung, dass sie nach England reisen würden, hatten sie als eine isolierte Tatsache hingenommen: eigentlich aufregend, aber ohne kausalen Zusammenhang – denn mit dem Tod der Katze konnte es wohl kaum etwas zu tun haben, und sonst war in letzter Zeit ja nichts Wichtiges passiert.

Die erste Etappe ihrer Reise ging zu Land nach Montego Bay, und das Bemerkenswerte dabei war, dass den geborgten Kutschwagen nicht zwei Pferde oder zwei Maultiere zogen, sondern ein Pferd und ein Maultier. Jedes Mal, wenn das Pferd schneller laufen wollte, schlief der Maulesel an der Deichsel ein, und weckte der Kutscher ihn dann auf, galoppierte das Tier los, was wiederum das Pferd ärgerte. Sie wären ohnehin nur langsam vorangekommen, denn sämtliche Wege waren fortgespült.

John konnte sich als Einziger an England erinnern. Er erinnerte sich, wie er oben an einer Treppe saß, die ihm durch ein Gitterchen versperrt blieb, und mit einem kleinen Milchwagen spielte, und er wusste, ohne nachzusehen, dass im Zimmer links Klein-Emily in ihrem Bettchen lag. Emily *behauptete* zwar, sie könne sich an einen Ausblick auf die Rückseiten einiger Backsteinhäuser in Richmond erinnern, aber das konnte sie auch erfunden haben. Die übrigen Kinder waren auf der Insel zur Welt gekommen – Edward gleich nach ihrer Ankunft.

Dennoch besaßen sie alle ganz genaue Vorstellungen von England, die auf den Erzählungen ihrer Eltern basierten oder aus Büchern und alten Illustrierten stammten, in denen sie manchmal blätterten. England war selbstverständlich ein wahres Atlantis, ein Land hinter dem Nordwind, und dorthin zu reisen war genauso aufregend, wie zu sterben und in den Himmel zu kommen.

John erzählte ihnen unterwegs zum hundertsten Mal von seiner Treppe; die anderen lauschten andächtig (so wie Gläubige einem Mann lauschen, der sich an seine Reinkarnationen erinnert).

Plötzlich erinnerte sich Emily, einmal an einem Fenster gesessen und draußen einen großen Vogel mit einem prächtigen Schwanz gesehen zu haben. Gleichzeitig hatte sie ein grässliches Kreischen wahrgenommen oder vielleicht eine andere unangenehme Empfindung verspürt – sie konnte sich nicht genau entsinnen, welcher ihrer Sinne beleidigt worden war. Der Gedanke, dass dieser Vogel selber gekreischt hatte, kam ihr nicht; und überhaupt war alles viel zu verschwommen, um es beschreiben zu können. Sie blendete die Erinnerung aus und überlegte sich, ob es tatsächlich möglich war, dass das Maultier im Gehen *schlief*, so wie es der Kutscher behauptete.

In der ersten Nacht nahmen sie in St. Anne Quartier, und dort geschah wieder etwas Bemerkenswertes. Der Wirt, ein abgehärteter Kreole, verspeiste beim Abendessen löffelweise Cayennepfeffer. Aber nicht etwa den gewöhnlichen Cayennepfeffer, den man in den Läden bekommt und der mit Blauholz versetzt ist, sondern das weitaus feurigere unverfälschte Original. Dies war in der Tat ein Ereignis ersten Ranges, das keiner von ihnen je wieder vergaß.

Sie fuhren durch eine unbeschreiblich verwüstete Gegend. Tropische Landschaften wirken ohnehin einförmig, fruchtbar und fett; das Grün ist mehr oder weniger eintönig; hohe, röhrenförmige Stängel tragen dicke Blätter; kein Baum besitzt klare Konturen, denn er stößt an etwas anderes – kein *Raum*. Auf Jamaika regiert diese Überfülle sogar die Gebirgsketten, und selbst die Gipfel gibt es in solcher Hülle und Fülle, dass man auf jedem x-beliebigen von unzähligen anderen umringt ist und darum gar keine Aussicht genießt. Es gibt Aberhunderte Blumenarten. Und jetzt denke man sich all diese üppige Pracht wie mit einem Stößel in einem Mörser zu Brei zerstampft – zerquetscht, zermanscht und schon wieder gedeihend! Mr. Thornton und seine Frau hätten am liebsten vor Erleichterung geschrien, als sie den ersten Zipfel des Meeres erblickten und dann endlich der herrliche Bogen der Montego Bay vor ihnen ausgebreitet lag.

Auf dem offenen Meer ging eine ziemliche Dünung, doch im Schutz des Korallenriffs, dessen Einfahrt einem Nadelöhr glich, war alles glänzend und glatt, und dort, wo die drei unterschiedlich großen Schiffe ankerten, spiegelte sich jedes einzelne der schönen Gebilde vollständig im Wasser. Innerhalb der Reede lagen die Bogue Islands, und gleich links davon im Flachland am Fuß der Hügel öffnete sich die morastige Mündung eines kleinen Flusses, wo es (wie Mr. Thornton John erzählte) von Krokodilen nur so wimmelte. Die Kinder hatten noch nie ein Krokodil gesehen und hofften, eines würde sich bis in die Stadt hineinwagen, aber es tat ihnen keines den Gefallen. Zu ihrer großen Enttäuschung stellte sich heraus, dass sie sofort an Bord der Bark gehen sollten; dabei hatten sie die Hoffnung nicht aufgegeben, dass an irgendeiner Straßenecke doch noch ein Krokodil auftauchte.

Die *Clorinda* hatte in sechs Faden Tiefe Anker geworfen; das Wasser war so klar und das Licht so hell, dass die Spiegelung plötzlich verschwand und sie stattdessen direkt unter dem Kiel hindurch bis zur anderen Seite blicken konnten. Die Lichtbrechung ließ das Schiff so plattbäuchig erscheinen wie eine Schildkröte, gleichsam als schwebe es komplett über der Wasseroberfläche, und der Anker an der Kette schien eindeutig zu flattern wie ein abwärts segelnder Drache, der sich (wegen der welligen Oberfläche) zwischen den wogenden Korallen hindurchwand und -schlängelte.

Dies blieb der einzige Eindruck, den Emily von der Einschiffung behielt; aber das Schiff an sich war so merkwürdig, dass es ihre ganze Aufmerksamkeit beanspruchte. John besaß als Einziger überhaupt noch eine klare Erinnerung an die Hinreise. Emily glaubte, sich daran entsinnen zu können, aber in Wirklichkeit entsann sie sich bloß an die Vorstellungen, die sie sich anhand dessen gemacht hatte, was ihr erzählt worden war; und sie merkte allerdings, dass ein echtes Schiff tatsächlich etwas völlig anderes war als das, woran sie sich zu erinnern glaubte.

Aus einer plötzlichen Laune ließ der Captain die Wanten festsetzen – straffer, als es die Matrosen gut fanden, die sich murrend mit den knarrenden Taljereepen abmühten. John beneidete sie nicht, wie sie da in der heißen Sonne an der Winde kurbelten; aber den Kerl, dessen Aufgabe es war, die Hand in einen großen Topf mit würzig duftenden Stockholmteer zu tauchen und ihn in die Juffern zu streichen, den beneidete er. Er war bis zum Ellbogen mit Teer verschmiert, und John brannte darauf, ihm nachzueifern.

Die Kinder waren im Nu über das ganze Schiff ausgeschwärmt, schnupperten hier, maunzten, schnüffelten dort wie Katzen in einem neuen Zuhause. Mr. und Mrs. Thornton standen an der Kajüttreppe, eine Spur deprimiert über die glückliche Selbstvergessenheit ihrer Kinder und etwas betrübt, daß es zu keiner rührseligen Szene kam.

»Ich glaube, sie werden sich hier wohlfühlen, Frederic«, sagte Mrs. Thornton. »Ich wünschte nur, wir hätten es uns leisten können, sie mit dem Dampfer fahren zu lassen. Aber Kinder haben ja sogar an Unbequemlichkeiten ihren Spaß.«

Mr. Thornton ächzte.

»Ich wünschte, Schulen wären nie erfunden worden!« platzte er plötzlich heraus. »Dann wären sie auch nicht so unentbehrlich!«

Es folgte eine kurze Pause, damit die Logik dieser Behauptung einsichtig wurde, dann fuhr er fort:

»Ich weiß genau, was dabei herauskommt ... *Trottel*! Genauso ganz gewöhnliche kleine Trottel wie die Bälger anderer Leute! Verflixt und zugenäht, da sind mir hundert Orkane ja noch lieber.«

Mrs. Thornton schauderte, aber sie fuhr tapfer fort: »Findest du nicht, dass sie schon fast *zu* anhänglich geworden sind? Ihr Leben und ihre Gedanken kreisen eigentlich ausschließlich um uns. Es schadet der Entwicklung junger Menschen, nur von einer einzigen Person abhängig zu sein.«

Captain Marpoles ergrautes Haupt tauchte in einer kleinen Luke auf. Ein Seebär: Klare blaue Augen verströmten leuchtende Zuverlässigkeit; ein vergnügtes, maroquinfarbenes Runzelgesicht und eine polternde Stimme.

»Der Traum von einem Captain«, flüsterte Mrs. Thornton.

»Keineswegs. Es ist ein Trugschluss anzunehmen, die Menschen würden nicht ihrem Idealtypus entsprechen!« bellte Mr. Thornton. Er war ziemlich durch den Wind.

Captain Marpole verkörperte allerdings den perfekten Captain für Kinder. Er würde, so beurteilte es Mrs. Thornton, vorsichtig sein, aber nicht betulich – denn sie war zwar Feuer und Flamme für beherzte Körperertüchtigung, aber auch heilfroh, nicht selber dabei zuschauen zu müssen. Captain Marpole musterte die herumstrolchende Rasselbande wohlwollend.

»Sie werden ihn vergöttern«, flüsterte sie ihrem Gatten zu. (Damit meinte sie natürlich, dass er *sie* vergöttern würde.) Dies war ein wichtiger Vorzug des Captains, ebenso wichtig wie die Persönlichkeit eines Schuldirektors.

»Das wäre also der Kindergarten, wie?«, sagte der Captain und quetschte Mrs. Thorntons Hand. Sie suchte nach einer Antwort, aber ihre Kehle war tatsächlich wie zugeschnürt. Selbst dem sonst so schlagfertigen Mr. Thornton fiel nichts ein. Er sah dem Captain fest in die Augen, deutete mit dem Daumen rückwärts auf die Kinder, rang um eine ausgefeilte Formulierung und verkündete schließlich mit brüchiger, nicht sehr überzeugender Stimme:

»Ab und zu ein tüchtiger Klaps schadet ihnen nicht.«

Dann musste sich der Captain seinen Pflichten widmen, und Vater und Mutter hockten noch eine Stunde trostlos und ziemlich verwaist auf der Ladeluke. Selbst als alles zum Ablegen bereit war, schien es unmöglich, die ganze Schar für einen gemeinsamen Abschied zu versammeln.

Im Schlund des Schleppers rumorte es bereits, und sie mussten an Land. Emily und John hatte man einfangen können, und sie unterhielten sich jetzt mit ihren Eltern so verlegen wie mit Fremden, während ihre Gedanken ganz woanders weilten. John, vor dessen Nase ein zum Klettern einladendes Tau baumelte, wusste schlicht nicht, wie er diese Verzögerung aushalten sollte, und verstummte völlig.

»Zeit, an Land zu gehen, Ma'am«, sagte der Captain, »wir müssen los.«

Die beiden Generationen küssten sich sehr förmlich und nahmen Abschied. Die Älteren standen bereits an der Gangway, als es Emily schließlich dämmerte, was hier eigentlich passierte. Sie rannte ihrer Mutter hinterher, packte mit zwei kräftigen Fäusten ihren üppigen Leib und schluchzte und weinte: »Komm mit, Mutter, komm doch mit!«

Es war ihr wirklich erst in diesem Augenblick klar geworden, dass es sich um eine echte *Trennung* handelte.

»Überleg doch mal, welch ein Abenteuer das wird«, sagte Mrs. Thornton tapfer, »ein viel größeres, als wenn ich mitkäme! – Du musst auf die Krümel aufpassen wie eine richtige Erwachsene!«

»Aber ich will gar keine Abenteuer mehr erleben!«, schluchzte Emily.« Ich habe doch mein *Erdbeben*!«

Die Gefühle schlugen viel zu hoch, als dass irgendjemand von ihnen die endgültige Trennung bewusst erlebt hätte. Mrs. Thornton wusste hinterher nur noch, wie müde ihr Arm gewesen war, nachdem sie endlos lange Zeit dem vom Landwind entführten, dahinschwindenden Pünktchen nachgewinkt hatte, das eine Weile in der einsetzenden Flaute stillstand, dann den Passat gewann und in die Bläue verschwebte.

An der Reling lehnte derweil Margaret Fernandez, die mit ihrem kleinen Bruder Harry auf demselben Schiff nach England fuhr. Zu ihrer Verabschiedung war niemand mitgekommen, und das braune Kindermädchen hatte sich, kaum an Bord, gleich unter Deck geflüchtet, um möglichst schnell seekrank zu werden. Wie hübsch Mr. Bas-Thornton mit seiner englischen Vornehmheit gewirkt hatte! Dabei wusste doch jeder, dass er kein Geld besaß. Ihr regloses weißes Gesicht blickte zum Land hin, und ab und zu bebte ihr Kinn. Langsam verschwand der Hafen, das verschwenderische Gewirr der kunterbunt ineinander verschachtelten Berge versank. Die vereinzelten weißen Häuser und die weißen Dampf- und Rauchwölkchen der Zuckermühlen verschwammen. Schließlich tauchte das Land, matt schimmernd wie der Schmelz auf Weintrauben, in den blauen und smaragdgrünen Spiegel.

Sie überlegte, ob die Thornton-Kinder verträglich sein würden oder eine Plage. Sie waren alle jünger als sie: leider.

II

Auf dem Rückweg nach Ferndale wahrten Vater wie Mutter ihr Schweigen, bedingt durch den inneren Widerstreit von Eifersucht und Zuneigung, den eine starke gemeinsame Gemütsbewegung in Lebensgefährten auslöst, die eher Vertrautheit als Leidenschaft verbindet. Sie erlagen nicht den gewöhnlichen Gefühlsduseleien (hatten keinen Kloß im Hals beim Wiederfinden kleiner Schuhe in irgendwelchen Schränken), besaßen aber ein gehöriges Maß natürlicher Elternliebe; Frederic nicht weniger als seine Gattin.

Doch als sie schon fast zuhause waren, kicherte Mrs. Thornton.

»Wirklich komisch, unsere kleine Emily! Hast du mitbekommen, was sie fast ganz zuletzt gesagt hat? Sie sagte: ›Ich habe doch mein Erdbeben.‹«

Es entstand eine lange Pause; und dann meinte sie noch:

»John ist ja so überaus sensibel, er brachte vor lauter Rührung kein Wort heraus.«

III

Zuhause angekommen, dauerte es etliche Tage, bevor sie sich überwinden konnten, die Kinder direkt zu erwähnen. Wenn es gar nicht anders ging, dann redeten sie verlegen darum herum, als seien die Kinder gestorben.

Aber nach einigen Wochen erlebten sie eine hochwillkommene Überraschung. Die *Clorinda* lief die Cayman Inseln an und nahm die Lee-Passage, und während sie vor

Grand Cayman vor Anker lagen, hatten Emily und John Briefe geschrieben und dann einem Schiff mit Kurs auf Kingston mitgegeben, und so langten sie schließlich auf Ferndale an. Damit hatte keiner der Eltern auch nur im Traum gerechnet.

Emilys Brief lautete:

Meine lieben Eltern, – Das Schiff ist ganz voll mit Schildkröten. Wir haben hier angehalten und sie wurden in Booten hergebracht. Es gibt Schildkröten unter den Tischen in der Messe, und man kann seine Füße draufstellen, und Schildkröten auf den Gängen und an Deck und überall, wo man hinkommt. Der Captain sagt, wir dürfen jetzt bloß nicht über Bord fallen, weil seine Boote auch voll mit Schildkröten sind und Wasser. Die Matrosen bringen die anderen jeden Tag an Deck, um sie zu waschen, und wenn man sie aufrecht hinstellt, sehen sie so aus, als hätten sie Schürzen an. Nachts seufzen und stöhnen sie so seltsam, dass ich zuerst dachte, es ist allen übel geworden, aber man gewöhnt sich daran, es hört sich genauso an wie Menschen, denen übel ist. –

Eure Euch liebende Tochter,

Emily.

Und Johns:

Meine liebsten Eltern, – Henry, der Sohn des Captains, ist ein prima Kerl, er klettert nur mit den Händen in die Takelage, so stark ist er. Er kann sich unter einem Billignagel umdrehen, ohne das Deck zu berühren, das kann ich nicht, aber ich hänge mich mit den Fersen in die Webeleinen, was sehr tapfer ist, sagen die Matrosen, aber sie wollen nicht, dass Emily es macht, komisch, was? Ich hoffe, Ihr seid beide bei bester Gesundheit, einer der Matrosen hat einen Affen, aber der hat eine wunde Stelle am Schwanz. – Euer Euch liebender Sohn,

JOHN.

Das waren die letzten Nachrichten, die sie für viele Monate erwarten durften. Die *Clorinda* legte lange nicht mehr an, nirgends. Mrs. Thorntons Magen verkrampfte sich bei dem Gedanken, *wie* lange nicht. Doch sie sagte sich völlig logisch, dass auch diese Zeit einmal zu Ende gehen musste, ganz zwangsläufig; nichts ist so beharrlich wie ein Schiff; es müht sich in einer Tour, bis es endlich ganz gewiss den kleinen Punkt auf der Karte erreicht, den es schon die ganze Zeit erreichen wollte. Philosophisch gesprochen ist ein Schiff im Auslaufhafen immer auch schon im Einlaufhafen: zwei punktuelle Ereignisse, die sich zwar räumlich und örtlich unterschieden, aber nicht in ihrem Grad von Wirklichkeit. *Ergo*: Der erste Brief aus England war bereits so gut wie geschrieben, bloß eben noch nicht ganz … lesbar. Und für ein Wiedersehen galt dasselbe. (Doch hier musste man sich Einhalt gebieten, denn das gleiche Argument galt für das Alter und für den Tod, und das führte denn doch zu weit.)

Indes kam keine vierzehn Tage nach dieser ersten Kunde ein weiterer Brief, aus Havanna. Die *Clorinda* war dort anscheinend unerwartet eingelaufen. Der Brief stammte von Captain Marpole.

»Ein ganz reizender Mensch«, sagte Alice. »Er muss geahnt haben, wie bang wir noch die kleinste Nachricht erwarten.«

Captain Marpoles Schreiben war nicht so bündig und anschaulich wie die Briefe der Kinder, doch wegen der darin enthaltenen Neuigkeiten gebe ich es zur Gänze wieder:

Havanna de Cuba.

Ehrenwerter Sir und Ehrenwerte Lady, – Ich beeile mich, Ihnen zu schreiben, um Sie jeder Ungewissheit zu entheben!

Nachdem wir die Caymans verlassen hatten, steuerten wir die Lee-Passage an und sichteten die Isle of Pines und False Cape am Morgen des 19. und Cape S. Antonio am Abend, wurden aber an der Umrundung desselben gehindert durch einen rechtweisenden Nord, dem ersten der Jahreszeit, am 22. sprang der Wind jedoch um, und wir umrundeten das Kap recht flott und standen in Nord einhalb Ost in sicherer Entfernung von den Coloradoes, einem gefährlichen Riff vor diesem Teil der kubanischen Küste. Um sechs Uhr am Morgen des 23. bei nur flauer Kühlte sichtete ich in Nordost drei Segel, augenscheinlich Kauffahrer, die denselben Kurs steuerten wie wir, gleichzeitig bemerkte man einen Schoner ähnlicher Bauart, der aus der Richtung von Black Key auf uns zuhielt, und ich wies meinen Steuermann noch darauf hin, kurz bevor ich unter Deck ging, da er uns die Luv abgewann, war er gegen zehn Uhr morgens in Rufweite, ermessen Sie nun unser Erstaunen, als er ganz dreist zehn oder zwölf bis dahin verborgen gehaltene Stückpforten öffnete und eine volle Breitseite auf uns gerichteter Geschütze präsentierte und uns im selben Augenblick aufs entschiedenste befahl, beizudrehen oder er würde uns unverzüglich in Grund bohren. Es blieb nichts übrig, als sich zu fügen, obwohl mein Steuermann sich dieses Verhalten in Anbetracht der freundschaftlichen Beziehungen, die derzeit zwischen der englischen Regierung und allen übrigen Mächten bestehen, in keinster Weise erklären konnte und es auf einen Irrtum schob, der sich rasch aufklären würde, wurden wir sogleich von ungefähr fünfzig oder siebzig Raufbolden der übelsten spanischen Sorte geentert, die Messer und Säbel schwingend vom Schiff Besitz ergriffen und mich in meine Kajüte einsperrten und meinen Steuermann und die Mannschaft vorne, während sie das Schiff plünderten, wobei sie alle erdenklichen Ausschweifungen begingen und Rumfässer anstachen und Weinflaschen köpften, und bald lag eine große Anzahl von ihnen in betrunkenem Zustand an Deck, alsdann teilte mir ihr Anführer mit, er wisse wohl, ich hätte eine beträchtliche Summe in barem Geld an Bord, und er äußerte *jede erdenkliche Drohung, welche die Niedertracht nur ersinnen kann*, damit ich das Versteck preisgab, es half mir nichts, dass ich ihm versicherte, dass ich außer den rund fünfzig Pfund, die sie bereits entdeckt hatten, kein Bargeld bei mir führte, seine Forderungen wurden sogar noch hartnäckiger, er erklärte, seine Informationen stammten aus sicherer Quelle, und riss bei seiner Suche die Täfelung in meiner Kajüte ab. Er raubte mir meine Instrumente, meine Kleider und meine ganze persönliche Habe, sogar das armselige Medaillon, worin ich das Bild meiner Frau bei mir trug, und kein Appell an sein Zartgefühl, obwohl ich dabei Tränen vergoss, vermochte ihn, den für ihn wertlosen Gegenstand zurückzugeben, er riss auch sämtliche Glockenzüge in der Kajüte ab und nahm sie mit, obwohl er keinerlei Nutzen davon haben konnte, welches als ein Akt offener *Piraterie* anzusehen war, und wie er schließlich meine Verstocktheit merkte, drohte er, das ganze Schiff *mit Mann und Maus* in die Luft zu sprengen, wenn ich nicht nachgab, er präparierte die Zündschnur und hätte seine teuflische Drohung gewiss wahrgemacht, hätte ich in dieser höchsten Not nicht nachgegeben.

Ich komme nun zum letzten Teil meiner Erzählung. Die Kinder hatten im Deckshaus Schutz gesucht und waren bis jetzt unbehelligt geblieben, bis auf ein paar Knüffe und die entwürdigenden Szenen, deren Zeugen sie geworden sein müssen, aber kaum war das Bargeld, ungefähr fünftausend Pfund, im Wesentlichen mein privater Besitz, und das meiste unserer Ladung (in der Hauptsache Rum, Zucker, Kaffee, Pfeilwurzelmehl) auf den Schoner gebracht, da ließ dessen Captain, aus schierem schändlichem Mutwillen, alle aus ihrem Unterschlupf holen, Ihre Kleinen und die beiden Fernandez-Kinder, die auch an Bord waren, und ermordete sie ausnahmslos. Dass so eine Ausgeburt des Bösen ein menschliches Antlitz tragen kann, hätte ich nie geglaubt, hätte man es mir erzählt, obwohl ich schon lange lebe und allen möglichen Sorten von Menschen begegnet bin; ich glaube, er ist wahnsinnig: ich bin sicher, er ist es; und ich schwöre einen Eid, dass er zumindest der kleinen Gerichtsbarkeit überantwortet werden soll, die in den Händen der Menschen liegt, zwei Tage trieben wir hilflos, denn unsere Takelage war gekappt, und schließlich stießen wir auf ein amerikanisches Kriegsschiff, das uns einige Hilfe leistete und das selbst die Verfolgung der Schurken aufgenommen hätte, hätte es nicht strikt anders lautende Befehle gehabt. Ich bin dann in den Hafen von Havanna eingelaufen, wo ich dem Vertreter von Lloyds, der Regierung und den Korrespondenten der *Times* Bericht erstattete und jetzt die Gelegenheit wahrnehme, Ihnen diesen traurigen Brief zu schreiben, ehe ich meinen Weg nach England fortsetze.

Es bleibt ein Punkt, der Sie noch etwas beunruhigen wird, in Hinsicht des Geschlechts einiger der armen Unschuldigen, und ich bin froh, Sie darüber beruhigen zu können, die Kinder wurden abends auf das andere Schiff gebracht und dort, wie ich Gott sei Dank sagen kann, *auf der Stelle* getötet und ihre kleinen Leichen ins Meer geworfen, wie ich zu meiner großen Erleichterung mit eigenen Augen sah. Es war keine Zeit für das, was Sie vielleicht befürchten, und ich bin froh, Ihnen diesen Trost geben zu können. – Mit vorzüglicher Hochachtung,

Ihr gehorsamer Diener,
JAS. MARPOLE,
MASTER, BARK *Clorinda.*

Kapitel Drei

Die Passage von Montego Bay nach den Caymans, wo die Kinder ihre Briefe geschrieben hatten, ist nur eine Angelegenheit weniger Stunden; bei klarem Wetter kann man von Jamaika aus sogar den Pico Turquino auf Kuba erkennen.

Einen Hafen gibt es nicht, und Ankermanöver sind wegen der Riffe und Felsenbänke schwierig. Die *Clorinda* stoppte weit draußen vor den Caymans, der Ausguck in den Fockrüsten dirigierte sie bedachtsam zu einem weißen, sandigen Stückchen Grund, der dort den einzig sicheren Liegeplatz bietet, und ließ sie luvwärts davon Anker setzen. Glücklicherweise herrschte schönes Wetter.

Die lang gestreckte Insel am westlichen Ende der Gruppe ist flach und von Palmen bewachsen. Schon bald schaffte eine Reihe von Booten eine Unzahl Schildkröten heran, so wie Emily es geschrieben hatte. Die Eingeborenen brachten auch Papageien mit, um sie den Seeleuten zu verkaufen, wurden aber nicht viele davon los. Schließlich ließen sie die ungemütlichen Caymans hinter sich und nahmen Kurs auf die Isla de Pinos, eine große Insel, die in einem Golf vor der kubanischen Küste liegt. Einer der Seeleute, namens Curtis, hatte hier einmal Schiffbruch erlitten und steckte noch voller Geschichten darüber. Ein ganz unwirtlicher Ort, spärlich besiedelt und von labyrinthischen Wäldern überzogen. Das einzig Verzehrbare eine Art Baum. Es gibt auch eine verlockend aussehende Sorte Bohnen, die aber enthalten tödliches Gift. Die Krokodile, erzählte Curtis, wären ungeheuer angriffslustig, sie hätten ihn und seine Gefährten auf die Bäume gejagt; man könne ihnen nur entkommen, wenn man ihnen seine Matrosenmütze zum Fraß vorwarf oder wenn man die Kühnheit aufbrachte, sie mit einem derben Stockhieb auf die Lenden kampfunfähig zu machen. Es gebe auch einen Haufen Schlangen, darunter eine Art Boa.

Die Strömung vor der Isla de Pinos zieht stark nach Osten, darum hielt sich die *Clorinda*, um sie zu meistern, dicht in Küstennähe. Sie passierten Kap Corrientes – das auf den ersten Blick zwei Hügeln im Meer gleicht; sie passierten Punta del Holandes, bekannt als das Falsche Kap Antonio, wurden aber, wie Captain Marpole in seinem Brief erzählte, eine Zeit lang daran gehindert, dass echte Kap zu umrunden. Denn der Versuch, Kap Antonio bei heftigem Nordwind anzugehen, ist vergeudete Mühe.

In Sicht dieser langen, flachen, felsigen, baumlosen Landspitze, in welche die große Insel ausläuft, drehten sie bei und warteten. Sie lagen so nahe am Ufer, dass man die Hütte des Fischers auf der Südseite deutlich erkennen konnte.

Den Kindern waren die ersten Tage auf See so blitzschnell vergangen wie eine ausgedehnte Zirkusvorstellung.

Es gibt keine für pragmatische Zwecke erfundene Konstruktion, die zum Spielen so gut geeignet wäre wie die Takelage eines Schiffes, und der freundliche Captain ließ ihnen, wie Mrs. Thornton vermutet hatte, zahlreiche Freiheiten. Zuerst durften sie unter der Aufsicht eines Matrosen ein paar Sprossen in den Webeleinen hinaufsteigen, jedes Mal etwas höher, bis John es schaffte, vorsichtig eine Rah zu berühren, dann zu umklammern und sich schließlich daraufzusetzen. Das Erklettern der Webeleinen und das Hüpfen auf der Rahe (gerade so, als wäre es nur eine Tischplatte) verloren bald jeden Reiz für John und Emily. (Die Rahe entlangzulaufen war verboten.)

Nachdem ihnen die Webeleinen langweilig geworden waren, spendete ihnen das Netzwerk aus Fußtauen, Ketten und Verspannungen, das sich unter dem Bugspriet und beiderseits davon ausspannt, dauerhafteres Vergnügen. Hier stiftete das Altbekannte ausschließlich Zufriedenheit. Hier konnte man bei gutem Wetter herumklettern oder faulenzen, man konnte stehen, sitzen, baumeln, schaukeln oder liegen, mal mit dem Kopf nach oben, mal andersherum; und dazu, fast zum Greifen nah und zu ihrem reinen Privatvergnügen aufgeschäumt, die sahnige Gischt der blauen See, und außerdem noch die überlebensgroße, weiße, hölzerne Dame (Clorinda persönlich), die das ganze Schiff so mühelos auf dem Rücken trug, mit den Knien im Gebrodel, die Risse dick mit Farbe zugeschmiert, als überlebensgroße und niemals lästige, ständige Gefährtin.

In der Mitte ragte eine Art Speer, der mit dem Schaftende zur Unterseite des Bugspriets wies und mit der Spitze senkrecht abwärts ins Wasser – der Stampfstock. Und hier hing der alte Affe (der mit dem wunden Schwanz) an dem kümmerlichen Stummel, den ihm ein alles fressender Krebs gelassen hatte, und plapperte mit dem Wasser. Er schenkte den Kindern keine Beachtung, und auch sie nahmen von ihm keine Notiz, und trotzdem wuchs zwischen den Parteien gegenseitige Zuneigung.

– Wie klein die Kinder doch neben den Matrosen auf dem Schiff wirkten! Wie Angehörige einer anderen Gattung! Und doch waren es lebendige, vielversprechende Geschöpfe.

John mit dem flaumigen Sommersprossengesicht und der rundlichen Vitalität.

Emily mit dem riesigen Hut aus Palmblättern und dem blassen Kattunkittelchen, das ihren winzigen, kerzengeraden, koboldhaften Körper straff umspannte, mit dem schmalen, fast ausdruckslosen Gesicht, den dunkelgrauen, wegen der gleißenden Helligkeit zwar verengten, aber trotzdem leuchtenden Augen und den wirklich schönen Lippen, die beinahe wie modelliert wirkten.

Margaret Fernandez, größer (soweit sich das von Wichten überhaupt sagen lässt, sie war gerade mal dreizehn), mit ihrem etwas kantigen weißen Gesicht und den verfilzten Haaren und der sorgfältigen Kleidung.

Ihr kleiner Bruder *Harry*, der durch einen Atavismus in jeder Hinsicht einem Spanier en miniature glich.

Und die noch kleineren Thorntons: *Edward*, mausfarben und von allgemeiner (doch sympathischer) Maushaftigkeit; *Rachel* mit ihren festen, kurzen, goldenen Locken und einem dicken, rosigen Gesicht (Johns Gesichtsfarbe, nur etwas verwässert); und zuletzt *Laura*, komischer dreijähriger Fratz mit dichten, dunklen Augenbrauen, vorgewölbter voluminöser Stirn und fliehendem Kinn – als habe den Zeugungsgeist, als es an ihre Erschaffung ging, eine gewisse Hysterie ergriffen. Lauras Empfängnis fiel definitiv ins Silberne Zeitalter.

Als sich der Nordwind ausgetobt hatte, trat fast völlige Windstille ein. Der Morgen, an dem sie Kap San Antonio schließlich umsegelten, war heiß, glühend heiß. Aber stickig ist es auf See nie, wobei es nur den entscheidenden Nachteil gibt, dass einen an Land ein Schatten spendender Hut vor der Sonne schützt, während es auf See keinen

Schutz vor jener zweiten Sonne gibt, die, vom Wasserspiegel reflektiert, alle Abwehrmaßnahmen unterläuft und die nicht daran gewöhnte Haut von unten her verbrennt. Armer John! Hals und Kinn waren blasig und rot.

Von der Kapspitze zieht sich in zwei Faden Tiefe eine weiße Sandbank im Bogen von Nord nach Nordost. Die Außenseite ist klar konturiert und fällt im Wasser steil ab, und bei gutem Wetter kann man nach Augenmaß daran entlangsteuern. Sie endet mit Black Key, einem Felsen, der wie ein Schiffsrumpf aus dem Wasser ragt. Jenseits liegt ein äußerst unklarer und schwer zu navigierender Kanal, und dahinter wiederum beginnt das Coloradoes Reef, das erste in einer langen Riffkette, die der Küste in nordöstlicher Richtung bis Honde Bay folgt, zwei Drittel der Route nach Havanna. Innerhalb der Riffe liegt der verzwickte Canal de Guaniguanico, wovon dieser Kanal den westlichsten Auslass bildet, mit seinen ziemlich dubiosen kleinen Häfen. Aber der Seeverkehr meidet selbstredend diesen ganzen Schlamassel, und die *Clorinda* hielt sich bewusst weit nördlich und setzte ihren gemütlichen Kurs Richtung offener Atlantik.

John saß mit dem Matrosen Curtis vor der Kombüse und ließ sich von ihm in das raffinierte Geheimnis eines Türkenbund-Knotens einweihen.

Henry Marpole junior steuerte. Emily lungerte herum – blieb, ohne etwas zu reden, einfach nur in seiner Nähe.

Die übrigen Seeleute bildeten vorn am Bug einen Kreis, sodass man nur ihre Rücken sah. Doch das gelegentliche Gewieher und Gewoge der ganzen Gruppe verriet, dass sie irgendwelchen Unfug trieben.

John pirschte sich an, um zu sehen, was sie da machten.

Er steckte den kugelrunden Kopf zwischen ihren Beinen durch und arbeitete sich weit genug vor, um einen ebenso guten Blick zu haben wie die zuerst erschienenen Gaffer.

Sie hatten den alten Affen erwischt und füllten ihn mit Rum ab. Zuerst gaben sie ihm in Rum eingeweichten Schiffszwieback, dann tunkten sie Lappen in ein Kännchen voll Rum und drückten sie ihm im Maul aus. Dann versuchten sie, ihn dazu zu bringen, das Zeug direkt zu trinken; aber dagegen sträubte er sich – es wurde nur eine Menge Alkohol verschüttet.

John empfand bei alldem ein gewisses Grauen, obwohl er die dahintersteckende Absicht natürlich nicht ahnte.

Der arme Affe zitterte und schnatterte, rollte mit den Augen, prustete. Es muss wohl ein quälend komischer Anblick gewesen sein. Hin und wieder wirkte er vom Alkohol total außer Gefecht gesetzt. Dann legte ihn einer der Seeleute oben auf ein altes Pökelfleischfass – aber hoppla, er kam blitzschnell wieder auf die Beine und versuchte, über ihre Köpfe hinweg zu entwischen. Aber er war kein Vogel, sie schnappten ihn jedes Mal und machten sich erneut daran, ihn zu benebeln.

Und John war ebenso wenig in der Lage, den Schauplatz zu verlassen, wie Jacko, der Affe.

Erstaunlich, wie viel Alkohol der runzlige kleine Kerl vertrug. Natürlich war er betrunken: sturzbetrunken, stockbesoffen, sternhageldicht. Aber volltrunken war er nicht, ja nicht einmal schläfrig, und nichts schien ihn umwerfen zu können. Darum gaben sie den Versuch schließlich auf. Sie holten eine Holzkiste und hieben in eine Ecke einen Schlitz. Dann packten sie ihn wieder oben auf das Fass, stülpten die Kiste über ihn, und nach einigem Geschiebe und Gezerre zogen sie seinen brandigen Schwanz durch die Öffnung. Betäubt oder nicht, die Operation sollte jetzt an ihm vorgenommen werden. John starrte wie gebannt auf den sich obszön windenden Stummel, das Einzige, was man von dem Tier erblicken konnte; und aus den Augenwinkeln sah er gleichzeitig die lärmenden Operateure, das teerfleckige Messer.

Aber im Moment, als die Klinge das Fleisch berührte, warf der Affe mit einem grässlichen Kreischen seinen Käfig ab – hüpfte auf den Kopf des Chirurgen – sprang von dort hoch in Luft – packte das Fockstag – und war im Nu auf und davon, hoch oben in den Fockwanten.

Jetzt hoben großes Geschrei und lautes Gezeter an. Sechzehn Mann riskierten Luftakrobatik in höchster Höhe, bloß um einen armen, alten, betrunkenen Affen zu fangen. Er war allerdings total blau, und ihm war speiübel. Er schwankte zwischen wilden und halsbrecherischen Sprüngen (eine Art beflügelter Gymnastik) und kläglichem Getorkel auf einem straff gespannten Tau, von dem ihm jeden Augenblick der Absturz ins Meer drohte. Trotzdem kriegten sie ihn nie richtig zu fassen.

Kein Wunder, dass jetzt alle Kinder mit offenem Mund und aufgerissenen Augen in der Sonne an Deck standen und hinaufstarrten, bis sie fast ein steifes Genick bekamen – so ein prima Jahrmarkt und Zirkus gratis!

Und kein Wunder, dass auf jenem Passagierschoner, den Marpole, bevor er unter Deck ging, gesichtet hatte, wie er aus Richtung des Black-Key-Kanals auf sie zutrieb, die Damen den Schatten des Sonnensegels verlassen hatten und sich, ihre Parasols drehend und mit Lorgnons und Opernguckern bewaffnet, zwitschernd wie ein Käfig voller

Hänflinge an der Reling drängten. Weil sie noch zu weit entfernt waren, um die winzige Jagdbeute erkennen zu können, werden sie sich wohl gefragt haben, welchem schwimmenden Irrenhaus voller Hochseeakrobaten sie der leichte Ost entgegentrug.

Sie zeigten ein so lebhaftes Interesse, dass alsbald ein Boot ausgesetzt wurde und die Damen – und ebenfalls einige Herren – sich hineinzwängten.

Der arme kleine Jacko verlor zu guter Letzt den Halt, stürzte glatt aufs Deck und brach sich das Genick. Dies war sein Ende – und das der Hatz natürlich auch. Das luftige Ballett endete abrupt ohne Schlusstableau. Die Matrosen glitten zu zweit oder zu dritt herunter aufs Deck.

Aber die Besucher befanden sich bereits an Bord.

So wurde die *Clorinda* in Wahrheit gekapert. Es gab keine Breitseite drohender Geschütze – aber das konnte Captain Marpole eigentlich auch kaum wissen, bedenkt man, dass er zu der Zeit unten in seiner Koje lag. Henry steuerte mit jenem sechsten Sinn, der bloß dann aktiv wird, wenn die anderen fünf schlafen. Der Maat und die Mannschaft waren so sehr mit sich selbst beschäftigt gewesen, dass selbst der Fliegende Holländer hätte längsseits kommen können.

II

Das ganze Manöver rollte tatsächlich so lautlos ab, dass Captain Marpole nicht einmal erwachte, wie unglaublich dies einem Seemann auch erscheinen mag. Aber schließlich hatte Marpole seine Karriere ja als erfolgreicher Kohlenhändler begonnen.

Der Maat und die Mannschaft wurden in die Back verfrachtet und dort festgesetzt, indem man die kleine Luke mit einer Hand voll Nägel zuhämmerte.

Die Kinder, die sich keine Spur ängstigten, bugsierte man, wie geschildert, ins Deckshaus, wo Stühle, völlig nutzlose alte Tauenden, kaputtes Werkzeug und eingetrocknete Farbtöpfe aufbewahrt wurden. Der Riegel schnappte jedoch direkt hinter ihnen ins Schloss. Sie mussten stundenlang, fast den ganzen Tag warten, bevor irgendetwas passierte, und sie langweilten sich grässlich und bekamen richtig schlechte Laune.

An der gelungenen Kaperung können höchstens acht oder neun Männer beteiligt gewesen sein, die meisten davon auch noch »Frauen« und unbewaffnet dazu, wenigstens auf den ersten Blick. Vom Schoner folgte ihnen bald eine zweite Bootsladung. Dieser Trupp war pro forma mit Musketen ausgerüstet. Doch irgendwelche Gegenwehr stand nicht zu befürchten. Zwei lange, durch den Lukendeckel geschlagene Nägel können eine beliebig große Anzahl von Männern absolut sicher in Schach halten.

Mit dieser zweiten Bootsladung kamen sowohl der Captain als auch der Maat. Ersterer war ein ungelenker großer Kerl mit einem traurigen und einfältigen Gesicht. Wuchtig gebaut, aber so unproportioniert, dass er einem nicht den Eindruck von Kraft vermittelte. Er steckte frisch rasiert in einem schlichten, graubraunen Landanzug und hatte sich das schüttere Haar pomadisiert, sodass es in vereinzelten dunklen Strähnen seinen Kahlkopf zierte. Dieser landfeine Aufzug machte seine riesigen, derben braunen Hände – fleckig, zernarbt und verschwielt durch sein Gewerbe – noch auffälliger. Außerdem trug er anstelle von

Stiefeln riesige Pantoffeln im maurischen Stil, die er sich wohl mit dem Messer aus einem Paar kaputter Seestiefel zurechtgesäbelt hatte. Sie rutschten sogar ihm von den großen und breiten Füßen, sodass er nur ganz langsam, *schlapp, schlapp*, übers Deck schlurfen konnte. Er ging vornübergebeugt, als lebe er in beständiger Angst, sich irgendwo den Kopf anzustoßen, und seine Handrücken zeigten wie bei einem Orang-Utan nach vorn.

Unterdessen entfernten die Männer systematisch, aber sehr leise die Keile, womit die Schalklatten der Ladeluken gesichert waren, und gingen anschließend daran, die Fracht heraufzuhieven.

Ihr Anführer drehte erst noch ein paar Runden an Deck, bevor er sich zu der Unterredung aufraffen konnte, und stieg dann, seinen Maat im Gefolge, hinunter in Marpoles Kajüte.

Der schmächtige, hellhäutige Maat wirkte neben seinem Anführer geradezu intelligent. Er war auf dezente Weise fast elegant gekleidet.

Sie trafen auf einen auch jetzt erst halb wachen Captain Marpole; der Fremde blieb einen Augenblick stumm vor ihm stehen und nestelte nervös an der Mütze in seinen Händen. Schließlich begann er mit leichtem deutschem Akzent zu sprechen.

»Verzeihen Sie«, sagte er, »aber hätten Sie vielleicht die Güte, mir mit ein paar Schiffsbedürfnissen auszuhelfen?«

Captain Marpole blickte erstaunt erst ihn an und dann die stark geschminkten Gesichter der »Damen«, die sich ans Kajütoberlicht pressten.

»Wer zum Teufel sind Sie?« brachte er schließlich heraus.

»Ich bekleide eine Offiziersstelle in der kolumbianischen Marine«, erklärte der Fremde, »und ich benötige einige Schiffsbedürfnisse.«

(Inzwischen hatten seine Männer die Lukendeckel entfernt und bedienten sich ungeniert bei dem, was sie im Schiff alles fanden.)

Marpole musterte ihn von oben bis unten. Nicht einmal in der kolumbianischen Marine würde eine solche Gestalt als Offizier dienen. Dann wanderte sein Blick zurück zum Oberlicht.

»Wenn Sie sich schon als Kommandant eines kolumbianischen Kriegsschiffes bezeichnen, Sir, wer, um Himmels willen, sind dann *die* dort?« Als er auf die Gesichter deutete, verschwanden die Köpfe mit den feixenden Mienen hastig.

Der Fremde wurde rot.

»Das ist nicht ganz leicht zu erklären«, gab er freimütig zu.

»Die Damen kamen mir gleich spanisch vor«, versetzte Marpole.

Aber der Fremde schien keinen Spaß zu verstehen. Er verharrte stumm in der für ihn typischen Haltung, trat von einem Fuß auf den anderen und rieb die Backe an der Schulter.

Plötzlich drang von vorn gedämpftes Gepolter an Marpoles Ohr. Fast im selben Augenblick verriet ein Stoß, unter dem die ganze Bark erzitterte, dass der Schoner längsseits angelegt hatte.

»Was bedeutet das?«, rief er. »Ist da wer in meinem Laderaum?«

»Schiffsbedürfnisse …«, murmelte der Fremde.

Bisher hatte Marpole knurrend in seiner Koje gelegen wie ein Hund in seinem Zwinger. Als es ihm jetzt zum ersten Mal dämmerte, dass da etwas Ernstes im Gange war, sprang er heraus und stürzte zum Kajütsniedergang. Der hellhäutige, schweigsame Kleine stellte ihm ein Bein, und er taumelte gegen den Tisch.

»Sie täten besser daran hierzubleiben, ja?«, sagte der Große. »Meine Kameraden führen genau Buch, Sie werden für alles, was wir nehmen, vollen Ersatz erhalten.«

Die Augen des Kohlenhändlers zur See leuchteten kurz auf:

»Diese Ungeheuerlichkeit werden Sie teuer bezahlen!«, knurrte er.

»Ich bezahle Ihnen«, sagte der Fremde mit plötzlicher Grandiosität in der Stimme, »allerwenigstens 5000 Pfund!«

Marpole riss die Augen auf.

»Über diese Summe stelle ich Ihnen eine Zahlungsanweisung an die kolumbianische Regierung aus«, fuhr der andere fort.

Marpole hämmerte auf den Tisch, er rang nach Worten.

»Meinen Sie vielleicht, ich glaube Ihnen dieses Ammenmärchen?«, donnerte er.

Captain Jonsen verwahrte sich nicht dagegen.

»Ihnen ist klar, dass Sie sich faktisch der *Piraterie* schuldig machen, wenn Sie auf einem britischen Schiff wie diesem eine Zwangsrequisition vornehmen, selbst wenn Sie alles auf Shilling und Penny bezahlen?«

Jonsen antwortete noch immer nicht, doch über die gelangweilte Miene seines Maats glitt für einen Moment ein Lächeln.

»Sie werden mir alles in *bar* bezahlen!«, schloss Marpole. Dann machte er einen Gedankensprung: »Wie zum Teufel konnten Sie überhaupt unaufgefordert an Bord kommen? Das begreife ich nicht! – Wo ist mein Maat?«

Jonsen wiederholte mit tonloser Stimme wie auswendig gelernt: »Ich stelle Ihnen eine Zahlungsanweisung über 5000 Pfund aus. 3000 für die Schiffsbedürfnisse, und 2000 geben Sie mir in barem Geld.«

»Wir wissen, dass Sie Bargeld an Bord haben«, schaltete sich jetzt zum ersten Mal der kleine, hellhäutige Maat ein.

»Wir haben sichere Kenntnis«, erklärte Jonsen.

Erst jetzt erbleichte Marpole und begann zu schwitzen. Seine Begriffsstutzigkeit lähmte sogar seine Angst: Es dauerte eine Weile, bis ihm der Schreck in die Knochen fuhr. Aber er bestritt, irgendwelche Reichtümer an Bord zu haben.

»Dabei bleiben Sie?«, sagte Jonsen. Er zog eine schwere Pistole aus der Seitentasche. »Wenn Sie uns nicht die Wahrheit sagen, werden Sie es mit dem Leben büßen.« Seine Stimme klang merkwürdig sanft und mechanisch, so als messe er seinen Worten keine sonderliche Bedeutung bei. »Erwarten Sie keine Gnade, denn in meinem Gewerbe bin ich an Blutvergießen gewöhnt.«

Ein fürchterliches Gekreisch an Deck verriet Marpole, dass seine Hühner umquartiert wurden.

In höchster Seelenqual klagte Marpole, er habe Frau und Kinder, die völlig verarmt zurückbleiben würden, falls er ums Leben käme.

Jonsen steckte verdutzt die Pistole weg und machte sich mit seinem Maat eigenhändig an die Suche. Sie räumten das komplette Inventar aus der Messe und aus den Kajüten: Schusswaffen, Bekleidung, ja sogar (wie Marpole mit seltener Genauigkeit in seinem Bericht erwähnte) die Glockenzüge.

Oben rumpelte es unablässig: Fässer, Kisten usw. wurden weggerollt und fortgeschafft.

»Bedenken Sie«, meinte Jonsen beim Suchen über die Schulter, »Geld kann einen nicht wieder lebendig machen, es bringt einem auch keinerlei Vorteil, ist man erst mal tot. Wenn Ihnen Ihr Leben lieb ist, dann verraten Sie mir auf der Stelle das Versteck, dann passiert Ihnen auch nichts.«

Marpole beschwor nur wieder den Gedanken an seine Frau und die Kinder. (In Wahrheit war er Witwer, und seine einzige Verwandte, eine Nichte, würde im Falle seines Ablebens um gute zehntausend Pfund reicher dastehen.)

Aber diese Wiederholung schien den Maat auf eine Idee zu bringen, denn er fing in einer für Marpole gänzlich unverständlichen Sprache hastig an, auf seinen Anführer einzureden. Sekundenlang trat ein sonderbares Glitzern in Jonsens Augen, und gleich darauf rieb er sich stillvergnügt kichernd die Hände.

Der Maat ging an Deck, um das Nötige zu veranlassen.

Marpole hatte nicht die leiseste Ahnung, was da im Busche war. Der Maat begab sich an Deck, um seinen Plan vorzubereiten, und Jonsen ging schweigend ein letztes Mal auf die vergebliche Suche nach dem Versteck.

Kurz darauf rief der Maat etwas herunter, und Jonsen befahl Marpole, an Deck zu gehen.

Der arme Marpole stöhnte. Beim Löschen einer Schiffsladung geht es meist sowieso drunter und drüber, aber diese Besucher hatten keinerlei Vorsicht walten lassen. Nichts riecht übler, als wenn sich Melasse und Bilgewasser vermählen, und dieser Gestank wütete nun überall. Beim

Anblick seiner verwüsteten Ladung brach ihm schier das Herz: zertrümmerte Kisten, Fässer, Flaschen, alles ein heilloses Chaos, zerschnittene Persenning, demolierte Luken.

Vom Deckshaus schrillte Lauras Stimme:

»Ich will hier raus!«

Die spanischen Damen waren anscheinend auf den Schoner zurückgekehrt. Seine eigenen Männer hatte man in die Back gesperrt. Wo die Kinder steckten, war offenkundig, denn Laura blieb nicht der einzige Schreihals. Sichtbar aber waren nur sechs Mann der fremden Schiffsbesatzung, die in einer Reihe frontal vor dem Deckshaus Aufstellung genommen hatten und jeder eine Muskete hielten.

In dieser Situation führte jetzt der kleine Maat das Kommando:

»Wo ist Euer Bargeld versteckt, Captain?«

Da ihm die Musketenträger den Rücken zukehrten, erwiderte Marpole: »Zur Hölle mit Ihnen!«

Eine Salve krachte: Sechs kreisrunde Löcher punktierten den oberen Teil des Deckshauses.

»He! Halt, was macht ihr da?« rief John empört von drinnen.

»Wenn Sie sich weigern, es uns zu sagen, trifft die nächste Salve einen Fuß tiefer.«

»Ihr Unmenschen!«, schrie Marpole.

»Sagen Sie es mir?«

»Nein!«

»Feuer!«

Die zweite Reihe von Löchern muss die größeren Kinder knapp verfehlt haben.

Einen Moment lang herrschte Stille, dann plötzlich ein

wildes Kreischen aus dem Deckshaus. Es klang so angsterfüllt, dass nicht einmal die eigene Mutter gewusst hätte, welcher Kehle der Aufschrei entfuhr. Doch es blieb bei dem einen.

Der fremde Captain war erregt übers Deck geschlurft, bei diesem Gebrüll aber fuhr er mit plötzlich zornrotem Gesicht auf Marpole los:

»Werden Sie *jetzt* reden?«

Doch Marpole hatte sich wieder völlig in der Gewalt. Er zögerte keine Sekunde:

»NEIN!«

»Das nächste Mal wird er ihnen befehlen, die kleinen Körper zu treffen!«

Das also hatte Marpole in seinem Brief gemeint mit *»jede erdenkliche Drohung, welche die Niedertracht nur ersinnen kann«*! Aber nicht einmal hiervon ließ er sich einschüchtern.

»Nein, sage ich Ihnen!«

Heroischer Starrsinn! Doch statt den fatalen Befehl zu erteilen, hob Jonsen jetzt eine bärenartige Tatze und knallte sie Marpole ans Kinn. Er stürzte besinnungslos aufs Deck.

Erst dann holten sie die Kinder aus dem Deckshaus.

Sie waren eigentlich nicht sehr verängstigt, abgesehen vielleicht von Margaret, die sich alles besonders zu Herzen zu nehmen schien. Die tatsächliche Erfahrung, dass auf einen geschossen wird, und die Vorstellung, die man sich vorher davon gemacht hat, passen so wenig zusammen, dass man kaum zu einer emotional angemessenen Reaktion fähig ist, die ersten paar Male zumindest. Man erschrickt dabei nicht halb so sehr, wie wenn jemand im Dunkeln auf einen losspringt und »*Huh!*« brüllt. Die Jungen weinten etwas, und den Mädchen war heiß, und sie hatten schlechte Laune und Hunger.

»Was habt ihr da gemacht?«, fragte Rachel strahlend einen aus dem Exekutionskommando.

Doch nur der Captain und der Maat sprachen Englisch. Letzterer ignorierte Rachels Frage, indem er erklärte, sie würden alle nun an Bord des Schoners gehen – »zum Abendessen«, wie er sagte.

Er besaß die beruhigende Ausstrahlung fast aller Matrosen. So wurden die Kinder unter der Aufsicht von zwei spanischen Seeleuten über das Schanzkleid auf das kleinere Fahrzeug gehoben, das eben ablegte.

Dort stemmten die fremden Matrosen eine ganze Kiste kandierter Früchte auf, an denen die Kinder nach Herzenslust ihren Heißhunger stillen durften.

Als der arme, besinnungslose Captain Marpole aus der Betäubung erwachte, fand er sich am Großmast festgebunden. Etliche Handvoll Späne und Holzsplitter türmten sich um seine Füße, und Jonsen bestreute sie gerade reichlich mit Schießpulver – allerdings vielleicht nicht üppig genug, das ist wahr, um »das ganze Schiff mit Mann und Maus in die Luft zu sprengen«.

Der kleine hellhäutige Maat stand in der wachsenden Dämmerung mit einer brennenden Fackel daneben, bereit, den Scheiterhaufen in Brand zu stecken.

Was blieb einem Mann in dieser Notlage übrig? In diesem schlimmen Augenblick musste sich der tapfere alte Bursche schließlich doch geschlagen geben. Er sagte ihnen, wo sein Frachtgeld – rund 900 Pfund – versteckt war: Und sie ließen ihn gehen.

Mit dem Dunkelwerden kehrte der letzte Pirat auf den Schoner zurück. Von den Kindern hörte man keinen Mucks, Marpole vermutete jedoch, dass man auch sie dorthin geschafft hatte.

Bevor er seine Mannschaft befreite, zündete er eine Laterne an und machte eine Art Inventur der verschwundenen Sachen. Es war an sich herzzerreißend: außer der Ladung auch sämtliche Reservesegel, alles Tauwerk, aller Proviant, Schusswaffen, Farbe, Pulver: seine komplette Garderobe sowie die seines Maates: alle nautischen Instrumente weg, ebenso die Kajütenvorräte – die Messe praktisch ausgeweidet, kein Messer oder Löffel mehr übrig, weder Tee noch Zucker, geschweige denn ein zweites Hemd hatte man ihm gelassen. Einzig die Gepäckstücke der Kinder waren unangetastet geblieben und die Schildkröten. Ihr melancholisches Seufzen der einzig vernehmbare Laut.

Doch der Anblick dessen, was die Piraten alles *dagelassen* hatten, war nicht minder herzzerreißend: Das kaputte Zeug, die verschlissenen und unnützen Ausrüstungsgegenstände, von denen er gehofft hatte, sie würden bei irgendeinem »Sturm« über Bord gespült – von diesen Schandflecken, die sein Auge beleidigten, fehlte kein einziger.

Wozu um Himmels willen hatte man denn eine Versicherungspolice? Er begann das Gerümpel eigenhändig einzusammeln und über die Bordwand zu werfen.

Aber Captain Jonsen sah ihn:

»He!«, brüllte er. »Sie mieser Betrüger! Ich werde an Lloyds schreiben und Sie entlarven! Ich werde höchstpersönlich schreiben!« Die Unehrlichkeit des anderen erschütterte ihn zutiefst.

Marpole musste sein Vorhaben also aufgeben, vorläufig

jedenfalls; er nahm einen Spieker und brach das Vorkastell auf und fand dort außer den Matrosen auch Margarets braune Kinderfrau. Sie hatte sich dort den ganzen Tag versteckt, höchstwahrscheinlich aus Angst.

III

Man sollte meinen, das Nachtmahl an diesem Abend auf dem Schoner wäre zu einer höchst vergnüglichen Veranstaltung geraten. Aber irgendwie wurde nichts daraus.

Eine so wertvolle Prise hatte die Mannschaft natürlich in Hochstimmung versetzt; und eine Mahlzeit aus kandierten Früchten, gefolgt von einer Nachspeise aus Brot und gehackten Zwiebeln, serviert in einer riesigen Gemeinschaftsschüssel und noch dazu lange nach der üblichen Schlafenszeit und an Deck unterm Sternenzelt verzehrt, hätte bei den Kindern eigentlich dieselbe Wirkung hervorbringen müssen. Dennoch überfiel beide Parteien urplötzlich eine lähmende und gänzlich unerwartete Schüchternheit. Kein Staatsbankett hätte steifer und langweiliger verlaufen können.

Ich vermute den Auslöser in der fehlenden gemeinsamen Sprache. Die mit dieser Schwierigkeit zur Genüge vertrauten spanischen Matrosen grinsten, gestikulierten und hampelten; aber die Kinder verschanzten sich hinter demonstrativ guten Umgangsformen, die ihre Eltern bestimmt überrascht hätten. Daraufhin benahmen sich die Matrosen genauso steif, und ein bedauernswerter kleiner affenartiger Kerl, der von Natur aus dauernd rülpste, wurde von seinen Kameraden derart heftig gestupst und angeblinzelt, dass er sich in höchster Verlegenheit bald entfernte, um irgendwo allein zu essen. Selbst dann konnte man ihn eine halbe Schiffslänge entfernt noch zaghaft rülpsen hören, so leise ging dies Gelage vonstatten.

Vielleicht hätte es besser geklappt, wären der Captain und der Maat, die ja Englisch sprachen, mit von der Partie gewesen. Aber sie waren vollauf damit beschäftigt, das von der Bark herübergeschaffte persönliche Eigentum durchzusehen, beim Schein einer Laterne alles, was sich allzu leicht identifizieren ließ, auszusortieren und widerstrebend dem Meer zu übergeben.

Als ein paar leere Schrankkoffer mit der in großen Lettern gestempelten Aufschrift: JAS. MARPOLE laut platschend ins Meer fielen, erscholl von der benachbarten Bark ein Gebrüll aufrichtiger Empörung. Die beiden hielten erstaunt in ihrem Tun inne: Warum nahm eine Besatzung, der man schon alles Hab und Gut geraubt hatte, es sich bloß so zu Herzen, wenn man ein paar alte, wertlose Schrankkoffer ins Meer warf?

Es war unerfindlich.

Sie setzten ihre Arbeit fort, ohne der *Clorinda* weitere Beachtung zu schenken.

Nach dem Abendessen wurde die Situation noch peinlicher. Die Kinder standen verlegen herum und wussten nicht, wohin mit ihren Händen und Füßen; weil sie sich mit ihren Gastgebern nicht unterhalten konnten und spürten, dass es unhöflich wäre, untereinander zu reden, sehnten sie den Zeitpunkt des Aufbruchs herbei. Wenn es wenigstens hell gewesen wäre, hätten sie sich prächtig damit amüsiert, das Schiff zu erkunden, aber in der Dunkelheit konnte man nichts unternehmen, rein gar nichts.

Die Matrosen fanden schon bald wieder eine Beschäftigung, und der Captain und der Maat hatten, wie gesagt, bereits alle Hände voll zu tun.

Nach dem Sortieren musste Jonsen nur noch die Kinder auf die Bark zurückbringen und sich dann eilig auf und davon machen, solange Dunkelheit und Brise noch anhielten.

Aber Marpoles lebhafte Phantasie hatte das vernommene laute Platschen auf ganz eigene Weise interpretiert. Er schloss daraus, dass es nun keinen Grund mehr gab zu warten, hingegen aber alle Ursache, schleunigst abzusegeln.

Ich denke, er hat sich ehrlich getäuscht.

Es war letztlich nur ein kleiner Lapsus, zu sagen, er habe »mit eigenen Augen gesehen«, was er mit eigenen Ohren gehört hatte, und es war ein frommer Betrug.

Er trieb seine Männer fieberhaft an, und als Captain Jonsen wieder in seine Richtung blickte, da lag die *Clorinda* mit voll gesetzten Segeln bereits eine halbe Meile leewärts.

Sie auf dieser Schiffsroute zu verfolgen, kam nicht infrage. Jonsen musste sich damit begnügen, ihr durch sein Nachtglas hinterherzuschauen.

IV

Captain Jonsen beauftragte den früher am Abend so gedemütigten kleinen affenartigen Matrosen, im vorderen Laderaum des Schoners aufzuräumen und Platz zu schaffen. Die Schlepptaue, Besen und Fender, die sich dort befanden, wurden alle auf einer Seite gestapelt, und Bettzeug für die Gäste fand sich in ausreichender Menge bei der Beute.

Aber die Kinder tauten jetzt nicht mehr auf. Sie kletterten die Leiter hinunter und nahmen in unbehaglichem Schweigen jeder eine Decke in Empfang. Jonsen blieb in der Nähe, er wäre ihnen beim Zubettgehen in gar nicht vorhandene Betten gern behilflich gewesen, wusste aber nicht recht wie. Also gab er es schließlich auf und schwang sich unter Selbstgesprächen durch die Vorschiffsluke an Deck.

Das Letzte, was sie von ihm sahen, waren seine abenteuerlichen Pantoffeln, die vor dem Sternenfirmament von seinen großen Zehen baumelten, aber es wäre ihnen nie eingefallen zu lachen.

Als sich jedoch das vertraute Gefühl einstellte, bis zum Hals kuschelig zugedeckt zu sein, und sie offenkundig ganz unter sich waren, da kehrte allmählich wieder etwas Leben in diese stummen Statuen zurück.

Das vom Sternenlicht erhellte Viereck der offenen Luke verstärkte das undurchdringliche Dunkel noch. Zuerst wurde die Stille unterbrochen, als sich jemand fast unbekümmert umdrehte. Bald darauf:

LAURA: (*langsam mit Grabesstimme*) Ich mag dieses Bett nicht.

RACHEL: (*ebenso*) Ich schon.

LAURA: Das ist ein ganz ekliges Bett. Das ist überhaupt kein richtiges Bett!

EMILY: }
JOHN: } Pst! Schlaft jetzt!

EDWARD: Hier stinkt's nach Kakerlaken.

EMILY: Pst!

EDWARD: (*laut und hoffnungsfroh*) Die fressen uns bestimmt die Nägel ab, weil wir uns nicht gewaschen haben, und die Haut und die Haare und –

LAURA: In meinem Bett krabbelt eine Kakerlake! Verschwinde!

(*Man hörte, wie das Viehzeug abschwirrte. Aber da war Laura schon längst aufgestanden.*)

EMILY: Laura! Marsch ins Bett!

LAURA: Wie denn, wenn eine Kakerlake drin ist!

JOHN: Geh wieder ins Bett, du Dummerchen. Die ist doch schon längst weg.

LAURA: Aber er hat bestimmt seine Frau dagelassen.

HARRY: Die haben keine Frauen, das sind selber welche.

RACHEL: Au! – Laura, lass das! – Emily, Laura läuft über mich drüber!

EMILY: Lau-RA!

LAURA: Aber irgendwo muss ich doch drüber laufen!

EMILY: Du schläfst jetzt!

(*Eine Weile blieb es still.*)

LAURA: Ich habe noch nicht gebetet.

EMILY: Dann betest du eben im Liegen.

RACHEL: Darf sie nicht, weil das nämlich faul ist.

JOHN: Halt den Mund, Rachel, sie darf.

RACHEL: Das ist aber böse. Dann schläft man nämlich mittendrin ein. Leute, die mittendrin einschlafen, müssten in die Hölle kommen, jawohl. – Oder nicht? (*Stille*) Oder nicht? (*Weiterhin Stille*) Emily, das müssten sie doch, oder?

JOHN: NEIN!

RACHEL: (*verträumt*) Ich finde, es müssten noch viel mehr Leute in die Hölle kommen, als schon drin sind.

(*Erneute Stille*)

HARRY: Marghie.

(*Stille*)

Marghie!

(*Stille*)

JOHN: Was hat Marghie denn? Hat sie keine Lust zu reden?

(*Man hört leises Schluchzen.*)

HARRY: Ich weiß nicht.

(*Neuerliches Schluchzen*)

JOHN: Ist sie öfter so?

HARRY: Manchmal ist sie richtig doof.

JOHN: Marghie, was ist los?

MARGARET: (*kläglich*) Lass mich zufrieden!

RACHEL: Ich glaube, sie hat Angst! (*Singt höhnisch*) Marghie fürchtet sich, Marghie fürchtet sich, Marghie fürchtet sich vorm schwarzen Mann!

MARGARET: (*laut schluchzend*) *Ach*, ihr kleinen Närrchen!

JOHN: Jetzt sag schon, was hast du?

MARGARET: (*nach einer Pause*) Ich bin älter als ihr alle.

HARRY: Und darum hast du Angst? Komisch.

MARGARET: Gar nicht.

HARRY: Doch!

MARGARET: (*erwärmt sich für den Streit*) Gar nicht, wenn ich es dir sage!

HARRY: *Doch!*

MARGARET: (*selbstgefällig*) Das versteht ihr bloß noch nicht, dafür seid ihr alle viel zu jung …

JOHN: Hau ihr eine runter, Emily!

EMILY: (*schläfrig*) Mach's doch selber.

HARRY: Aber, Marghie, warum sind wir denn hier?

(*Keine Antwort*)

Emily, warum sind wir hier?

Emily: (*gleichgültig*) Ich weiß nicht. Vermutlich wollten sie uns einfach eintauschen.

Harry: Das denke ich auch. Aber sie haben uns nie was davon *gesagt*, dass sie uns eintauschen wollen.

Emily: Erwachsene sagen einem doch *nie*, was sie vorhaben.

Kapitel Vier

Die Kinder schliefen lange und erwachten, wie durch ein Uhrwerk, alle im selben Moment. Sie reckten und streckten sich, um aus Beinen und Rücken die Steifheit zu vertreiben (sie hatten ja auf den blanken Holzbohlen gelegen).

Der Schoner schwamm ruhig, und an Deck herrschte Betrieb. Hauptlade- und Vorderraum gingen ineinander über, und von ihrem Platz aus konnten sie das geöffnete Großluk sehen. Der Captain erschien in der Öffnung und ließ sich, Beine voran, auf die kunterbunt durcheinandergewürfelte Ladung der *Clorinda* fallen.

Eine ganze Weile gafften sie ihn bloß an. Er wirkte nervös und führte Selbstgespräche, während er mit seinem Bleistift mal auf diese, mal auf jene Kiste klopfte und kurz danach irgendjemand an Deck wütend anbrüllte.

»Schon gut, schon gut«, erklang von oben die pikierte Stimme des Maats. »Immer mit der Ruhe.«

Daraufhin steigerte sich das Gemurmel des Captains, so als redeten in seiner Brust zehn Leute gleichzeitig.

»Dürfen wir jetzt aufstehen?«, fragte Rachel.

Captain Jonsen fuhr herum – er hatte ihre Existenz schlicht vergessen.

»Was?«

»Dürfen wir jetzt aufstehen, bitte?«

»Meinetwegen schert euch zum Teufel.« Er murmelte so leise, dass es die Kinder überhörten. Aber dem Maat entging es nicht.

»Hey! Hey! Hey!« rief er vorwurfsvoll nach unten.

»Ja! Steht auf! Geht an Deck! Hier!« Der Captain

räumte ihnen bissig eine kurze Leiter hin, auf der sie durch die Luke klettern konnten.

Zu ihrem maßlosen Erstaunen stellten sie fest, dass sich der Schoner nicht mehr auf hoher See befand. Er dümpelte behaglich vertäut an einem kleinen Holzpier in einer hübschen, vom Land eingeschlossenen Bucht; dahinter lockte, mit weißen, palmblattgedeckten Holzhäusern, ein hübsches, aber verlottertes Städtchen, und über das üppige Grün lugte der Turm einer kleinen Sandsteinkirche. Am Kai standen einige gut gekleidete Müßiggänger, die den Vorbereitungen zum Löschen zusahen. Der Maat dirigierte die Mannschaft, die den Ladebaum klarmachte und sich auf einen heißen Arbeitsvormittag einstellte.

Der Maat nickte den Kindern freundlich zu, beachtete sie aber dann nicht weiter, sehr zu ihrem Missfallen. Der Mann war einfach zu sehr beschäftigt.

Gleichzeitig erschien irgendwo von achtern ein Schwarm ganz sonderbar aussehender junger Männer. Margaret glaubte, noch nie vorher so schöne junge Männer gesehen zu haben. Sie waren schlank, aber nicht knochig und trugen elegante (obwohl ein wenig abgeschabte) Kleidung. Aber ihre Gesichter! Diese wunderschönen, olivgetönten, ovalen Gesichter! Diese großen, schwarz umringten, sanften braunen Augen, diese unnatürlich karminroten Lippen! Sie tänzelten übers Deck und schwatzten hellstimmig miteinander, »zwitscherten wie ein Käfig voller Hänflinge« … und gingen an Land.

»Wer sind die?«, fragte Emily den Captain, der gerade wieder von unten heraufgekommen war.

»Wer, was?«, murmelte er zerstreut, ohne sich umzublicken. »Ach, die? Die sind vom anderen Ufer.«

»*Hey Hey! Hey!*« rief der Maat noch tadelnder als vorhin.

»Welches *andere* Ufer?«, rief Emily verwundert.

Aber Captain Jonsen errötete. Er wurde vom Nacken bis zu den kahlen Stellen oben auf seinem Kopf puterrot und verschwand.

»So ein Blödmann!«, sagte Emily.

»Ob wir jetzt auch an Land dürfen?«, fragte Edward.

»Wir warten besser, bis man es uns erlaubt, stimmt's, Emily?«, sagte Harry.

»Ich habe nicht gewusst, dass es in England so aussieht«, sagte Rachel, »fast genau wie in Jamaika.«

»Das ist auch nicht England«, sagte John, »du Dummkopf!«

»Was denn sonst«, sagte Rachel, »wir wollen doch nach England.«

»Wir sind aber noch nicht in England«, sagte John. »Das hier ist sicher ein Anlegeplatz, wie damals, wo die vielen Schildkröten an Bord gekommen sind.«

»Mir gefällt's, wenn wir wo anlegen«, sagte Laura.

»Mir nicht«, sagte Rachel.

»Mir schon«, beharrte Laura.

»Wo sind die jungen Männer hingegangen?«, fragte Margaret den Maat. »Kommen sie zurück?«

»Nur um ihren Lohn abzuholen, wenn wir die Ladung verkauft haben«, antwortete er.

»Sie wohnen also gar nicht auf dem Schiff?«, fragte sie weiter.

»Nein. Wir haben sie in Havanna angeheuert.«

»Wozu denn?«

Er sah sie erstaunt an: »Na, das sind doch die ›Damen‹, die wir an Bord hatten und die wie Passagiere aussehen sollten – Hast du sie etwa für echte ›Damen‹ gehalten?«

»Was, die hatten sich bloß verkleidet?«, fragte Emily aufgeregt. »Wie lustig!«

»Ich verkleide mich gern«, sagte Laura.

»Ich nicht«, sagte Rachel, »ich finde, das ist nur was für Babys.«

»*Ich* habe sie für echte Damen gehalten«, gestand Emily.

»Wir sind doch eine anständige Schiffsbesatzung«, sagte der Maat etwas gezwungen – und, wenn man es recht bedenkt, auch nicht ganz logisch. »Los, geht an Land und amüsiert euch.«

Also begaben sich die Kinder Hand in Hand, in langer Reihe, an Land, wo sie sehr förmlich durch das Städtchen promenierten. Laura wollte auf eigene Faust losziehen, aber die anderen erlaubten es nicht, und als sie zum Schiff zurückkehrten, hielten sie sich immer noch an den Händen. Sie hatten alles gesehen, was es zu sehen gab, und niemand (so weit sie es bemerken konnten) hatte ihnen auch nur die geringste Beachtung geschenkt, und jetzt brannten ihnen neue Fragen auf den Nägeln.

Es war damals, auf seine Art, ein reizendes, verschlafenes Nest, dieses Santa Lucia; isoliert gelegen im in Vergessenheit geratenen westlichen Zipfel Kubas zwischen Nombre de Dios und dem Rio de Puercos, vom offenen Meer abgeschnitten durch den verzwickten Verlauf der Kanäle zwischen den Riffen und den Sandbänken von Isabella, Kanäle, navigierbar nur für die geübten und schleichend langsamen Küstenfahrzeuge und wie die Pest gemieden von größeren Schiffen; auf dem Festland durch hunderte Meilen Wald getrennt von Havanna.

Es hatte einmal eine Zeit gegeben, da hatten diese kleinen Häfen am Canal de Guaniguanico als Piratenstützpunkte erklecklich prosperiert, doch es war eine vergängliche Prosperität. Im Jahr 1823 erfolgte der heldenhafte Angriff eines amerikanischen Geschwaders unter Captain Allen auf die Bucht von Sejuapo, ihr Hauptquartier. Von diesem Schlag (dessen Folgen allerdings erst nach etlichen Jahren richtig spürbar wurden) erholte sich die »Branche« nie wieder, sie schrumpfte, so wie die Handweberei, immer weiter. In einer Stadt wie Havanna konnte man viel schneller und erheblich risikoloser (wenn auch auf weniger ehrenhafte Weise) zu Geld kommen. Die Piraterie rentierte sich längst nicht mehr und hatte eigentlich schon seit Jahren ausgedient, doch ein traditioneller Beruf existiert noch lange, nachdem er keinen Gewinn mehr abwirft, in dekadenter Form weiter. Santa Lucia – und die Piraterie – existierten also weiterhin, weil sie schon immer existiert hatten, doch nur aus diesem einzigen Grund. Einen solchen Fang wie die *Clorinda* machte man nur alle Jubeljahre einmal. Mit jedem Jahr verringerte sich die Fläche des angebauten Landes, und die aufgegebenen Piratenschoner verfaulten an den Kais oder wurden schmählich als Handelsschiffe verkauft. Die jungen Männer zogen nach Havanna oder in die Vereinigten Staaten. Die jungen Mädchen langweilten sich fast zu Tode. Die einheimischen Granden gewannen im gleichen Maß an Würde, wie sie an Zahl und Besitz verloren; ein idyllisches, schlichtes, ländliches Gemeinwesen, vergessend der Außenwelt wie der eigenen bevorstehenden Vergessenheit.

»Hier möchte ich, glaube ich, nicht leben«, entschied John, als sie zum Schiff zurückkamen.

Unterdessen war die Ladung gelöscht und lag auf dem Kai, und nach der Siesta versammelte sich dort eine etwa hundertköpfige Menschenmenge, die begutachtete und diskutierte. Die Auktion würde gleich beginnen. Captain Jonsen stiefelte herum und stand allen nur im Weg, verärgerte aber besonders den Maat, weil er jede Minute widersprüchliche Anordnungen erteilte. Der Maat hatte ein Hauptbuch und eine Menge nummerierter Zettel, die er auf die verschiedenen Ballen und Packen klebte. Die Seeleute zimmerten ein provisorisches Podium – die Sache sollte mit Stil über die Bühne gehen.

Die Menge wuchs mit jedem Augenblick. Weil alle Spanisch sprachen, wirkte es auf die Kinder wie eine Pantomime, so als würden Puppen agieren, nicht echte Menschen, die gestikulierten und redeten. Sie entdeckten das faszinierende Spiel, Fremde, deren aller einfachste Wörter einem unverständlich sind, zu beobachten und den Sinn ihres Treibens zu erraten.

Außerdem sahen alle diese Leute auch so komisch aus, bewegten sich, als wären sie Könige, spuckten ständig auf den Boden und rauchten dünne schwarze Zigarren, deren blauer Rauch von ihren riesigen Hüten aufstieg wie von Rauchfässern.

Einmal gab es eine Ablenkung – die Menge gaffte, als plötzlich die komplette Besatzung des Schoners wankend eine riesige Waage auf die Bühne stemmte, deren Gewicht die Seeleute beinahe überwältigte und immer wieder in eine andere Richtung abdrängte.

Es befanden sich auch etliche Damen in der Menge –

alte, so schien es den Kindern. Manche waren dünn und verhutzelt wie Affen, doch die meisten waren dick, und die allerdickste von ihnen erfuhr den größten Respekt (vielleicht ihres Schnurrbarts wegen). Sie war die Ehefrau des obersten Richters – Señora del Illustrious Juzgado del Municipal de Santa Lucia, um ihr den vollen Titel zu gönnen. Ihr gehörte ein entsprechend stabiler und geräumiger Schaukelstuhl, den ein kleiner, schielender Neger schleppte und genau in der Mitte des Schauplatzes ablud, direkt vor dem Podest. Dort thronte sie, und der Neger stand hinter ihr und hielt einen veilchenblauen Sonnenschirm über ihren Kopf.

Auf einen Schlag beherrschte sie die ganze Szene.

Wenn sie mit ihrer kräftigen Bassstimme eine scherzhafte Bemerkung machte (was wiederholt geschah), dann hörten es alle, selbst wenn man sich gerade angeregt miteinander unterhielt.

Die Kinder schlängelten sich wie üblich ohne übertriebene Rücksichtnahme durch die Menge und scharten sich um ihren Thron.

Der Captain sprach entweder kein Spanisch oder weigerte sich plötzlich, auch nur eine einzige Silbe zu verstehen, deshalb fiel die Durchführung der Versteigerung dem Maat zu. Er enterte die Bühne und eröffnete mit dreist vorgetäuschtem Sachverstand die Auktion.

Doch eine Versteigerung zu gestalten gleicht einer Kunst; ein Sonett in einer fremden Sprache zu verfassen ist ebenso leicht, wie erfolgreich eine Auktion zu leiten. Man muss über eine nie versiegende Beredsamkeit verfügen und über die Fähigkeit gebieten, ein Publikum zu entflammen, die Besucher zu amüsieren, zu geißeln, zu bekehren, bis sie Gebote herunterrasseln wie die Teilnehmer einer Erweckungsveranstaltung das Amen; bis sie den Wert (und sogar die Art) des Warenpostens völlig vergessen und sich allmählich so viel auf eine lange Serie abgegebener Gebote einbilden wie ein Champion auf ein langes Break beim Billard.

Der kleine Wiener hatte durchaus eine gute Schule absolviert, denn er war einst in Wales ansässig gewesen, wo die Kunst der Versteigerung in höchster Blüte steht. Auf Walisisch, auf Englisch, ja selbst in seiner Muttersprache hätte er sich durchaus achtbar geschlagen, aber auf Spanisch fehlte ihm genau diese Überzeugungskraft. Das Publikum blieb reserviert, kühl, kritisch, bot nur widerwillig.

Und als wäre die Sprachbarriere nicht schon hinderlich genug, thronte da auch noch diese penetrante alte Dame und zerstörte mit ihren Witzchen den letzten Rest Aufmerksamkeit, den er sonst vielleicht doch geweckt hätte.

Als der dritte Posten Kaffee ausgeboten wurde, entspann sich sogar ein ziemlich übler Streit. Die Kinder waren zutiefst schockiert, sie hatten noch nie erlebt, dass Erwachsene so rüde miteinander umsprangen. Der Captain hatte das Wiegen der Waren übernommen, und irgendwie ging es darum, dass er sich beim Ablesen immer gegen die Waage lehnte. Seiner Kurzsichtigkeit wegen könne er die Zahlen so besser erkennen; aber den Käufern passte das nicht, und daraus machten sie auch gar kein Hehl.

Der gekränkte Captain rang die Hände und sagte ihnen auf Dänisch die Meinung. Sie erwiderten ihm auf Spanisch noch schärfer. Er stapfte eingeschnappt davon; wenn sie nicht bereit seien, wenigstens eine Spur Rücksicht auf ihn zu nehmen, dann sollten sie den Kram doch alleine machen.

Aber wer wäre unparteiischer? Der Maat behauptete wütend, einen der Käufer zu bestimmen sei genauso unzulässig.

Daraufhin begann sich im Leib der dicken alten Dame ein allmählich immer heftiger werdendes Erdbeben auszubreiten, das sie schließlich auf die Beine brachte. Sie nahm John bei den Schultern und schob ihn vor sich her bis zur Waage. Dann schlug sie mit ein paar witzigen und laut schallenden Worten ihre Lösung vor – *er* sollte das Wiegen übernehmen.

Das Publikum reagierte erfreut, aber als John begriff, was man von ihm erwartete, wurde er knallrot und wäre am liebsten ausgerissen. Die übrigen Kinder hingegen platzten schier vor Neid.

»Kann ich nicht auch helfen?«, piepste Rachel.

Der verzweifelte Maat glaubte, einen letzten Hoffnungsschimmer zu erkennen. Während John seine Instruktionen erhielt, versammelte er die übrigen Kinder und verpasste ihnen aus dem bunt gemischten Kleiderfundus irgendwelche Phantasiekostüme. Dann gab er ihnen einzelne Warenmuster zum Herumzeigen, und die Versteigerung begann aufs Neue.

Sie glich jetzt mehr einem Wohltätigkeitsbazar. Sogar der Priester ließ sich sehen – allerdings nicht so glatt rasiert, wie er es in England gewesen wäre, und mit viel gewiefterer Miene. Er gehörte zu den wenigen Käufern.

Die Kinder amüsierten sich prächtig; sie trippelten, sie stolzierten und sie zerrten sich gegenseitig an den Turbanen. Doch die Menge bestand aus Latinos, nicht aus Nordländern, und so erregten ihre reizenden Possen kein Interesse. Die Auktion drohte zu einer allgemeinen Pleite zu werden.

Nur nicht für die schwergewichtige alte Dame. Nachdem sie (von sich aus) einmal auf die Kinder aufmerksam geworden war, konzentrierte sich ihr spezielles Interesse auf Edward. Wie eine Mutter in einem Melodram zog sie ihn an ihren Busen und gab ihm mit ihrem behaarten Mund drei schmatzende Küsse.

Edward hätte sich gegen die Umschlingung einer Boa constrictor nicht heftiger sträuben können. Zudem übte die überwältigende Frau eine solche Faszination auf ihn aus, als wäre sie tatsächlich eine Boa. Er hing schlaff, verunsichert und deprimiert in ihren Armen, doch ohne jeden Gedanken an Flucht.

Und so schleppte sich die Auktion dahin. Auf der einen Seite das unbeachtete, eintönige Geleiere des Maats, auf der anderen die gewaltige Person, die mit ihrer pausenlosen Witzkanonade noch immer alles dominierte, sich plötzlich an Edward erinnerte, ihn unter einer Lawine krachender Küsse begrub, dann wieder völlig vergaß, sich seiner erneut erinnerte und ihn herzte, dann *erst* ihr Riechsalzfläschchen fallen ließ und kurz darauf, um ein Haar, Edward, dann plötzlich herumfuhr und einen Pfeil in die Menge hinter sich abschoss – sie war das Verhängnis des unglücklichen Auktionators, der miterleben musste, wie ein Auktionsposten nach dem anderen für ein Zehntel seines wahren Wertes verschleudert wurde oder gar keinen Bieter fand.

Captain Jonsen besaß jedoch ganz eigene Vorstellungen darüber, wie man einen Wohltätigkeitsbazar, der in einem

Reinfall zu enden droht, in Schwung brachte. Er ging an Bord und mischte etliche Gallonen jenes Gebräus, das in Alkohol liebenden Kreisen als »Henkersblut« bekannt ist (und aus Rum, Gin, Brandy und Porter besteht). Es sieht harmlos aus (wie Bier), schmeckt erfrischend und besitzt dennoch die Eigenschaft, den Durst eher zu entflammen als zu löschen, und wenn es auf diese Art einmal die erste Bresche geschlagen hat, demoliert es bald die ganze Festung.

Diese Mixtur goss er in Becher, die er von den Kindern in der Menge verteilen ließ mit dem Hinweis, es handle sich um ein bekanntes englisches Stärkungsmittel.

Das Interesse der Kubaner an den Kindern überflügelte augenblicklich die Beachtung, die sie ihnen geschenkt hatten, als sie noch mit Proben von Pfeilwurzmehl unterwegs gewesen waren, und entsprechend ihrer steigenden Beliebtheit wuchs auch ihr Vergnügen, und sie flitzten wie kleine Rokoko-Ganymeds und -Heben durch die Menge und verteilten das lockende Gift an alle, die es wollten.

Als der Maat sah, was sich abspielte, wischte er sich verzweifelt den Mund.

»*Oh*, du Narr!«, stöhnte er.

Aber der Captain war mit seiner List hochzufrieden und rieb sich lachend und augenzwinkernd unablässig die Hände.

»Das bringt sie auf Trab, eh?«

»Abwarten!« Zu mehr ließ sich der Maat nicht hinreißen. »Erst mal abwarten!«

»Guck dir bloß Edward an!«, sagte Emily zu Margaret während einer Pause. »Einfach widerlich!«

Das stimmte. Nach dem ersten Becher gebärdete sich

die dicke Señora noch mütterlicher. Edward war inzwischen unter ihrem Bann, ihr völlig ausgeliefert. Er saß auf ihrem Schoß und schaute mit großen braunen, vor Innigkeit glasigen Augen zu ihren schwarzen Knopfaugen hoch. Er wich zwar ihrem Schnurrbart aus, auf ihre Wange aber drückte er sehr ernsthaft seine Küsse. All dies geschah natürlich, ohne dass sie ein einziges Wort miteinander hätten wechseln können – purer Instinkt. »Mit einer Forke rückt der Natur zu Leibe …« – in dieser Situation wäre man der Natur gern mit einer Forke zu Leibe gerückt.

Unterdessen entfaltete der Alkohol beim Rest der Menge genau die vom Maat vorausgesehene Wirkung. Statt die Leute anzuregen, zerstreute er den letzten Rest Aufmerksamkeit, die sie der Auktion immer noch entgegengebracht hatten. Er stieg von der Plattform – und gab die Sache entmutigt auf. Denn die Menge hatte sich jetzt in kleine Grüppchen zersplittert, die ihre eigenen Angelegenheiten diskutierten, ganz so, als säßen sie in einem Café. Er seinerseits ging an Bord und schloss sich in seiner Kabine ein – Captain Jonsen sollte selber zusehen, wie er mit dem Schlamassel fertig wurde, das er angerichtet hatte!

Doch ach! Niemand auf der Welt taugte weniger zum Conférencier als Jonsen; er war absolut unfähig, eine Menschenansammlung zu dirigieren. Ihm fiel nichts Besseres ein, als die Leute weiter unter Alkohol zu setzen.

Den Kindern bot sich ein fesselndes Schauspiel. Der Alkohol schien das ganze Wesen der Leute zu verändern; vor ihren Augen schien etwas rissig zu werden wie schmelzendes Eis. Vergessen wir nicht, sie erlebten eine Pantomime ohne jedes erklärende Wort, und deshalb sahen ihre Augen besonders scharf.

Es schien, als wäre die ganze Menge unter Wasser gesunken und irgendetwas flösse aus den Personen heraus, während die generelle Struktur bestehen blieb. Der Klang ihrer Stimmen veränderte sich, und sie sprachen viel langsamer, bewegten sich viel langsamer und auch viel bedächtiger. Ihre Mienen wurden unverstellter und zugleich maskenhafter; weil sie weniger verbargen, blieb auch weniger zu verbergen. Zwei Männer begannen sogar eine Schlägerei, doch sie rauften so stümperhaft wie in einer Prügelszene auf dem Theater. Gespräche, die vorher Anfang und Ende gekannt hatten, wucherten jetzt unförmig und ausufernd, und die Frauen lachten ununterbrochen.

Ein sehr vornehm gekleideter älterer Herr machte es sich der Länge nach auf dem dreckigen Boden bequem, bettete den Kopf in den Schatten der thronenden Dame, breitete ein Taschentuch übers Gesicht und schlief; drei andere Herren mittleren Alters, die sich mit einer Hand aneinanderklammerten, um in Kontakt zu bleiben, und mit der freien anderen heftig gestikulierten, veranstalteten ein fortwährendes Geplapper, das unerträglich holperte, ohne jedoch völlig auszusetzen – wie ein uralter Motor.

Ein Hund wuselte schwanzwedelnd durch die Menge, aber niemand versetzte ihm einen Tritt. Er hatte bald den auf der Erde schlafenden alten Herrn aufgespürt und begann aufgeregt dessen Ohr zu lecken – jetzt bekam er zum ersten Mal die Möglichkeit dazu.

Auch die alte Dame war eingenickt und krumm in sich zusammengesackt – und wäre auch beinahe von ihrem Sitz gerutscht, hätte ihr Neger sie nicht gestützt. Edward glitt von ihrem Schoß und gesellte sich ziemlich betreten zu den anderen Kindern, die ihn aber links liegen ließen.

Jonsen blickte sich verblüfft um. Wieso hatte Otto die Auktion beendet, jetzt wo die Leute gut abgefüllt und kauflustig waren? Wahrscheinlich besaß er ja seine Gründe dafür. Er war undurchschaubar, dieser Maat, aber schlau.

In Wahrheit vertrug Captain Jonsen Alkohol nicht besonders gut, weswegen er ihn auch äußerst selten anrührte und die subtileren Aspekte seiner Wirkung kaum kannte.

Er schlurfte mit deprimiert gesenktem Kopf den staubigen Pier auf und ab, rang hin und wieder die Hände und wimmerte sogar. Als der Geistliche ihn vertraulich ansprach und ihm einen Preis für sämtliche noch unverkauften Waren bot, schüttelte er bloß den Kopf und schlurfte weiter.

Dem ganzen Geschehen eignete etwas Albtraumhaftes, das die Kinder magnetisch anzog und zugleich beinah erschreckte. Nur mit großer Überwindung brachte Margaret es schließlich fertig zu sagen: »Wir gehen aufs Schiff.« Also gingen alle wieder an Bord, und weil sie sich auch dort ein wenig schutzlos fühlten, stiegen sie hinunter in den Schiffsbauch, der ihnen der sicherste Ort schien, da sie dort bereits geschlafen hatten. Ohne viel zu reden oder groß etwas zu tun, hockten sie auf dem Binnenkiel, immer noch von einer leichten Verunsicherung ergriffen, die schließlich der Langeweile wich.

»Hätte ich doch bloß meinen Farbkasten dabei!«, seufzte Emily abgrundtief.

II

In dieser Nacht sahen sie im Halbschlaf nach dem Zubettgehen in der offenen Luke eine auf und ab tanzende Laterne. José, der kleine affenähnliche Kerl (den sie von der ganzen Mannschaft am nettesten fanden), schwenkte sie in der Hand. Er grinste gewinnend und winkte ihnen.

Emily war zu schlaftrunken, um aufzustehen, und Laura und Rachel ging es genauso; darum kletterten die Übrigen – Margaret, Edward und John – ohne sie an Deck.

Es herrschte eine geheimnisvolle Stille. Von der Mannschaft keine Spur, außer José. Im hellen Sternenschein wirkte der Ort ungewöhnlich schön; aus einem großen Haus unweit der Kirche drang Musik. José brachte die Kinder an Land und bis vor dieses Haus, schlich auf Zehenspitzen an die Jalousie und machte ihnen Zeichen, ihm zu folgen.

Als das Licht auf sein Gesicht fiel, verklärte sich seine Miene, so tief bewegte ihn der im Innern herrschende Überfluss.

Die Kinder reckten sich zum Fenster hoch, spähten hinein und merkten nicht einmal, wie die Moskitos über sie herfielen.

Ein überwältigender Anblick. Dies war das Haus des obersten Richters, und er veranstaltete zu Ehren von Captain Jonsen und seinem Maat ein Festessen. Er präsidierte der Tafel sehr steif in Uniform, aber sein Bärtchen wirkte noch steifer als er. Seine Würde entsprang einer gewissen Reserve und Reglosigkeit, der mit jeder Minute wachsenden Erstarrung eines Wildes, das den Jäger wittert; den völligen Gegensatz dazu bildete seine mit am Tisch sitzende Frau Gemahlin (jene gewichtige, in Edward total vernarrte Señora), die viel beeindruckender wirkte als ihr Gatte, doch das gelang ihr nicht durch betonte Würde, sondern durch kalkulierte Hemmungslosigkeit und vulgäres Verhalten, die jede Würde übertrumpfen. Ihr ausfallendes Gebaren verdankte seinen Effekt im Wesentlichen dem überaus förmlichen Rahmen.

Als die Kinder ans Fenster geschlichen waren, musste sie gerade den eigenen Leibesumfang erörtert haben, denn sie packte plötzlich die zaghafte Hand des Maats und zwang ihn gegen seinen Willen, ihren Bauch anzufassen, um die Debatte auf diese Weise endgültig abzuschließen.

Ihrem Gatten schien dies ebenso entgangen zu sein wie der Dienerschaft, sie war eben eine *ganz* große Dame.

Aber nicht sie fesselte Josés Aufmerksamkeit, sondern das Festmahl. Es war allerdings ein imposanter Anblick. Auf dem Tisch drängten sich Tomatensuppe, Meeräschen, Flusskrebse, ein Roter Schnapper, Landkrabben, Reis mit Brathühnchen, ein junger Truthahn, eine kleine Ziegenkeule, eine Wildente, Beefsteaks, Schweinebraten, eine Platte mit Wildtauben, Süßkartoffeln, Tapioka, Wein und Guaven mit Sahne.

Es versprach eine ziemlich ausgedehnte Mahlzeit zu werden.

Captain Jonsen und die Dame schienen ein Herz und eine Seele, er unterbreitete ihr mit allem Nachdruck irgendeinen Vorschlag, den sie immer wieder mit größter Liebenswürdigkeit beiseiteschob. Worüber sie sprachen, konnten die Kinder natürlich nicht hören. Dabei drehte sich die Unterhaltung doch um sie. Captain Jonsen bemühte sich, die Dame dazu zu bringen, mit ihm die Übergabe seines behelfsmäßigen Kindergartens zu besprechen; die vernünftigste Lösung lautete fraglos, sie in Santa Lucia zu lassen und dort mehr oder weniger in ihrer Obhut. Doch die Dame verstand es, seinem hartnäckigen Drängen geschickt auszuweichen. Er merkte erst am Schluss des Banketts, dass es ihm misslungen war, irgendeine Übereinkunft zu treffen.

Schon lange bevor das Mahl zu Ende ging und der Ball begann, war den Kindern der Guckkasten langweilig geworden. José stahl sich mit ihnen davon und zurück zu den Hintergässchen beim Pier. Bald gelangten sie zu einer geheimnisvollen Tür am Fuß einer Treppe, wo ein Neger wie eine Wache stand. Aber er versuchte nicht, sie aufzuhalten, und unter Josés Führung stiegen sie über etliche Treppenfluchten weit hinauf in einen großen Raum.

Die Luft war zum Schneiden. Im Raum drängten sich außer Negern auch ein paar schmuddelige Weiße, unter denen sie fast die ganze übrige Mannschaft des Schoners erkannten. Auf der gegenüberliegenden Seite des Raums hatte man eine ganz primitive Bühne errichtet, wo eine Wiege stand, über der an einer Schnur ein großer Stern baumelte. Die Kulisse für ein Krippenspiel – obwohl es dafür noch recht früh im Jahr war. Während der oberste Richter den Piratenkapitän und dessen Maat bewirtete und unterhielt, hatte der Priester zu Ehren der Piratenmannschaft diese Vorstellung organisiert.

Ein Krippenspiel mit lebenden Tieren.

Das Publikum hatte sich schon eine Stunde früher eingestellt, um das Eintreffen der Kuh mitzuerleben. Die Kinder kamen gerade rechtzeitig, um dabei zu sein.

Der Raum lag im Obergeschoss eines Warenmagazins,

das man aus übertriebener Eitelkeit nach englischem Vorbild mehrstöckig gebaut hatte. Er besaß die übliche, ins Leere führende große Tür mit dem darüber angebrachten Flaschenzug. So manche Ladung Goldstaub und Pfeilwurzmehl war hier einst hochgehievt worden – jetzt stand der Speicher, so wie die meisten anderen in Santa Lucia, schon lange unbenutzt.

Heute jedoch hatte man ein neues Seil durch den Block gezogen und der protestierenden alten Kuh des Priesters einen breiten Bauchgurt umgeschnallt.

Margaret und Edward blieben schüchtern bei der Treppe stehen, aber John gab erst Ruhe, als er sich mit gesenktem Kopf wie ein Maulwurf durch die Menge nach vorn zur offenen Tür gewühlt hatte. Dort stand er und schaute hinaus ins Dunkel und sah einen halben Meter vor der Schwelle eine mit allen vier Beinen in der Luft strampelnde, langsam kreiselnde Kuh. Bei jeder Umdrehung lehnte sich ein Neger gefährlich weit hinaus und versuchte, die Kuh am Schwanz zu packen und ins Innere zu ziehen.

Vor Aufregung beugte sich John zu sehr vor. Er verlor die Balance, stürzte zwölf Meter tief und schlug unten mit dem Kopf auf.

José schrie erschrocken, sprang der Kuh auf den Rücken und wurde sofort – filmreif, als sei das Kino schon erfunden – langsam abgeseilt. Er muss urkomisch ausgesehen haben. Doch was dabei in seinem Inneren ablief, kann man nicht wissen. Ein alter Matrose bekommt selten eine solche Verantwortung aufgebürdet, und wahrscheinlich empfand er sie darum umso schwerer. Die unten versammelten Menschen scheuten sich, den Jungen zu berühren, bevor José festen Boden unter den Füßen hatte, sie wichen zurück und ließen ihn den Körper gründlich untersuchen, schütteln und rütteln usw. Aber der Junge hatte sich eindeutig das Genick gebrochen.

Margaret und Edward bekamen nicht richtig mit, was da passierte, denn sie hatten Johns Sturz nicht beobachtet. Darum reagierten sie auch ziemlich ungehalten, als zwei Seeleute vom Schoner auftauchten und sie sofort zurück ins Bett schickten. Sie fragten sich, wo John steckte, aber noch mehr interessierte sie, wo José abgeblieben war und warum sie nicht noch dableiben durften. Angesichts der Unmöglichkeit, irgendwelche Fragen stellen zu können, gehorchten sie jedoch und machten sich auf den Rückweg.

Gerade als sie an Bord des Schoners gehen wollten, hörten zu ihrer Linken einen lauten Knall wie Kanonendonner. Sie drehten sich um; und als sie über die stille, silbrige Stadt mit den Palmenhainen hinweg auf die Hügel dahinter blickten, sahen sie einen großen, dahinjagenden Feuerball. Er flog dicht über dem Boden und auch gar nicht weit entfernt – gleich hinter der Kirche. Er hinterließ eine Schleppe aus strahlend blauen, grünen und purpurnen Lichttropfen. Sie schwebte eine Weile, dann barst sie, und für kurze Zeit erfüllte stechender Schwefelgestank die Luft.

Jedem fuhr der Schreck in die Glieder, der Mannschaft fast noch mehr als den Kindern, und alle eilten an Bord.

In den frühen Morgenstunden rief Edward plötzlich im Schlaf nach Emily. Sie wachte auf: »Was willst du?«

»Es ist doch ein Kuhfänger, ja?«, fragte er ängstlich mit fest zusammengekniffenen Augen.

»Was ist los?«

Er antwortete nicht, darum rüttelte sie ihn wach – wenigstens glaubte sie, es getan zu haben.

»Ich wollte bloß wissen, ob du ein echter Zomfanelia-Kuhfänger bist«, erklärte er ganz freundlich und war sofort wieder tief eingeschlafen.

Morgens hätten sie alles leicht für einen Traum halten können – wäre Johns Bett nicht so verstörend leer gewesen.

Doch wie durch eine blitzschnelle, stillschweigende Abmachung erwähnte niemand sein Fehlen. Keiner befragte Margaret, und sie selber gab auch keine Auskunft. Weder jetzt noch irgendwann später wurde sein Name jemals wieder erwähnt; und wäre man mit den Kindern noch so vertraut gewesen, man hätte *ihnen* nie angemerkt, dass er überhaupt existiert hatte.

III

Der einzige Feind der Kinder an Bord des Schoners (der mit ihnen als Passagieren gleich wieder in See stach) war das große weiße Schwein. (Es gab auch ein kleines schwarzes.)

Dieses Schwein litt an mangelnder Entschlusskraft. Es wusste nie von allein, wo es sich hinlegen sollte, sondern schloss sich gern einer x-beliebigen Meinung an, sodass es jeden Platz, für den man sich gerade entschieden hatte, sofort für den besten, ja den überhaupt einzig infrage kommenden hielt und einen von dort vertrieb. Da schattige Stellen an Deck bei Flaute und trockene Winkel an stürmischen Tagen eine Seltenheit darstellten, wurde das zu einer regelrechten Plage. In Rückenlage ist man großen Schweinen völlig wehrlos ausgeliefert.

Das kleine schwarze Schwein konnte allerdings auch

lästig sein – aber nur wegen seiner übertriebenen Anhänglichkeit. Es wollte nicht ausgeschlossen werden, ja mehr noch, es wollte nicht auf leblosen Dingen liegen, solange sich irgendwo ein lebendiges Sofa anbot.

Am nördlichen Flachufer von Cape San Antonio kann man mit einem Boot anlanden, vorausgesetzt man wählt dafür die richtige Stelle. Nach etwa fünfzig Schritten durchs Buschwerk kommen einige Morgen freies Gelände, man überquert es und findet drüben zwischen scharfkantigen Korallenfelsen im Gestrüpp zwei Quellen, wovon die nördlichere die bessere ist.

Als der Schoner eines Morgens vor den Mangrove Keys in Stille trieb, schickte Jonsen ein Boot an Land, um Süßwasser zu fassen.

Es herrschte eine extreme Hitze. Die Taue baumelten wie tote Schlangen, die Segel hingen schwer wie schlecht modellierte Draperien. Am Eisenpfosten des Sonnensegels konnte man sich Brandblasen holen. An den ungeschützten Stellen des Decks kochte der Teer aus den Fugen. Die Kinder lagen keuchend im schmalen Schatten, und das kleine schwarze Schwein quiekte so lange sehnsüchtig, bis es einen bequemen Bauch zum Niederlassen gefunden hatte.

Das große weiße Schwein hatte sie noch nicht entdeckt.

Vom stillen Ufer herüber hörte man vereinzelt Schüsse. Der zum Wasserholen ausgesandte Trupp ging auf Taubenjagd. Die See glich glatten Quecksilberpampas; so unveränderlich, dass man das Ufer von seiner Spiegelung nur unterscheiden konnte, wenn ein zufällig aufprallender Pelikan das Trugbild zerstörte. Die ganze Mannschaft flickte unter dem Sonnendach quälend langsam die Segel, alle

Matrosen bis auf einen Neger, der in Hosen rittlings auf dem Bugspriet saß und im Wasserspiegel darunter das eigene Grinsen bewunderte. Die Sonne entzündete ein irisierendes Flimmern auf seinen Schultern; in einem solchen Licht konnte sogar ein Neger nicht schwarz sein.

Emily vermisste John heute besonders schmerzlich, aber das kleine schwarze Schwein schnuffelte selig, während es seinen Rüssel freundschaftlich in ihre Achselhöhle bohrte.

Bei ihrer Rückkehr konnte die Bootsbesatzung außer Tauben und grauen Landkrabben noch einen Fang vorweisen. Die Männer hatten einem einsamen Fischer eine Ziege gestohlen.

Gerade als sie die Reling erklommen, entdeckte das große weiße Schwein die Gesellschaft unter dem Sonnensegel und wollte zum Angriff übergehen. Aber in diesem Moment sprang die Ziege flink von der Bordwand, und ohne stehen zu bleiben und sich kurz umzuschauen, presste sie das Kinn auf die Brust und stürmte los. Sie rammte das alte große Schwein genau in die Rippen, sodass ihm die Luft wegblieb.

Dann entbrannte die Schlacht. Die Ziege stürmte los, das Schwein schrie und rempelte. Jedes Mal, wenn die Ziege das Schwein erwischte, brüllte es wie am Spieß, setzte aber nach, wenn die Ziege den Rückzug antrat. Ihr Bart wehte wie der eines Propheten, die Augen glühten rot und der Schwanz wackelte so lebhaft wie der eines Lämmchens beim Säugen an der Zitze, so sprengte sie heran und wieder zum Bug zurück, um frischen Anlauf zu nehmen; doch mit jeder Attacke geriet ihr Anlauf immer kürzer. Das Schwein trieb sie in die Enge.

Plötzlich quiekte das Schwein ganz entsetzlich, wahrscheinlich überrascht von der eigenen Verwegenheit, und ging auf die Ziege los. Es hatte sie gegen die Ankerwinde gedrängt, und für wenige vorbeirasende Sekunden biss es sie und trampelte auf ihr herum.

Bald darauf führte man eine stark geläuterte Ziege in ihren Stall; die Kinder aber hatten sie wegen der heldenhaften Knuffe, die sie dem alten Tyrannen versetzt hatte, auf ewig ins Herz geschlossen.

Das Schwein war jedoch nicht bar aller menschlichen Regungen. Am selben Nachmittag lag es auf dem Lukendeckel und fraß eine Banane. Der Schiffsaffe schaukelte an einem losen Tauende, und als er die Beute erspähte, schwang er sich immer dichter heran, bis er dem Schwein die Frucht schließlich direkt aus den Hufen wegschnappen konnte. Man hätte nie für möglich gehalten, dass die sonst reglose Miene eines Schweins einen derart verblüfften, bestürzten und tödlich gekränkten Ausdruck annehmen konnte.

Hat das Schicksal einmal den ersten Nagel in den Sarg eines Tyrannen gehämmert, dann dauert es meist nicht lange, bis es auch den letzten einschlägt.

Gleich am nächsten Morgen driftete der Schoner im Hauch einer Brise sanft nach Lee. Der Maat stand am Steuer und verlagerte das Gewicht ständig von einem Fuß auf den anderen mit jener rhythmischen Bewegung, die vielen Steuerleuten in Fleisch und Blut übergegangen ist, weil sie so ein besseres Gespür für das heikle Ruder entwickeln; Edward brachte auf dem Kajütsaufbau dem Terrier des Captains »Männchen machen« bei. Der Maat rief ihm zu, er solle sich gut festhalten.

»Warum?«, fragte Edward.

»*Festhalten!*«, rief der Maat noch einmal und drehte das Steuer mit höchster Eile, um das Schiff in den Wind zu legen.

Dank der Geistesgegenwart des Maats traf die heftige Bö den Schoner direkt von vorn, sonst hätte sie alles weggefegt. Edward klammerte sich ans Oberlicht. Der Terrier schlidderte verschreckt über den Kajütsaufbau, plumpste aufs Deck, wo ihn der Fußtritt eines forschen Matrosen glatt durch die Kombüsentür beförderte. Dem armen großen Schwein, das bei einem Deckspaziergang frische Luft schnappte, zeigte sich das Glück weniger hold. Es ging über Bord und verschwand luvwärts, wo es den Rüssel (ein paar Mal) mannhaft aus dem Wasser reckte. Gott, der ihm die Ziege und den Affen zum Zeichen gesandt hatte, forderte jetzt seine Seele. Über Bord gingen auch die Käfige mit dem Geflügel, drei frisch gewaschene Hemden sowie – kurioserweise – der Wetzstein.

Aus seiner Kajüte unten erschien der braune, unförmige Schädel des Captains, der den Maat so wüst verfluchte, als sei alles nur *dessen* Schuld. Ohne Stiefel, in grauen Wollsocken und auf dem Rücken baumelnden Hosenträgern, so tauchte er oben auf.

»Geh runter!«, murmelte der Maat wütend. »Ich schaff das allein!«

Der Captain dachte jedoch nicht daran, noch immer strümpfig kam er an Deck und nahm dem Maat das Ruder aus der Hand. Der Maat verfärbte sich dunkelrot, lief nach vorn, dann wieder nach achtern, ging nach unten und schloss sich in seiner Kajüte ein.

Im Nu hatte der Wind einige ziemlich deftige Wellen aufgeschäumt, dann rasierte er ihre Kämme und glättete das Meer wieder zu einer, von kleinen hochgepeitschten schillernden Schaumfontänen abgesehen, schwarzen See.

»Hol meine Stiefel!«, brüllte Jonsen Edward an.

Edward flitzte diensteifrig den Kajütsniedergang hinunter. Es ist ein großer und bedeutender Augenblick, wenn man seinen ersten Befehl auf See erhält, besonders, wenn dies in einer kritischen Situation geschieht. Mit einem Stiefel in jeder Hand kehrte er zurück, und ein jähes Schlingern des Schiffs katapultierte ihn mitsamt der Stiefel vor die Füße des Captains.

»Niemals in beiden Händen etwas tragen«, sagte der Captain mit einem leutseligen Lächeln.

»Warum nicht?«, fragte Edward.

»Eine Hand immer zum Festhalten.«

Eine Pause.

»Irgendwann verrate ich dir die drei Hauptregeln im Leben.« Er wiegte sinnend den Kopf. »Sehr wichtige Regeln. Aber jetzt noch nicht. Du bist zu jung.«

»Warum nicht?«, fragte Edward. »Wann bin ich denn alt genug?«

Der Captain überlegte, ging im Kopf die Regeln durch.

»Wenn du weißt, wo Luv und wo Lee ist, dann bringe ich dir die erste Regel bei.«

Edward ging nach vorn, wild entschlossen, diese Bedingung so bald wie möglich zu erfüllen.

Als die schlimmsten Böen vorüber waren, genossen sie die Vorteile, der Schoner lag geschmeidig im Wind und schoss dahin wie ein Rennpferd. Die Besatzung war bester Dinge – und die Männer rissen Witze über den Zimmermann, der angeblich als Rettungsring für das Schwein seinen Wetzstein über Bord geworfen hatte.

Auch die Kinder amüsierten sich. Ihre Schüchternheit war wie weggeblasen. Wegen der Schräglage des Schoners bot sein nasses Deck eine herrliche Rutschbahn; und eine halbe Stunde lang glitschten sie fröhlich auf dem Hintern von Luv nach Lee, kreischten vor Freude, wenn sie in den meist überfluteten Leespeigatten landeten, hangelten sich dann an verschiedenen Gegenständen hoch zum steil in die Luft aufragenden Luvschanzkleid, und dann begann das Spiel von Neuem.

Während dieser halben Stunde verlor Jonsen am Steuer kein einziges Wort. Schließlich platzte ihm doch der Kragen:

»He! Ihr! Hört auf damit!«

Sie sahen ihn erstaunt und ernüchtert an.

In der Beziehung zwischen Kindern und jedem neuen

für sie verantwortlichen Erwachsenen gibt es eine Zeit zwischen der ersten Bekanntschaft und dem ersten Verweis, einzig vergleichbar der ursprünglichen Unschuld im Garten Eden. Dorthin gibt es kein Zurück mehr, ist dieser Verweis einmal erteilt.

Jonsen hatte ihn gerade ausgesprochen.

Doch damit gab er sich nicht zufrieden – er schäumte immer noch vor Wut:

»Hört auf damit! Schluss jetzt, hab ich gesagt!«

(Sie hatten natürlich längst aufgehört.)

Das ganze widersinnige und ungeheure Ausmaß der Zumutung, diese Gören auf seinem Schiff zu haben, überkam ihn urplötzlich und verdichtete sich in einem einzigen Symbol:

»Wenn ihr euch Löcher in die Buxen reißt, glaubt ihr etwa, *ich* stopfe sie euch wieder? – Lieber Gott! Wofür haltet ihr mich eigentlich? Wofür haltet ihr dieses Schiff? Wofür haltet ihr uns alle? Für Leute, die eure Hosen stopfen? *Die eure ... Hosen ... stopfen?*«

In der anschließenden Pause standen alle wie vom Donner gerührt.

Aber auch jetzt war er noch nicht fertig:

»Wo glaubt ihr, dass ihr neue herkriegt, na?«, fragte er wutschnaubend und fügte dann in grob beleidigendem Ton hinzu: »Und ich dulde nicht, dass ihr auf meinem Schiff ohne welche herumlauft! Kapiert?«

Puterrot vor Empörung verzogen sie sich zum Bug. Sie fassten kaum, dass jemand eine so unsägliche Bemerkung über die Lippen kommen konnte. Sie gaben sich absichtlich unbeschwert und redeten bewusst laut miteinander, doch für diesen Tag war ihnen der Spaß restlos verdorben.

So geschah es, dass – klein wie eine Männerhand – ein Phantom an ihrem Horizont auftauchte: der späte Argwohn, dass doch *nicht* alles plangemäß verlief, dass sie vielleicht sogar unerwünscht waren. Eine Zeit lang benahmen sie sich mit der traurigen Vorsicht ungebetener Gäste.

Später am Nachmittag stand Jonsen, der zwar kein Wort mehr gesprochen, zwischendurch aber todunglücklich die Miene verzogen hatte, immer noch am Steuer. Der Maat hatte sich rasiert und demonstrativ wie zum Landgang fein gemacht; er erschien jetzt an Deck, übersah geflissentlich den Captain, schlenderte wie ein Passagier zu den Kindern und begann eine Unterhaltung mit ihnen.

»Wenn ich bei schlechtem Wetter nicht steuern kann, dann kann ich es bei gutem auch nicht!«, brummelte er, ohne den Captain eines Blickes zu würdigen. »Meinetwegen soll er doch Tag und Nacht am Ruder stehen!«

Der Captain seinerseits übersah den Maat ebenso. Er schien willens, bis zum Jüngsten Gericht beide Ruderwachen zu übernehmen.

»Wäre *er* am Steuer gewesen, als uns die Sturmbö traf«, sagte der Maat gedämpft, aber bissig, »hätte er das Schiff verloren! Er sieht eine Bö genauso wenig kommen wie ein Saugfisch! Das weiß er auch, darum veranstaltet er ja dieses Theater!«

Die Kinder antworteten nicht. Sie waren entsetzt, dass ein Erwachsener, ein Olympier sozusagen, seine Gefühle so offen zur Schau trug. Ganz im Gegensatz zu den Zeugen der Verklärung Christi wünschten sie sich, irgendwo anders zu sein als ausgerechnet hier. Ihm jedoch entging ihr Unbehagen, er war zu sehr mit sich beschäftigt, um zu bemerken, dass sie seinen Blick mieden.

»Da! Ein Dampfer!« rief Margaret mit übertriebener Munterkeit.

Der Maat warf einen finsteren Blick hinüber.

»Ja, ja, die sind noch unser Tod, diese Dampfer«, sagte er. »Jedes Jahr gibt es mehr. Bald setzt man sie als Kriegsschiffe ein, und was wird dann aus uns? Die Zeiten sind auch ohne Dampfer schon lausig genug.«

Aber während er sprach, wirkte er geistesabwesend, so als sei er innerlich mit etwas ganz anderem beschäftigt, als es nach außen hin den Anschein hatte.

Trotzdem fragte er: »Wisst ihr eigentlich, was passiert ist, als der erste Dampfer im Golf von Paria in See ging?«

»Nein, was denn?«, fragte Margaret mit weit über die gebotene Höflichkeit hinaus geheucheltem Interesse.

»Das Schiff wurde an den Ufern des Clyde gebaut und segelte hierher. (Damals wäre kein Mensch auf die Idee gekommen, eine lange Ozeanüberquerung unter Dampf zu fahren.) Die Schifffahrtsgesellschaft glaubte, einen gewissen Rummel veranstalten zu müssen – sozusagen als Reklame für das Schiff. Zur Jungfernfahrt unter Dampf wurde ein Haufen hoher Tiere eingeladen: sämtliche Parlamentsmitglieder von Trinidad, der Gouverneur mit seinem ganzen Stab und ein Bischof. Der Bischof hat's schließlich geschafft.«

Seine Geschichte stockte, er war völlig darin vertieft, mit einem Seitenblick die Wirkung zu beobachten, die sein auftrumpfendes Benehmen auf den Captain hatte.

»Was hat er geschafft?«, fragte Margaret.

»Auf Grund gesetzt hat er sie.«

»Warum haben sie ihn überhaupt steuern lassen?«,

fragte Edward. »Sie hätten doch wissen müssen, dass er davon keine Ahnung hat!«

»Edward! Was fällt dir ein, so ungezogen über einen Bischof zu reden!« tadelte ihn Rachel.

»Er hat nicht den Dampfer auf Grund gesetzt, Söhnchen«, sagte der Maat, »sondern ein armes unschuldiges Piratenbötchen, das mit Kurs nach Boca Grande gerade gegen einen steifen Nord aufkreuzte.«

»Bravo!«, sagte Edward. »Wie hat er das geschafft?«

»Alle waren seekrank, weil sie das erste Mal auf einem Dampfer fuhren, der rollt nämlich ganz anders als ein anständiges Segelschiff. Kein Mensch hat es mehr an Deck ausgehalten – außer dem Bischof, der ist richtig aufgeblüht. Wie der kleine Pirat also am Bug des Dampfers vorbeifährt und den im Auge des Sturms segellos vor sich auftauchen sieht, mittschiffs eine Rauchwolke und mittenmang im Qualm einen alten Bischof, die Radschaufeln machen ein Gewühl wie ein Wal, der sich das Ohr kratzt, weil eine Fliege drinsitzt, da lässt er sein Schiff einfach auf den Strand laufen und flüchtet in den Wald. Ist nie wieder zur See gefahren, o nein, sondern hat angefangen, Kokosnüsse zu züchten. Ein armer Kerl aber hat sich in der Eile das Bein gebrochen, und den haben sie gefunden, als sie an Land gegangen sind. Wie der den Bischof auf sich zukommen sieht, da hat er gebrüllt und geglaubt, jetzt käme ihn der Teufel holen.«

»O-oh!« keuchte Rachel, von Entsetzen gepackt.

»Das war aber dumm von ihm«, sagte Edward.

»Da würde ich nicht drauf wetten!«, sagte der Maat. »So falsch war das nämlich nicht. Seitdem sind sie der Tod für unser Gewerbe gewesen, das Dampfschiff und die Kirche … halb die Dampfkraft, halb die Predigten, Dampfkraft und Predigten zusammen … Irgendwie merkwürdig«, unterbrach er seine Suada, weil ihn plötzlich selber interessierte, was er da redete: »*Dampfschiff* und *Kirche*! Was haben die wohl gemeinsam, na? Nichts, sollte man meinen: man würde glauben, die sind wie Hund und Katze, aber von wegen, die zwei halten zusammen … wie Pech und Schwefel. – Anders als zur Zeit von Pfarrer Audain.«

»Wer war das?«, fragte Margaret zuvorkommend.

»Ein Pfarrer genau nach meinem Geschmack, er war *yn wyr iawn*! Er war Pfarrherr von Roseau – oh, vor langer Zeit.«

»Hey! Übernimm das Steuer und lös mich ein Weilchen ab!« stöhnte der Captain.

»Ich weiß nicht genau, *wie* lange das her ist«, fuhr der Maat mit unnatürlich lauter und jetzt leicht triumphierender Stimme fort, »vierzig Jahre vielleicht oder mehr.«

Er begann die Geschichte des berühmten Pfarrherrn von Roseau zu erzählen; einer der besten und gefühlvollsten Prediger seiner Ära, nach zeitgenössischem Urteil; ein Mensch von feiner, vornehmer und ehrwürdiger Erscheinung, der sein Gehalt durch den Besitz eines kleines Freibeuters aufbesserte.

»Hey! Otto!« rief Jonsen.

Doch der Maat stand erst am Anfang der langen Aufzählung der Missgeschicke des Pfarrers. Er begann damit, wie dessen Schoner (während er gerade Sklaven nach Guadeloupe schmuggelte) von einem anderen Freibeuter aus Nevis aufgebracht wurde und wie der Pfarrer nach Nevis segelte, den Namen seines Rivalen an der Tür des Gerichts anschlug und dort drei Tage mit geladenen Pistolen

Wache hielt, in der Hoffnung, der Kerl würde kommen und ihn fordern.

»Zum *Duell*?«, fragte Harry.

»Haben Sie nicht gesagt, er war Geistlicher?«, fragte Emily.

Aber Duelle schien dieser Pfarrer nicht verkehrt zu finden. Er trug in seinem Leben insgesamt dreizehn aus, erzählte ihnen der Maat, und einmal, als man in einer Duellpause wartete, bis die Sekundanten nachgeladen hatten, ging er zu seinem Kontrahenten und meinte: »Nur so mal zwischendurch, werter Sir« – und hieb ihn mit der Faust zu Boden.

Diesmal jedoch blieb sein Gegner in Deckung, darum rüstete er einen zweiten Schoner aus und kommandierte ihn unter der Woche selbst. Seine erste Beute war ein scheinbar harmloser spanischer Handelsfahrer, der jedoch plötzlich vierzehn verdeckte Stückpforten öffnete, sodass er sich selber ergeben musste. Seine gesamte Mannschaft wurde massakriert, nur er und sein Zimmermann nicht, die sich die ganze Nacht hinter einem Wasserfass versteckten.

»Das verstehe ich nicht«, sagte Margaret, »war er denn ein Pirat?«

»Klar!«, sagte Otto, der Maat.

»*Warum* haben Sie dann gesagt, er sei Geistlicher gewesen?« hakte Emily nach.

Der Maat wirkte ebenso ratlos wie sie. »Na, er war doch der Pfarrherr von Roseau, oder? Und Magister der Wissenschaften, Magister der Theologie, ja? Egal, er blieb so lange Pfarrherr, bis der neue Gouverneur irgendein Lügenmärchen über ihn glaubte und ihn zwang, sein Amt niederzulegen. Einen besseren Prediger hatten sie dort nie – er wäre eines Tages Bischof geworden, hätte ihn nicht irgendwer beim Gouverneur angeschwärzt!«

»Otto!«, rief der Captain versöhnlich. »Komm doch mal, ich will mit dir reden.«

Aber der taube und frohlockende Maat hatte noch viel von seiner Geschichte zu erzählen. Wie Audain anschließend Kaufmann wurde und eine Ladung Getreide nach San Domingo brachte und sich dort niederließ; wie er zwei Generäle zum Duell forderte, beide verwundete und wie Christophe damit drohte, ihn an den Galgen zu bringen, sollten sie sterben. Aber der Pfarrer (der wenig Vertrauen in die dominikanischen Ärzte besaß) floh bei Nacht in einem offenen Boot und ging nach St. Eustatius. Dort gab es viele Religionen, aber keine Seelsorger, darum begann er erneut als Geistlicher, diesmal als universeller. Vormittags hielt er eine Messe für die Katholiken, dann einen lutherischen Gottesdienst in holländischer Sprache, dann die Frühandacht der Kirche von England, abends sang er Kirchenlieder und predigte den Methodisten das Höllenfeuer. Unterdessen lebte seine Frau, die es beschaulicher liebte, in Bristol, darum heiratete er nun eine holländische Witwe, wobei er gewitzt die Trauungszeremonie selber vollzog.

»Das verstehe ich jetzt nicht!«, sagte Emily verzweifelt. »War er denn ein richtiger Geistlicher?«

»Nie und nimmer«, sagte Margaret.

»Aber er hätte sich doch nicht *selber* trauen können, wenn er keiner war«, warf Edward ein. »Oder?«

Der Maat seufzte tief.

»Aber heute ist die englische Kirche anders«, sagte er. »Und absolut gegen uns.«

»Er war bestimmt keiner, sicher nicht!« verkündete Rachel langsam und zutiefst empört. »Er war ein gottloser Mensch!«

»Er war eine hoch angesehene Person«, erwiderte der Maat streng, »und ein wunderbar gefühlvoller Prediger! – In Roseau, da könnt ihr sicher sein, haben sie sich maßlos geärgert, als sie hörten, dass St. Eustatius ihn bekommen hatte!«

Captain Jonsen hatte das Steuerruder festgebunden und näherte sich mit kummervoller Miene.

»Otto! Mein Lieber …!« begann er und legte dem Maat seine mächtige Bärentatze um die Schulter. Ohne weitere Umstände gingen sie gemeinsam nach unten, und ein Matrose kam unaufgefordert zum Heck und übernahm das Steuer.

Zehn Minuten später erschien der Maat für einen Augenblick wieder an Deck und spürte die Kinder auf.

»Was hat der Captain vorhin zu euch gesagt?«, fragte er. »Hat euch wegen irgendwas angeschnauzt, ja?«

Er wertete ihr dumpfes, unbehagliches Schweigen als Zustimmung.

»Ihr dürft das nicht so ernst nehmen, was er sagt«, fuhr er fort. »Er poltert manchmal los, aber schon in der nächsten Minute könnte er sich glatt die Zunge dafür abbeißen!«

Die Kinder musterten ihn erstaunt, was in aller Welt meinte er?

Er aber schien zu glauben, seine Mission vollständig erfüllt zu haben, und verschwand erneut unter Deck.

Stundenlang dröhnte durch das Kajütoberlicht fröhlich-trunkener, aber nervtötender Lärm. Gegen Abend, als die frische Brise fast zu einem flauen Wind abgeklungen war, berichtete der Rudergänger, Jonsen und Otto würden jetzt, den Kopf über den Kajütstisch hinweg auf der Schulter des anderen, tief und selig schlummern. Da er den vorgesehenen Kurs längst vergessen und nur nach dem Wind gesteuert hatte und es jetzt keinen Wind mehr gab, nach dem sich steuern ließ, entschied er (der Rudergänger), das Steuerrad könne ganz gut ohne ihn auskommen.

Die Versöhnung zwischen dem Captain und dem Maat verdiente es, von allen Mann mit einem Saufgelage gefeiert zu werden.

Man stach ein Fass Rum an, und die einfachen Matrosen waren bald genauso besinnungslos wie ihre Vorgesetzten.

Alles in allem gehörte dieser Tag zu den unangenehmsten, die die Kinder je erlebt hatten.

Im Morgengrauen war die gesamte Besatzung noch immer weitgehend außer Gefecht, und das vernachlässigte Schiff trieb ziellos in den Wellen. Jonsen, reichlich wacklig auf den Beinen, von Kopfschmerzen geplagt, napoleonisch gestimmt, aber benebelt, kam an Deck und blickte sich um. Die Sonne war aufgegangen wie ein Suchscheinwerfer, aber sonst gab es nichts zu sehen. Nirgendwo Land in Sicht, und Meer und Himmel schienen unschlüssig, wo ihre gemeinsame Grenze eigentlich verlief. Erst nachdem er sich mehrmals umgeschaut hatte, entdeckte er, allem Anschein nach oben am Himmel, aber auch nicht allzu weit entfernt, ein Schiff.

Geraume Zeit wollte ihm nicht einfallen, was ein Piratenkapitän tut, wenn er ein Segel sichtet, und er verspürte auch keine Lust, sich deswegen das Hirn zu zermartern. Doch nach einer Weile fiel es ihm unverhofft wieder ein – man verfolgt es.

»Verfolgen!«, befahl er feierlich der Morgenluft und ging dann wieder hinunter und weckte den Maat, der seinerseits die Mannschaft weckte.

Niemand besaß auch nur die geringste Ahnung, wo sie sich befanden oder um was für ein Schiff es sich bei ihrer Jagdbeute handelte, aber derlei Erwägungen waren vorläufig viel zu kompliziert. Als die Sonne größeren Abstand von ihrem Spiegelbild gewann, erhob sich eine Brise, darum wurden, schlecht und recht, die Segel getrimmt, und die Verfolgung begann.

Nach ein, zwei Stunden klarte es auf, und es herrschte kein Zweifel, dass sie ein Handelsschiff jagten, das nicht allzu schwer geladen hatte und anständig Fahrt machte, mit der sie wegen der mangelhaften Trimm nur äußerst mühsam mithalten konnten. Jonsen schlappte eilig an Deck auf und ab und strickte an einem raffinierten Plan zur Kaperung der Brigg. Die Jagd ging weiter, aber Mittag war schon vorüber, und der Abstand zwischen den beiden Schiffen hatte sich kaum, wenn überhaupt, verringert. Jonsen war jedoch viel zu optimistisch, um sich dies einzugestehen.

Es war früher ein alter Piratentrick, bei der Jagd auf ein Schiff einen Ersatztoppmast oder anderen sperrigen Gegenstand ins Schlepptau zu nehmen. Der wirkte dann wie ein Treibanker oder eine Bremse, und der Verfolgte, der sah, dass seine Verfolger bereits mit allen Segeln fuhren, unterschätzte die Geschwindigkeit, zu der sie wirklich fähig waren. Bei Einbruch der Nacht nahm der Pirat die Spiere dann an Bord, holte das andere Schiff rasch ein und überrumpelte es.

Aus verschiedenen Gründen verbot sich dieser Trick in der augenblicklichen Situation. Zum einen schien es ganz offensichtlich ungewiss, ob sie im derzeitigen Zustand – und ohne zusätzliche Behinderung – überhaupt in der Lage waren, die Brigg einzuholen. Zweitens zeigte die Brigg keinerlei Zeichen von Beunruhigung. Sie setzte ihren Kurs mit gleich bleibender Fahrt fort, der Ehre, die sie ihr erwiesen, gänzlich unbewusst.

Captain Jonsen war allerdings ein gewiefter Bursche, und im Verlauf des Nachmittags gab er Befehl, so wie ich es beschrieben habe, eine Ersatzspiere ins Schlepptau zu nehmen. Dadurch fiel der Schoner rasch zurück, und bei Einbruch der Nacht waren sie mindestens einige Meilen weiter von der Brigg entfernt als im Morgengrauen. Im Schutz der Dunkelheit hievten sie die Spiere natürlich an Bord und rüsteten sich für den letzten Akt. Während der nächtlichen Finsternis folgten sie der Brigg mit dem Kompass und ohne Sichtkontakt. Als der Morgen graute, drängte sich die gesamte Mannschaft erwartungsvoll an der Reling.

Doch die Brigg blieb verschwunden. Das Meer war kahl wie ein Ei.

Sie hatten inzwischen jede Orientierung verloren. Jonsen wusste nicht, wo, innerhalb eines Umkreises von zweihundert Meilen, er sich befand, und weil er keinen Sextanten benutzte, sondern nach eingefleischter Gewohnheit mit dem Logbuch rechnete, fehlte ihm die Möglichkeit zur Positionsbestimmung. Das beunruhigte ihn jedoch nicht weiter, denn früher oder später musste ja eins von zwei

Dingen geschehen: Entweder er würde bekanntes Land sichten oder vielleicht ein Schiff kapern, das besser informiert war als er. Da er ohnehin kein festes Ziel hatte, war ihm bis dahin egal, auf welchem Teil des Meeres er segelte.

Das Gebiet, in dem er herumirrte, lag jedoch offenkundig abseits der Hauptschifffahrtsroute, denn es verstrichen Tage, ja sogar Wochen, ohne dass sich ihm auch nur annähernd eine solche Möglichkeit zur Kaperung geboten hätte wie damals bei der Brigg.

Aber Captain Jonsen war es gar nicht unlieb, eine Zeit lang aus den Augen der Öffentlichkeit verschwunden zu sein. Vor der Abreise von Santa Lucia hatte ihn die Nachricht vom Einlaufen der *Clorinda* in den Hafen von Havanna erreicht und von der tollen Geschichte, die Marpole verbreitete. Die »zwölf verborgenen Stückpforten« hatten ihn köstlich amüsiert, denn er besaß kein einziges Geschütz; doch als er erfuhr, dass Marpole ihn beschuldigte, die Kinder ermordet zu haben – ausgerechnet Marpole, dieser ehrlose Hundsfott –, da hatte ihn ein plötzlicher Wutanfall gepackt. Denn es war undenkbar – während der ersten paar Tage –, dass er ihnen auch nur ein Haar gekrümmt oder ein böses Wort gesagt hätte. Sie waren damals noch so etwas wie heiliges Novum für ihn; und erst nachdem sie ihre Schüchternheit abgelegt hatten, begann er aus tiefstem Herzen zu bereuen, daß sein Versuch, sie bei der Gattin des obersten Richters zurückzulassen, gescheitert war.

Kapitel Sechs

Wochenlang währte die Irrfahrt. Die Kinder erlebten diese Zeit erneut wie einen Traum; es passierte nichts Neues mehr; jeder Zoll des Schoners war ihnen nun gleich vertraut wie die *Clorinda* oder Ferndale; sie gediehen im Stillen, wie sie es in Ferndale getan hatten und wie sie es, wäre Zeit gewesen, auf der *Clorinda* getan haben würden.

Und dann kam es zu einem, für Emily, ziemlich bedeutsamen Ereignis. Sie erkannte plötzlich, wer sie war.

Es gibt eigentlich kaum einen einleuchtenden Grund, weshalb dies nicht fünf Jahre früher oder auch fünf Jahre später hätte passieren sollen, und absolut keinen, wieso es ausgerechnet an jenem Nachmittag geschah.

Sie hatte in einer Nische vorn im Bug hinter der Ankerwinde (an der eine Teufelskralle als Türklopfer baumelte) Vater-Mutter-Kind gespielt und war, als ihr das Spiel langweilig wurde, zum Heck gegangen, eher planlos, und in Gedanken irgendwie mit Bienen und einer Feenkönigin beschäftigt, da traf sie die blitzartige Erkenntnis, dass sie *sie* war.

Sie blieb wie angewurzelt stehen und betrachtete, was sie von ihrer eigenen Gestalt wahrnehmen konnte. Das war natürlich nicht eben viel, nur die verkürzte Vorderseite ihres Kleides und ihre Hände, die sie hob, um sie prüfend zu betrachten; es genügte ihr jedoch, um sich eine ungefähre Vorstellung von dem kleinen Körper zu bilden, den sie plötzlich als ihren erkannte.

Sie lachte spöttisch. »Na!«, dachte sie in der Tat: »Sieh mal an, ausgerechnet *du* steckst in diesem Körper! – Da kommst du jetzt sehr lange Zeit nicht mehr raus; du musst Kind sein und erst mal erwachsen werden und dann auch noch alt, bevor du den wieder loswirst!«

Fest entschlossen, bei diesem hochwichtigen Anlass jede Störung zu vermeiden, kletterte sie über die Webeleinen hinauf zu ihrem Lieblingssitz oben bei der Mastspitze. Jedes Mal, wenn sie bei diesem einfachen Vorgang die Arme oder Beine bewegte, bereitete es ihr erneut Vergnügen, dass sie ihr so bereitwillig gehorchten. Die Erinnerung sagte ihr zwar, dass das schon immer der Fall gewesen war, aber vorher hatte sie darüber nie diese Verwunderung empfunden.

Als sie dann auf ihrem Sitz thronte, begann sie sorgfältig die Haut ihrer Hände zu untersuchen, denn es war ja *ihre* Haut. Sie glitt mit einer Schulter aus dem Kleid, und nachdem sie sich mit einem flüchtigen Blick vergewissert hatte, dass ihr Körper unter der Kleidung wirklich in einem Stück als Ganzes weiterbestand, zog sie die Achsel bis zur Wange hoch. Der Kontakt ihres Gesichts mit der warmen, nackten Wölbung ihrer Schulter bescherte ihr einen wohligen Schauer wie von der zärtlichen Berührung einer lieben Freundin. Doch ob dieses Gefühl in ihrer Wange oder in ihrer Schulter entstand, welches die Liebkosende war und welches die Liebkoste, das konnte ihr keine Analyse verraten.

Als sie völlig überzeugt war von der erstaunlichen Tatsache, jetzt Emily Bas-Thornton zu sein (wieso sie das Wort »jetzt« einfügte, wusste sie nicht, denn sie spielte bestimmt nicht mit der unsinnigen Idee der Seelenwanderung, früher schon einmal jemand anders gewesen zu sein), begann sie ernsthaft darüber nachzudenken, was das bedeutete.

Erstens, welche Macht hatte verfügt, dass, von allen Menschen auf der ganzen Welt, die sie hätte sein können, sie dieser spezielle Mensch geworden war, diese Emily; auf die Welt gekommen in dem-und-dem einen Jahr von allen möglichen Jahren und hineingeboren in diesen ganz bestimmten, recht hübschen kleinen Körper? Hatte sie das entschieden oder Gott?

Daran knüpfte sich die nächste Überlegung. Wer war Gott? Sie hatte schon immer furchtbar viel von ihm gehört, aber seine Identität war diffus geblieben, galt als so selbstverständlich wie ihre eigene. War sie nicht vielleicht selbst Gott? War es das, woran sie sich zu erinnern versuchte? Doch je intensiver sie sich bemühte, desto mehr entglitt es ihr. (Überaus abwegig, eine so wichtige Sache, ob man selbst Gott war oder nicht, zu vergessen!) Schließlich gab sie es auf, vielleicht entsann sie sich ja später wieder daran.

Zweitens, wieso war ihr das alles nicht schon früher eingefallen? Sie lebte jetzt über zehn Jahre, und es war ihr nie in den Sinn gekommen. Sie fühlte sich wie jemand, dem es um elf Uhr nachts im Lehnstuhl plötzlich einfällt, dass er für diesen Abend eine Essenseinladung angenommen hat. Es gibt keinen Grund, warum es ihm jetzt einfällt, aber es gibt auch ebenso wenig einen, warum es ihm nicht rechtzeitig genug hätte einfallen können, um seine Verabredung noch einzuhalten. Wie konnte er den ganzen Abend hier völlig bedenkenlos gesessen haben? Wie konnte Emily zehn Jahre lang Emily sein, ohne diese augenscheinliche Tatsache auch nur ein einziges Mal zu bemerken?

Nun darf man nicht glauben, sie sei auf diese geordnete, jedoch recht umständliche Weise mit sich zurate gegangen. Jede Überlegung blitzte momentartig und an keine

Worte gebunden in ihr auf, und zwischendurch faulenzte ihr Verstand, beschäftigte sich entweder mit gar nichts oder kehrte wieder zurück zu den Bienen und der Feenkönigin. Würde man die Phasen addieren, in denen sie bewusst nachdachte, käme man vermutlich auf etwa vier bis fünf Sekunden, vielleicht eher noch auf fünf, aber der gesamte Prozess erstreckte sich über fast eine Stunde.

Also gut, mal vorausgesetzt, sie war Emily, welche Folgen hatte das, außer dass sie in diesem speziellen kleinen Körper steckte (der jetzt von sich aus einen nicht lokalisierbaren Juckreiz verspürte, höchstwahrscheinlich irgendwo am rechten Oberschenkel) und hinter einem speziellen Augenpaar wohnte?

Es gab eine ganze Reihe von Konsequenzen. An erster Stelle kam ihre Familie, mehrere Brüder und Schwestern, von denen sie sich vorher nie völlig isoliert hatte; aber jetzt erfuhr sie sich derart plötzlich als eigenständige Person, dass sie ihre Geschwister als genauso getrennt von sich empfand wie das Schiff. Andererseits aber war sie wohl oder übel fast ebenso an sie gefesselt wie an den eigenen Körper. Hinzu kamen noch diese Reise, dieses Schiff, dieser Mast, um den sie die Beine geschlungen hatte. Sie betrachtete ihn nun mit derselben klaren Hellsicht, mit der sie die Haut an ihren Händen untersucht hatte. Und wenn sie vom Mast herunterkam, was würde sie dort unten erwarten? Jonsen und Otto und die Mannschaft und das Alltagseinerlei, das sie bislang ganz selbstverständlich akzeptiert hatte, das ihr jetzt aber irgendwie beunruhigend erschien. Was würde geschehen? Lauerte irgendwo Unheil, das ihr durch die unbedachte Vereinigung mit dem Körper von Emily Bas-Thornton drohte?

Heißer Schreck durchfuhr sie: Wusste es irgendwer? (Ich meine, wusste irgendwer, dass sie jemand Besonderes war, nämlich Emily – vielleicht sogar Gott – und kein x-beliebiges kleines Mädchen.) Diese Vorstellung jagte ihr unwillkürlich Angst ein. Schlimm genug, wenn sie herausfänden, dass sie Gott war! *Das* musste sie um jeden Preis vor ihnen verbergen. Aber angenommen, sie wussten es schon und hatten es ihr nur verheimlicht (so wie der Vormund eines Königskindes ihm dessen Königswürde verschweigt)? Im einen wie im anderen Fall musste sie sich weiter so benehmen, als ob sie von nichts wüsste, und die anderen auf diese Weise überlisten.

Wenn sie aber Gott war, warum sollte sie dann nicht alle Matrosen in weiße Mäuse verwandeln oder Margaret mit Blindheit schlagen oder irgendein anderes gottgleiches Wunder vollbringen? Warum sollte sie es verbergen? Sie stellte sich diese Frage nie bewusst, aber ihr Instinkt riet ihr dringend dazu. Natürlich spielte dabei auch ein Rest von Zweifel eine Rolle (angenommen, sie hätte einen Fehler gemacht und das Wunder würde nicht klappen), hauptsächlich aber war es das Gefühl, dass sie mit der neuen Situation viel leichter fertig werden würde, wenn sie etwas älter war. Hatte sie sich erst einmal offenbart, dann gab es kein Zurück mehr, es war viel besser, ihr Gottsein vorläufig noch in der Hinterhand zu behalten.

Erwachsene beginnen ein betrügerisches Leben mit erheblichen Bedenken und scheitern in der Regel. Kinder hingegen nicht. Ein Kind vermag mühelos ein ganz entsetzliches Geheimnis zu verbergen und bleibt dabei vor Entdeckung praktisch immer sicher. Weil Eltern ihr Kind so häufig durchschauen, ohne dass das Kind etwas davon ahnt, ist ihnen selten klar, dass sie chancenlos sind, wenn ein Kind es tatsächlich darauf anlegt, ihnen etwas Bestimmtes zu verheimlichen. Emily hatte darum keine Bedenken, als sie beschloss, ihr Geheimnis für sich zu behalten, und sie brauchte auch keine zu haben.

Unten auf Deck quetschten sich die Krümel immer wieder in eine riesige Tauwerksrolle, taten so, als würden sie schlafen, sprangen dann plötzlich mit entsetztem Gebrüll heraus und hüpften aufgeregt um die Tauwerksrolle herum. Emily beobachtete sie mit dem unpersönlichen Interesse, das man einem Kaleidoskop schenkt. Bald darauf hatte Harry Emily entdeckt und rief ihr zu: »Emilii-ii! Komm runter, wir spielen Das-Haus-brennt!«

Vorübergehend erwachte jetzt ihr normales Interesse. Der Gedanke an das Spiel löste in ihrem Bauch ein angenehmes Kribbeln aus. Doch ebenso plötzlich verschwand es wieder, und nicht nur das, sie hatte nicht einmal mehr Lust, ihre erhabene Stimme an die da unten zu verschwenden. Sie schaute einfach weiter zu, ohne überhaupt zu reagieren.

»Komm schon!«, rief Edward.

»Komm spielen!«, rief Laura. »Sei nicht so stur!«

In der anschließenden Stille drang Rachels Stimme zu ihr herauf:

»Lass sie doch, Laura, wir brauchen sie gar nicht.«

II

Emily war allerdings keineswegs gekränkt, nur erleichtert, dass sie vorläufig allein zurechtkamen. Sie empfand die Verantwortung für das Grüppchen bereits als Belastung.

Als Margaret die Seiten gewechselt hatte, war die Aufsicht automatisch ihr zugefallen.

Die Sache mit Margaret war überhaupt höchst merkwürdig. Sie begriff es einfach nicht, und das beunruhigte sie. Angefangen hatte alles eigentlich schon in jener Nacht vor gut einer Woche, als sie selber den Captain unerklärlicherweise gebissen hatte. Bei der Erinnerung an ihr sonderbares Benehmen überlief sie jetzt ein regelrechter kleiner Angstschauer.

In jener Nacht waren alle fürchterlich betrunken gewesen und hatten einen Mordsradau gemacht, kein Gedanke an Schlaf. Schließlich hatte Edward Emily angebettelt, ihnen eine Geschichte zu erzählen. Aber sie war gerade nicht in »Erzähllaune«, darum hatten sie alle Margaret gefragt; d.h. alle außer Rachel, die Margaret gebeten hatte, es bleiben zu lassen, sie wolle nämlich nachdenken, wie sie sagte. Margaret hatte sich durch die Bitte natürlich geschmeichelt gefühlt und eine ganz alberne Geschichte zu erzählen begonnen von einer Prinzessin, die einen ganzen Berg Kleider besaß und dauernd ihren Diener schlug und in einen dunklen Schrank sperrte, wenn er etwas falsch machte. Die ganze Geschichte handelte tatsächlich von nichts anderem als von Kleidern und Prügel, und Rachel hatte sie zuletzt buchstäblich *angefleht* aufzuhören.

Mittendrin war ein Pulk Matrosen die Leiter heruntergekommen, sehr langsam und heftig palavernd. Leicht schwankend umstanden sie am Fuß der Leiter in einer Traube einen der ihren. Im Dunkeln konnte man nicht erkennen, wer es war. Sie drängten ihn zu irgendetwas – er zögerte.

»Gottverdammich!«, rief er dumpf. »Licht her, ich seh ja nicht, wo sie stecken!«

Es war die Stimme des Captains, aber wie anders sie klang! Unterdrückte Erregung schwang in ihr. Jemand zündete eine Laterne an und hielt sie hoch. So wie der Captain dastand, glich er halb einem Mehlsack, halb einem lauernden Tiger.

»Was möchten Sie?«, hatte Emily liebenswürdig gefragt.

Captain Jonsen zauderte und verlagerte das Gewicht von einem Fuß auf den anderen, als stünde er am Steuerrad.

»Sie sind betrunken, nicht wahr?«, hatte Rachel vernehmlich und missbilligend gepiepst.

Doch am sonderbarsten war Margarets Reaktion gewesen. Sie zitterte am ganzen Leib, als ob sie Fieber hätte, und ihre Augen im käseweiß gewordenen Gesicht waren schreckgeweitet. Einfach lächerlich. Dann fiel Emily wieder ein, dass Margaret sich schon in der ersten Nacht auf dem Schoner ganz albern gefürchtet hatte.

In diesem Augenblick wankte Jonsen auf Emily zu, griff ihr mit einer Hand unter das Kinn und streichelte ihr mit der anderen übers Haar. In blinder Wut packte sie seinen Daumen und biss mit aller Kraft zu; dann rannte sie erschrocken über die eigene Raserei durch den Kielraum hinüber zum fassungslosen Haufen der anderen Kinder.

»Was hast du bloß gemacht!«, schrie Laura und schubste sie zornig weg. »Du böses Mädchen hast ihm wehgetan!«

Jonsen trampelte fluchend herum und lutschte am Daumen. Edward hatte sein Taschentuch herausgeholt, und mit vereinten Kräften schafften sie es, ihm den Daumen zu verbinden. Er starrte das bandagierte Glied einige Augenblicke an, dann schüttelte er den Kopf wie ein begossener

Pudel und verzog sich unter gemurmelten Flüchen an Deck. Margaret musste sich anschließend so heftig übergeben, dass sie dachten, sie hätte wirklich Fieber, und es war auch kein vernünftiges Wort aus ihr herauszubekommen.

Als Emily mit ihrem neuen Bewusstsein das Geschehen noch einmal rekapitulierte, da kam es ihr so vor, als lese sie eine Geschichte in einem Buch zum zweiten Mal, so wenig verantwortlich fühlte sie sich für das rein automatisch handelnde Wesen, das dem Captain in den Daumen gebissen hatte. Es interessierte sie nicht einmal besonders; merkwürdig war es natürlich schon, aber schließlich gab es ja kaum etwas im Leben, das einem nicht merkwürdig vorkam.

Was Jonsen betraf, so waren er und Emily sich seither in gegenseitigem Einvernehmen aus dem Weg gegangen. Alle hatten Emily demonstrativ links liegen lassen, weil sie ihn gebissen hatte; den ganzen nächsten Tag wollte keines der anderen Kinder mit ihr spielen, und sie sah auch vollkommen ein, dass sie es nicht anders verdient hatte – sie musste wirklich von allen guten Geistern verlassen gewesen sein. Und trotzdem wirkte Jonsen, jedes Mal wenn er einen großen Bogen um sie machte, eher verlegen als wütend … ganz unerklärlicherweise.

Mehr noch aber beschäftigte sie Margarets seltsames Verhalten während der folgenden Tage.

Seit einiger Zeit benahm sie sich wirklich ausgesprochen sonderbar. Anfangs schien sie sich vor allen Männern übertrieben zu fürchten, aber dann war sie ihnen plötzlich überall an Deck hinterhergelaufen wie ein Hund – allerdings nicht Jonsen, sondern vor allem Otto. Dann hatte sie sich plötzlich ganz von den anderen Kindern getrennt und ihr Quartier in der Kajüte bezogen. Merkwürdigerweise ging sie ihnen jetzt strikt aus dem Weg und verbrachte die ganze Zeit mit den Matrosen; und die Matrosen ihrerseits schienen nicht nur unbedingt verhindern zu wollen, dass Margaret mit ihnen sprach, sondern auch, dass die anderen Kinder sie überhaupt zu Gesicht bekamen.

Inzwischen sahen sie Margaret kaum noch, und wenn doch einmal, dann erkannten sie sie kaum wieder, so sehr verändert wirkte sie, doch worin diese Veränderung bestand, ließe sich nur schwer beschreiben.

Von ihrem Ausguck bei der Mastspitze konnte Emily eben jetzt durch das Kajütoberlicht den Kopf des Mädchens sehen. Weiter vorn hatte José sich zu den spielenden Kindern gesellt; er schleppte alle auf dem Rücken und kroch auf Händen und Knien an Deck herum – natürlich als Spritzenwagen, wie sie ihn in den illustrierten Zeitschriften aus England gesehen hatten.

»Emily!«, rief Harry. »Komm spielen!«

Plötzlich rauschte der Vorhang über Emilys ganze Betrachtungen herab. In Sekundenfrist war sie wieder ein glückliches Tierchen – ein *x-beliebiges* glückliches Tierchen. Sie rutschte wie ein echter Seemann die Wanten hinunter und dirigierte im Nu die Maßnahmen zur Brandbekämpfung ebenso energisch wie die anderen Kommandeure dieser Feuerwehrbrigade.

III

In dieser Nacht wurde im Bettenparlament endlich eine Frage aufgeworfen, die überraschenderweise vorher noch nicht zur Sprache gekommen war. Emily hatte ihre Familie eben durch pure Rigorosität zum Schweigen verdonnert, da meldete sich Harrys hastig-aufgeregte Lispelstimme:

»Emily, Emily, darf ich dich was fragen, bitte?«

»Du sollst schlafen!«

Eine kurze Beratung im Flüsterton folgte.

»Es ist aber ganz wichtig, bitte, und wir wollen es alle wissen.«

»Was?«

»Sind diese Leute Piraten?«

Emily setzte sich verblüfft kerzengerade hin.

»Natürlich nicht!«

Harry klang etwas geknickt.

»Weiß nicht … ich hab bloß gedacht, es könnten doch welche …«

»Es *sind* welche!« erklärte Rachel resolut. »Ich weiß es von Margaret.«

»Unsinn!«, sagte Emily. »Heutzutage gibt's keine Piraten mehr.«

»Aber Margaret hat gesagt«, fuhr Rachel fort, »damals, wie wir auf dem anderen Schiff eingesperrt waren, da hat sie's gehört, wie ein Matrose gerufen hat, es sind Piraten an Bord gekommen.«

Emily hatte eine Eingebung.

»Aber nein, du Dummerchen, er hat bestimmt *Piloten* gesagt.«

»Was sind Piloten?«, fragte Laura.

»Sie kommen an Bord«, lautete Emilys lahme Erklärung. »Wisst ihr noch das Bild zuhause im Esszimmer, das hieß: Der Pilot kommt an Bord?«

Laura lauschte andächtig. Die Erklärung zu den Piloten fiel nicht sehr erhellend aus, andererseits wusste sie aber ja auch nicht, was Piraten waren. Man könnte also auf den Gedanken kommen, dass sie die ganze Diskussion kaum interessierte, aber das wäre ein Irrtum: Weil den Älteren diese Frage offenkundig wichtig schien, hörte sie gespannt zu.

Der Irrglaube, es seien Piraten, war gründlich erschüttert worden. Woher sollten sie mit Sicherheit wissen, welches Wort Margaret tatsächlich gehört hatte? Rachel wechselte ins andere Lager.

»Sie können keine Piraten sein«, sagte sie. »Weil Piraten sind nämlich böse.«

»Warum fragen wir sie nicht?« Edward ließ nicht locker.

Emily überlegte.

»Das wäre wohl nicht sehr höflich.«

»Sie würden es uns bestimmt nicht verübeln«, sagte Edward. »So nett, wie die sind.«

»Ich glaube, das würde ihnen nicht gefallen«, sagte Emily. Zuinnerst fürchtete sie sich vor der Antwort; und wenn es Piraten waren, wäre es wohl auch hier wieder mal besser, so zu tun, als wisse man von nichts.

»Jetzt hab ich's!«, sagte sie. »Soll ich den Mäuserich mit dem Gummischwanz fragen?«

»Au ja!«, rief Laura. Das Orakel war schon monatelang nicht mehr befragt worden, aber sie glaubte weiterhin felsenfest daran.

Emily beriet sich mit einigen kurzen Piepsern mit sich selbst.

»Er sagt, es sind *Piloten*«, verkündete sie.

»Oh«, meinte Edward tiefsinnig, und alle schliefen ein.

Kapitel Sieben

Wenn Edward grimmig und allein an Deck auf und ab patrouillierte, dachte er oft, dies sei für ihn haargenau das richtige Leben. Was für ein Glück, es auf diese Weise geschenkt zu bekommen, statt wie die meisten Leute extra durchbrennen zu müssen, um zur See zu fahren! Trotz der Entscheidung des Weißen Mäuserichs (an den er insgeheim schon lange nicht mehr glaubte) bezweifelte er nicht, auf einem Piratenschiff zu sein, und ebenso wenig, dass, wenn Jonsen in einem wilden Kampf ums Leben käme, die Seeleute ihn, Edward, einstimmig zu ihrem Captain wählen würden.

Die Mädchen gingen einem mächtig auf die Nerven. Sie hatten auf einem Schiff nichts verloren. Wenn er erst Captain wäre, würde er sie allesamt aussetzen lassen.

Und doch hatte es eine Zeit gegeben, da hätte er sich gewünscht, ein Mädchen zu sein. »Als ich klein war«, hatte er dem andächtig lauschenden Harry einmal anvertraut, »da habe ich immer gedacht, Mädchen sind größer und stärker als Jungens. Ziemlich dämlich, was?«

»Ja«, sagte Harry.

Harry vertraute es Edward zwar nicht an, aber auch er wünschte sich, und zwar *jetzt*, ein Mädchen zu sein. Allerdings aus einem anderen Grund: Er war jünger als Edward und deshalb noch im verliebten Alter; und weil er sich in der Gesellschaft kleiner Mädchen beinahe zauberhaft wohlfühlte, bildete er sich törichterweise ein, dieses Gefühl würde noch intensiver, wäre er selbst ein Mädchen. Als Junge blieb er von ihren Beratungen meist ausgeschlossen. Emily war natürlich schon zu alt, um in seinen Augen noch als Mädchen zu gelten, aber an Rachel und Laura hing er hingebungsvoll. Wäre Edward erst mal der Captain, würde er der Maat sein, und wenn er sich diese Zukunft ausmalte, bestand sie hauptsächlich darin, Rachel – oder Laura, *n'importe* – aus immer neuen und schwierigen Gefahren zu retten.

Sie alle waren auf dem Schoner inzwischen ebenso zuhause wie auf Jamaika. Die Krümel besaßen an Ferndale keine lückenlose Erinnerung mehr, bloß eine Reihe intensiver Bilder von eher nebensächlichen Ereignissen. Emily erinnerte sich natürlich noch an das meiste und vermochte den Zusammenhang herzustellen. Tabbys Tod zum Beispiel würde sie ihr Leben lang nicht vergessen. Sie konnte sich ebenfalls erinnern, dass Ferndale eines Tages komplett eingestürzt war. Und auch an ihr Erdbeben: Sie hatte ein Erdbeben erlebt, und *daran* konnte sie sich noch in allen Einzelheiten erinnern. War Ferndale wegen des Erdbebens eingestürzt? Das klang recht wahrscheinlich. Außerdem hatte damals ein wütender Sturm getobt … Sie konnte sich entsinnen, dass sie alle gebadet hatten, als das Erdbeben anfing, und dass sie dann auf Ponys irgendwohin ritten. Aber als es einstürzte, da waren sie *im* Haus gewesen, das wusste sie ziemlich sicher. Es war nicht ganz leicht, alles in die richtige Reihenfolge zu bringen. – Wann hatte sie denn das Negerdorf entdeckt? Sie erinnerte sich mit bestürzender Klarheit, wie sie sich gebückt und zwischen den Bambuswurzeln die sprudelnde Quelle gesucht hatte und dann beim Umdrehen die schwarzen Kinder sah, die über die Lichtung davonwuselten. Das musste viele viele Jahre her sein. Doch am deutlichsten hatte sich ihrem Gedächtnis jene Schreckensnacht eingebrannt, als Tabby mit funkensprühenden Augen, gesträubtem Fell und tragischem Klagegeschrei durchs Zimmer getigert war, bis die scheußlichen schwarzen Schemen zum Oberlicht hereinflogen und ihn brutal hinaustrieben in den Busch. Das Grauen dieser Szene hatte sich noch gesteigert, weil sie ihr etliche Male im Traum wiedergekehrt war und weil es, wenn sie davon träumte (obwohl es immer derselbe Traum zu sein schien), jedes Mal einen schrecklichen Unterschied gab. In einer Nacht (der allerschlimmsten) war sie nach draußen gerannt, um ihn zu retten, und ihr geliebter, treuer Tabby, der ebenso grässlich blickte wie der Captain nach dem Biss in seinen Daumen, hatte sie angegriffen und durch endlose Schirmpalmenalleen gehetzt, an deren Ende Exeter House stand, das aber nie näher kam, sosehr sie auch rannte. Sie wusste natürlich, dass dies nicht der reale Tabby war, sondern eine Art diabolischer Doppelgänger, und Margaret, schwarz wie ein Neger, hatte sie von einem Orangenbaum herab verspottet.

Zu den Nachteilen des Bordlebens zählten die Kakerlaken. Sie konnten fliegen. Sie verseuchten den vorderen Laderaum und verbreiteten einen entsetzlichen Gestank. Man musste sich einfach damit abfinden. Aber auf See wusch man sich nicht oft, und es war schon fast die Regel, morgens beim Aufwachen festzustellen, dass die Biester einem das lebendige Fleisch unter den Nägeln weggefressen oder die Hornhaut von den Fußsohlen genagt hatten, sodass man kaum laufen konnte. Sie stürzten sich auf alles, was nur ein bisschen verdreckt oder schmierig war. Auf Knopflöcher waren sie besonders versessen. Man wusch sich selten, Süßwasser war zu kostbar, und Salzwasser nutzte praktisch gar nichts. Vom ständigen Umgang mit verteerten Tauen und fettigen Eisenbeschlägen sahen ihre Hände schlimmer aus als die von Slumkindern. Es gibt unter Seeleuten die Redensart, zur Monatsration eines Matrosen gehöre auch ein Viertelscheffel Dreck, aber die Kinder auf dem Schoner müssen oft viel mehr geschluckt haben.

Das Schiff war eigentlich nicht schmutzig – bis auf die Back wahrscheinlich, der Rest aber schien dank des nordischen Charakters von Captain und Maat relativ sauber. Doch selbst auf einem blitzblank wirkenden Schiff macht man sich bei jedem Handgriff schmutzig. Ihre Kleider wusch José gelegentlich zusammen mit seinem eigenen Hemd, und in diesem Klima trockneten die Sachen bis zum nächsten Morgen wieder.

Jamaika war in der Vergangenheit verblasst; England, ihr vermutetes Reiseziel, von dem sie sich aus den dauernden Erwähnungen ihrer Eltern einst eine sehr merkwürdige Vorstellung gebildet hatten, tauchte wieder in einen mythischen Nebel ein. Sie lebten in der Gegenwart und passten sich ihr so perfekt an, dass man bereits nach wenigen Wochen hätte schwören mögen, sie wären in einer Hängematte zur Welt gekommen und in einem Kompasshaus getauft worden. Sie schienen von Geburt schwindelfrei, und je höher sie sich über dem Deck befanden, desto glücklicher waren sie. An windstillen Tagen baumelte Edward an den Kniekehlen von einer Saling, um zu spüren, wie ihm das Blut in den Kopf rauschte. Auch der meist eingeholte Flieger bot einen prächtigen Unterschlupf beim Versteckspiel; man hielt sich an Stagreitern und Anschlagbändseln gut fest und wickelte sich in das Segeltuch. Als die anderen Kinder einmal dort Edwards Versteck vermuteten, kletterten sie nicht auf den Klüverbaum hinaus, um nachzuschauen, sondern lösten den Niederholer und zogen dann gemeinsam so kräftig an der Fallleine, dass Edward um ein Haar ins Meer geschleudert worden wäre. Der Mythos Hai wird maßlos übertrieben; es stimmt z.B. nicht, dass Haie einem Menschen das Bein glatt an der Hüfte abtrennen können – ihr Biss gleicht mehr einem Reißen, keinem sauberen Schnitt, und ein geübter Schwimmer kann jeden Angriffsversuch eines Hais leicht mit einem gezielten Hieb auf dessen Schnauze abwehren[1]; trotzdem hätte für einen über Bord gegangenen kleinen Jungen wie Edward kaum Hoffnung bestanden, und für diesen Unfug setzte es eine gehörige Standpauke.

Häufig folgten dem Schiff mehrere der dicken, gummiartigen Wülste über viele Stunden – vielleicht in der Hoffnung auf einen derartigen Leichtsinn.

Haie waren aber auch nützlich. Es ist allgemein bekannt: Wer einen Hai fängt, der fängt auch einen guten Wind. Brauchte man also eine Brise, dann spießten die Seeleute einen Köder an einen großen Haken und hievten mit der Winde schon bald einen Hai an Bord. Je größer der Hai, umso besser die erhoffte Brise; und die Schwanzflosse wurde an den Klüverbaum genagelt. Eines Tages zogen sie ein konvulsivisch zuckendes Mordsexemplar an Bord, und nachdem sie ihm den Unterkiefer abgehackt hatten, wuchtete ihn irgendwer in die Schiffslatrine (so dumm, sie zu ihrem eigentlichen Zweck zu benutzen, war niemand) und dachte nicht mehr daran. In einer wüsten Nacht jedoch

[1] Der Tigerhai der Südsee ist natürlich ein anderes Kaliber.

verirrte sich der alte José genau dorthin und ließ sich direkt auf dieses böse *cheval de frise* plumpsen. Er brüllte wie am Spieß, die Mannschaft lachte sich halb tot, und sogar Emily hätte die Sache sehr lustig gefunden, wäre sie bloß nicht so unanständig gewesen. Der Anblick von Josés Mumie hätte jeden Archäologen rätseln lassen, woher die merkwürdigen Narben (an dieser Stelle) stammten.

Auch der Schiffsaffe sorgte für viel Heiterkeit an Bord. Eines Tages hatten sich Schiffshalter, eine Art Saugfische, an Deck festgesetzt, und er versuchte, sie zu entfernen. Nachdem er probehalber einige Male an ihnen gezupft hatte, stemmte er sich mit drei Beinen und dem Schwanz gegen das Deck und zerrte wie ein Besessener. Aber sie rührten sich nicht vom Fleck. Die Mannschaft bildete einen Kreis, und er wusste, seine Ehre stand auf dem Spiel: Irgendwie *musste* er sie von da verschwinden lassen. Also fraß er sie mit Flossen und Saugnapf, trotz ihres für einen Vegetarier widerwärtigen Geschmacks, und erntete tosenden Applaus.

Edward und Harry sprachen oft darüber, wie sie sich im nächsten Gefecht bewähren würden. Manchmal probten sie es auch im Voraus, erstürmten mit wüstem Gebrüll die Kombüse oder sprangen ins Takelwerk des Großmastes und befahlen, alle Mann ins Meer zu werfen. Einmal, als sie gerade in die Schlacht zogen, grölte Edward:

»Ich bin mit Schwert und Pistole bewaffnet!«

»Und ich mit einem Schlüssel und einer halben Pfeife!«, grölte der prosaischere Harry.

Sie achteten streng darauf, diese Übungen nur in Abwesenheit der echten Piraten zu veranstalten; weniger aus Scheu vor sachverständiger Kritik, sondern weil noch gar nicht offen ausgesprochen worden war, wer diese Leute eigentlich waren; und alle Kinder teilten Emilys Intuition, es sei besser, so zu tun, als wisse man es nicht – ein im Grunde magischer Glaube.

Obwohl Laura und Rachel fast unzertrennlich schienen und in Harrys Augen zu *einer* Göttin verschmolzen, unterschied sich ihr Innenleben beinahe in jeder Hinsicht. Schon allein aus Prinzip (wie man bemerkt haben wird) waren sie in jedem Punkt stets gegensätzlicher Meinung; es lag aber auch in ihrem Wesen. Rachel kannte nur zwei Betätigungsfelder. Das eine war häuslich. Glücklich fühlte sie sich nur inmitten der Utensilien eines kompletten Haushalts; wo sie ging und stand, hinterließ sie Wohnungen und Familien. Sie sammelte Wergreste und die Fusseln eines verschlissenen Scheuerlappens, wickelte alles in Lumpen und legte sie in allen möglichen Ecken und Winkeln schlafen. Wehe, wenn jemand eines ihrer dreißig Babys weckte – und wehe erst, wenn er es wegräumte! Sogar für einen Marlspieker konnte sie mütterliche Gefühle entwickeln und saß dann irgendwo hoch oben, schaukelte ihn in den Armen und summte ein Wiegenlied. Die Seeleute vermieden es, an Deck unter ihr durchzugehen, denn wenn so ein »Baby« aus einer gewissen Höhe fallen gelassen wird, dann zertrümmert es auch den dicksten Schädel (ein Missgeschick, das unbeliebte Kapitäne manchmal ereilt).

Außerdem existierte kaum ein Stück der Schiffsausrüstung, von der Ankerwinde bis zum Bootsmannsstuhl, das von ihr nicht zu einem Einrichtungsgegenstand umgewandelt und als ihr Eigentum gekennzeichnet worden war: Tisch, Lampe oder Teeservice. Und was sie als ihr

Eigentum gekennzeichnet hatte, durfte niemand anfassen – wenn sie es verhindern konnte. In einer Parodie auf Hobbes könnte man sagen: Alles, was in ihre Imagination Eingang gefunden hatte, beanspruchte sie als ihr Eigentum, und die meiste Zeit verbrachte sie mit der wütenden oder tränenreichen Behauptung ihrer Besitzansprüche.

Ihr zweites Interesse galt der Moral. Dieses Kind besaß ein so außerordentlich lebhaftes, *schlichtes* Empfinden für Recht und Unrecht – dass es beinahe schon einem frühreifen ethischen Genie glich. Jede Handlung, ob die eigene oder die eines anderen, wurde augenblicklich als gut oder schlecht bewertet und kompromisslos gelobt oder getadelt. Zweifel kannte sie nicht.

Emilys Gewissen schlug völlig anders. Ihr war dies geheime innere Kriterium weiterhin nur halb bewusst, doch es machte ihr Angst. Sie besaß nicht Rachels Klarsicht, wusste nie, wann sie das Gewissen vielleicht unabsichtlich kränkte, und lebte in entsetzlicher Furcht vor den ehernen Klauen dieser Harpyie in der eigenen Brust, sollte sie sie jemals aus dem Ei schlüpfen lassen. Wenn sie spürte, wie sich deren latente Kräfte im pränatalen Schlaf regten, zwang sie ihre Gedanken in eine andere Richtung und verdrängte sogar die eigene Angst vor ihrem Gewissen. Aber im Grunde ihres Herzens *wusste* sie, sie würde es eines Tages durch irgendeine Handlung aufrütteln, eine völlig unabsichtlich verübte, entsetzliche Tat würde in ihrer Seele einen Sturm entfesseln. Es konnten ganze Wochen in seliger Unbewusstheit verstreichen, ihr mochten blitzartige Visionen zuteil werden, wo sie wusste, sie war Gott-Selbst, doch gleichzeitig wusste sie in ihrem tiefsten Inneren, jenseits allen Zweifels, dass sie verdammt war, dass es seit Anbeginn der Welt keinen so verderbten Menschen gegeben hatte wie sie.

Ganz anders Rachel: Sie empfand ihr Gewissen keineswegs als bedrückend. Es bildete schlicht eine bequeme, reibungslos funktionierende Haupttriebfeder ihres Lebens, angenehm wie ein gesunder Appetit. Zum Beispiel herrschte jetzt der stillschweigende Konsens, dass es sich bei all diesen Männern um Piraten handelte. Das heißt, sie waren verderbt. Deshalb oblag es ihr, sie zu bekehren, und sie entwarf ihre entsprechenden Pläne ohne die geringsten Bedenken oder das mindeste Widerstreben. Ihr Gewissen quälte sie nicht, weil es ihr grundsätzlich völlig unvorstellbar schien, sie könnte gegen dessen Gebote verstoßen oder sie missverstehen. Zuerst würde sie versuchen, diese Leute zu bekehren, wahrscheinlich würden sie sich bessern, wenn aber nicht – dann würde sie eben die Polizei holen. Da beide Resultate richtig waren, spielte es auch keine Rolle, welcher Fall letztlich eintrat.

So viel zu Rachel. Lauras Inneres bot ein total anderes Bild: ein unüberschaubares, kompliziertes und nebulöses Etwas, das sich kaum in Worte kleiden lässt. Um es mit der Metapher einer Kaulquappe zu sagen: Obwohl ihr schon Beine wuchsen, waren ihr die Kiemen noch nicht abgefallen. Mit ihren knapp vier Jahren war sie zwar zweifellos ein Kind – und Kinder sind menschliche Wesen (wenn man den Begriff »menschlich« sehr weit fasst), – über die Babystufe aber noch nicht ganz hinaus; und Babys sind natürlich keine menschlichen Wesen – es sind Tiere mit uralten und verästelten Lebensweisen, wie sie auch die Katzen besitzen und die Fische, ja selbst die Schlangen; diesen sehr ähnlich, jedoch viel komplexer und intensiver, denn Babys zählen schließlich zu den höchstentwickelten Arten der niederen Wirbeltiere. Kurzum, das Bewusstsein von Babys arbeitet mit ganz eigenen Begriffen und Kategorien, die sich nicht in die Begriffe und Kategorien des menschlichen Bewusstseins übersetzen lassen.

Es stimmt, sie sehen menschlich aus – aber nicht so menschlich, muss man gerechterweise sagen, wie viele Affen.

Unbewusst betrachtet sie ja auch jeder als Tiere – warum sonst lachen die Leute immer, wenn sie ein Baby bei einer typisch menschlichen Geste beobachten, genauso wie sie über eine Gottesanbeterin lachen würden? Wäre das Baby nur ein weniger entwickelter Mensch, wäre daran sicher nichts Komisches.

Man könnte nun womöglich die Behauptung aufstellen, Kinder seien auch keine menschlichen Wesen, doch dem würde ich widersprechen. Zugegeben, ihr Verstand ist nicht nur unwissender und beschränkter als unserer, auch ihr ganzes Denken verläuft in völlig anderen Bahnen (im Grunde ist es *verrückt*), aber mit einer gewissen Willensanstrengung und Phantasie kann man sich in ein Kind hineindenken, zumindest partiell – und bereits der minimalste Erfolg in dieser Hinsicht entkräftet die aufgestellte Behauptung; in ein Baby hingegen kann man sich ebenso wenig hineindenken wie in eine Biene.

Wie also lässt sich Lauras Innenwelt beschreiben, wo der Kinderverstand inmitten der vertrauten Relikte des Babybewusstseins lebte wie ein Faschist in Rom?

Es ist ausgesprochen ernüchternd, beim Schwimmen unter Wasser plötzlich einem großen Kraken ins Gesicht zu blicken. Man vergisst es nie: den eigenen Respekt gepaart mit dem untrüglichen Gefühl, daß eine echte intellektuelle Sympathie unmöglich ist. Rasch beschränkt man sich, wie ein naiver Maler, auf die rein äußerliche Bewunderung der kuhähnlich sanften Augen, der schönen und verschwindend geringen Mobilität des großen und zahnlosen Mauls, das eben jenes Wasser ganz selbstverständlich aufnimmt, dem wir unsere Lungen versperren müssen, um zu überleben. Da ruht er in einer Felsnische, scheinbar schwerelos, doch sehr groß, in der klaren grünen Umgebung, die langen Tentakel, geschmeidiger als Seide, sind eingerollt oder bewegen sich tastend als Reaktion auf unsere Anwesenheit. Weit oben schließt die Äthergrenze wie ein helles Glasfenster alles ab. Der Kontakt mit einem kleinen Baby vermag zumindest jenen eine ferne Ahnung dieses Gefühls zu vermitteln, denen keine Aufwallung mütterlicher Gefühle das Hirn vernebelt.

Natürlich stimmt dieses Schema so nicht; aber häufig lässt sich die Wahrheit nur darstellen, indem man sie wie ein Kartenhaus aus einem Stapel Lügen konstruiert.

Diese komplizierten Überreste des Babyalters überdauerten jedoch nur in Lauras Inneren, äußerlich wirkte sie voll und ganz wie ein Kind – ein eher zurückhaltendes, sehr spezielles und eigentlich bezauberndes Kind. Ihr Gesicht mit den dichten Augenbrauen und dem fliehenden Kinn war nicht hübsch, aber sie besaß die verblüffende Gabe der passenden Bewegung, der geeigneten Pose für jede Situation. Ein Kind, das seine Zuneigung beispielsweise durch die Art und Weise bekunden kann, wie es die Füße auf den Boden setzt, besitzt eine gehörige Portion jenes körperlichen Talents, das man Charme nennt. Sie setzte ihn allerdings kaum ein; neun Zehntel ihres Lebens spielten sich in ihrem Kopf ab, sie fand selten Zeit, anderen Menschen gegenüber starke Sympathie oder heftige Antipathie zu empfinden. Die von ihr so zum Ausdruck gebrachten Gefühle waren im Großen und Ganzen eher unpersönlicher Art und hätten einen Liebhaber des Balletts begeistert; umso bemerkenswerter war es, dass sie *tatsächlich* eine hündische Anhänglichkeit an den verschlossenen und grobschlächtig wirkenden Captain der Piraten entwickelt hatte.

Niemand behauptet ernsthaft, Kinder besäßen auch nur die geringste Menschenkenntnis; ihre Neigungen sind meist von der Phantasie gesteuert, nicht von der Intuition. »Wofür haltet ihr mich eigentlich?«, hatte der erzürnte Grobian in einem denkwürdigen Moment gefragt. Man könnte mit Recht fragen, wofür Laura ihn wohl hielt, und die Antwort müssen wir schuldig bleiben.

II

Schweine wachsen schnell, schneller noch als Kinder, und sosehr sich Letztere während des ersten Monats an Bord auch veränderten, das kleine schwarze Ferkel (das übrigens »Donner« hieß) hatte sich noch mehr verändert. Donner war bald so groß, dass man ihm unmöglich weiter erlauben konnte, auf irgendjemandes Bauch bequem Platz zu nehmen; da er nichts von seiner Freundlichkeit verlor, wurden die Rollen jetzt getauscht, und es bot sich der alltägliche Anblick, dass ein Kind oder eine ganze Reihe von Kindern auf seiner schuppigen Flanke saß. Sie hatten das Tier wirklich gern (besonders Emily) und nannten es Süßer, Schätzchen, Herzblatt usw. Donner konnte sich jedoch nur auf zwei Arten äußern. Kratzte man ihm den Rücken, gab er gelegentlich ein leises und glückliches Grunzen von sich; und dieselbe Bekundung (nur in einem anderen Tonfall) musste auch für jede andere Gelegenheit und Gefühlsregung dienen – mit einer Ausnahme. Nahm eine besonders schwere Gruppe gleichzeitig auf ihm Platz, dann entwich ihm ein geisterhaft feines Stöhnen, ergreifend wie das Wehklagen des Windes in einem fernen Schornstein, so als würde die Luft durch ein stecknadelgroßes Loch aus ihm herausgepresst.

Es gibt keine bequemere Sitzgelegenheit als ein fügsames Schwein.

»Wenn ich die Königin wäre«, sagte Emily, »hätte ich ganz bestimmt ein Schwein als Thron.«

»Vielleicht hat sie das ja«, meinte Harry.

»Er mag es wirklich, wenn man ihm den Rücken kratzt«, setzte sie gleich ganz gerührt hinzu, als sie ihm die schorfige Schwarte schubberte.

Der Maat hatte sie beobachtet.

»Mit so einer Haut würdest *du* dich garantiert auch gern kratzen lassen!«

»Sie sind geschmacklos!«, rief Emily entzückt.

Aber seine Worte zeigten Wirkung.

»Ich würde ihn nicht so oft küssen, wenn ich du wäre«, riet Emily bald darauf Laura, die im Liegen die Arme eng um Donners Hals geschlungen hatte und seinen salzigen Rüssel vom Ring bis zu den Ohren mit Küssen bedeckte.

»Mein Schatz! Mein Liebling!« murmelte Laura gleichsam als Protest.

Der gewiefte Maat hatte geahnt, dass eine gewisse Entfremdung nötig wäre, wollten sie jemals frisches Schweinefleisch ohne salzige Tränen serviert bekommen. Dies sollte ein erster Vorstoß in diese Richtung sein. Aber leider! Auf Lauras Seelenklaviatur ließ sich genauso schwierig spielen wie auf der 23-saitigen Laute.

Mittags traten die Kinder zur Ausgabe von Suppe und Schiffszwieback an.

Vollgestopft wurden sie auf dem Schoner nicht; sie bekamen wenig gesunde oder vitaminreiche Kost (es sei denn, die Vitamine verbargen sich im oben erwähnten Scheffel Dreck), aber es schien ihnen nicht zu schaden. Zuerst garte der Schiffskoch die diversen mitgeführten und haltbaren Gemüse stundenlang in einem großen Topf. Dann kam ein in einer winzigen Menge Frischwasser abgespülter Klumpen Pökel-Rindfleisch aus der Tonne hinein und durfte mit dem Übrigen so lange sieden, bis er gar war. Dann wurde er herausgenommen, und zuerst aßen der Captain und der Maat Suppe und Fleisch wie echte Gentlemen aus Tellern. An Wochentagen ließ man das Fleisch anschließend auf dem Kajütsbord abkühlen, um es in der morgigen Suppe wieder aufzuwärmen, und die Mannschaft und die Kinder verzehrten die Brühe mit Zwieback. Sonntags aber nahm der Captain mit Gönnermiene das Fleischstück, schnitt es in kleine Stückchen wie im Kindergarten und mischte es unter das Gemüse in der großen Holzschüssel, aus der Mannschaft und Kinder gemeinsam löffelten. Es war eine sehr patriarchalische Art zu essen.

Nicht einmal am gemeinsamen Mittagessen nahm Margaret mehr teil, sondern aß in der Kajüte, obwohl es auf dem ganzen Schiff nur zwei Teller gab. Wahrscheinlich benutzte sie den Teller des Maats, wenn er mit Essen fertig war.

Laura und Rachel stritten sich an diesem Tag tränenreich um ein besonders saftiges Stück Yamswurzel. Emily ließ sie gewähren. Sie versuchte klugerweise erst gar nicht, die Friedensstifterin zu spielen. Außerdem war sie selber viel zu sehr mit Essen beschäftigt. Edward brachte die Streithammel jedoch zum Schweigen, indem er mit schrecklicher Stimme drohte: »Haltet sofort den Mund, sonst *säbele* ich euch in Stücke!«

Emilys Entfremdung vom Captain hatte inzwischen ein unangenehmes Ausmaß erreicht. Solange solche Verstimmungen noch neu und frisch sind, meiden sich beide Parteien, und es gibt keine Probleme; aber nach einigen Tagen haben sie die Sache wahrscheinlich vergessen, wollen wieder miteinander reden, erinnern sich dann plötzlich, dass sie ja eigentlich nicht mehr miteinander reden, und müssen verlegen einen Rückzieher machen. Für ein Kind gibt es kaum etwas Peinlicheres. In diesem Fall lag die besondere Schwierigkeit, eine Versöhnung herbeizuführen, in dem Umstand begründet, dass sich beide Seiten absolut im Unrecht fühlten. Jeder bereute die eigene unüberlegte Raserei, und keiner ahnte, dass es dem anderen genauso ging, deshalb wartete jeder auf eine versöhnliche Geste des anderen. Außerdem bestand für den Captain zwar viel mehr Grund, sich ernsthaft zu schämen, dafür war Emily aber natürlich weitaus sensibler und zerknirschter, das glich sich ungefähr aus. Wenn Emily also mit einem fliegenden Fisch im Arm unbekümmert zum Captain rannte, seinen Blick auffing und sich auf der anderen Seite der Kombüse davonstahl, interpretierte er das als Ausdruck dauerhafter Ächtung und Abscheu, wurde puterrot und starrte wie versteinert auf das zerknitterte Großsegel – und Emily fragte sich dann, ob er den zerbissenen Daumen *nie* vergessen würde.

An diesem Nachmittag aber spitzte sich die Sache zu. Laura trottete hinter dem Captain her und probierte verschiedene Posen. Edward wusste endlich, wo Luv und Lee lagen, und kam angeflitzt, um die erste der drei »Hauptregeln des Lebens« zu lernen, und Emily stand aus purer Vergesslichkeit gespannt wie ein Flitzebogen neben ihm.

Edward wurde vorschriftsmäßig examiniert und bestand.

»Die erste Regel lautet«, sagte der Captain: »*Wirf niemals etwas nach Luv, außer heißem Wasser oder Asche.*«

Edwards Gesicht zeigte sofort den erwünscht verdatterten Ausdruck.

»Aber *Luv* ist ...«, begann er, »da bekommt man doch alles ...«, dann verstummte er und überlegte, ob er die Begriffe nicht doch verwechselt hatte. Jonsen strahlte über den Erfolg des uralten Witzes. Emily versuchte gerade, auf einem Bein zu balancieren, verlor das Gleichgewicht und griff nach Jonsens Arm. Er sah sie an – alle sahen sie an.

Die allerbeste Möglichkeit, einer peinlichen Situation möglichst nervenschonend zu entkommen, ist der Rückzug mit einer Serie von Purzelbäumen. Emily begann sofort über das Deck davonzukullern.

Es war schwierig, dabei die Orientierung zu behalten, und ihr wurde entsetzlich schwindlig; doch sie *musste* unbedingt durchhalten, bis sie außer Sichtweite war.

In diesem Moment ließ Rachel, die oben im Großmast saß, zum ersten Mal ihren Marlspieker fallen. Sie schrie gellend – weil in *ihren* Augen gerade ein Baby abstürzte und sich unten auf Deck den Kopf einschlagen würde.

Jonsen stöhnte erschrocken auf – Männer werden nie lernen, so durchdringend zu schreien wie eine Frau.

Am schrillsten aber schrie Emily, allerdings erst einige Sekunden nach den beiden anderen, denn vibrierend im Deck stak der tückische Stahl, der ihre Wade durchbohrt hatte. Zur Anspannung und dem Übelkeit erregenden Schwindel kamen jetzt noch der Schock und der Schmerz und ließen sie herzzerreißend weinen. In der nächsten Sekunde war Jonsen bei ihr, hob sie auf und trug die jämmerlich schluchzende Emily hinunter in die Kajüte. Dort saß Margaret, die schmächtigen Schultern hochgezogen, über irgendeine Näharbeit gebeugt und summte vor sich hin, obwohl ihr hundeelend war.

»Raus hier!«, sagte Jonsen leise und roh. Wortlos packte Margaret ihr Nähzeug und kletterte an Deck.

Jonsen strich etwas Stockholmteer auf einen Lappen und verband Emilys Bein mit erstaunlichem Geschick, obwohl ihr der Teer natürlich Qualen bereitete. Als er sie in seine Koje legte, hatte sie sich schon ausgeweint. Als sie die tränennassen Augen öffnete und in seinem über sie gebeugten vierschrötigen Gesicht ausschließlich Sorge und ein beinahe überwältigendes Mitleid sah, war sie so überglücklich, dass er ihr nun endlich verziehen hatte, dass sie die Arme nach ihm ausstreckte und ihn küsste. Er hockte sich auf die Schiffstruhe und schaukelte langsam vor und zurück. Emily döste für mehrere Minuten ein; als sie wieder aufwachte, war er immer noch da.

»Erzählen Sie mir von damals, als Sie klein waren«, sagte sie.

Jonsen blieb stumm sitzen und versuchte, seinen schwerfälligen Geist zurück in die Vergangenheit zu projizieren.

»Als ich ein Junge war«, sagte er schließlich, »da glaubte man, es bringt Unglück, wenn man seine Seestiefel selber einfettet. Meine Tante hat sie mir immer eingeschmiert, bevor wir mit dem Fischlugger rausgefahren sind.«

Er schwieg eine Weile.

»Der Fang ging durch sechs – der Bootsbesitzer bekam einen Teil und jeder von uns Übrigen auch.«

Das war alles. Doch Emily fand es wahnsinnig interessant, und bald darauf schlief sie selig wieder ein.

Für ein paar Tage mussten sich der Captain und der Maat abwechselnd Ottos Koje teilen; weiß der Himmel, in welches Loch Margaret verbannt wurde. Es würde eine ganze Weile dauern, bis die klaffende Wunde in Emilys Bein verheilt war. Zu allem Überfluss schlug das bisher beständige Wetter um; solange sie wach blieb, ging es ihr gut, aber im Schlaf rollte sie in der Koje herum und wurde durch die Schmerzen natürlich wieder wach; sie verfiel deshalb bald in einen fiebrigen und fahrigen Zustand, obwohl das Bein eigentlich gut verheilte. Die anderen Kinder besuchten sie selbstverständlich, aber als der Zutritt ins »Allerheiligste« den Reiz des Neuen eingebüßt hatte, machte es ihnen keinen besonderen Spaß mehr, denn unten in der Kajüte konnte man absolut nichts anstellen. Deshalb blieb es bei pflichtschuldigen und kurzen Besuchen. Nachts jedoch, ganz allein im vorderen Laderraum, jetzt wo die Katze aus dem Haus war, müssen sie wie die Mäuse auf dem Tisch getanzt haben. Und das sah man ihnen morgens auch an.

Manchmal erschien Otto, zeigte ihr, wie man Zierknoten knüpft, und beschwerte sich dabei über den Captain, obwohl dies mit unbehaglichem Schweigen quittiert wurde. Otto war von Geburt Wiener, hatte sich aber mit zehn Jahren als blinder Passagier an Bord eines Donaukahns gestohlen, sein Herz ans Meer verloren und danach meist auf englischen Schiffen gedient. Seit seiner Kindheit hatte er nur in Wales einmal längere Zeit an Land gelebt. Einige Jahre war er vom einst aufstrebenden, jetzt praktisch toten Hafen von Portdinlleyn die Küste entlanggesegelt und sprach deshalb außer Deutsch, Spanisch und Englisch auch fließend Walisisch. Er hatte dort nicht lange gelebt, allerdings in einem sehr aufnahmefähigen Alter, und wenn er Emily von seiner Vergangenheit erzählte, sprach er meistens von seinem Leben als »Junge« auf den Schieferkähnen. Captain Jonsen stammte aus einer dänischen Familie, die in Lübeck an der Ostseeküste sesshaft geworden war. Auch er war die meiste Zeit auf englischen Schiffen gesegelt. Wo und wann er und Otto sich kennen gelernt hatten und wie sie ins kubanische Piratengeschäft geraten waren, fand Emily nie heraus. Sie waren offensichtlich schon seit vielen Jahren unzertrennlich. Emily ließ die beiden lieber schwadronieren, statt ihnen Fragen zu stellen oder den Versuch zu machen, sich die Dinge selbst zusammenzureimen, das entsprach mehr ihrer Veranlagung.

Als die Knoten langweilig wurden, schickte José ihr einen wunderschönen Häkelhaken, den er aus einem Rinderknochen geschnitzt hatte, und mit den aus einem Segeltuchfetzen herausgezogenen Fäden konnte sie Deckchen für den Kajütstisch häkeln. Aber leider malte sie auch viel, und bald war das Kojeninnere so vollgekritzelt wie eine altsteinzeitliche Höhle. Den Gedanken, was der Captain wohl dazu sagen würde, schob sie lieber weit weg. Es machte ihr Spaß, Knorren im Holz und Unebenheiten im Anstrich zu entdecken, die eine gewisse Ähnlichkeit mit irgendetwas hatten, und diese Ähnlichkeit dann mit dem Bleistift noch zu verstärken – z.B. dem Walross ein Auge zu malen oder das fehlende Ohr beim Kaninchen. Künstler nennen das ein Gefühl für sein Material besitzen.

Das Wetter verschlechterte sich täglich, und das Universum wurde tatsächlich bald zu einem sehr instabilen Ort; an Häkeln war kaum noch zu denken. Sie musste sich die ganze Zeit an der Kojenwand festklammern, um sich nicht das verletzte Bein anzuschlagen.

In diesem ungemütlichen Wetter beschlossen die Piraten jedoch die nächste Kaperung. Die Beute war nicht üppig: Ein kleiner holländischer Dampfer mit einer Ladung Zirkustiere für einen von Mr. Barnums Vorgängern. Der Captain des Dampfers, der auf eine Art und Weise eingebildet war, wie es nur ein ganz bestimmter Typ Holländer fertigbringt, bereitete ihnen, trotz des Umstands, dass er kaum etwas Wertvolles an Bord hatte, erhebliche Scherereien. Er war ein erstklassiger Seemann, hatte aber sehr helle Haut und fast keinen Hals. Sie mussten ihn schließlich gefesselt an Bord des Schoners schaffen und in der Kajüte auf den Boden legen, wo Emily ihn im Auge behalten sollte. Er stank nach einer besonders widerlichen Zigarrensorte, von der ihr schwindlig wurde.

Die anderen Kinder hatten bei der Kaperung keine unwichtige Rolle gespielt. Als Symbol der Harmlosigkeit wirkten sie sogar wesentlich überzeugender als die »Damen«. Das Dampfschiff (Dampfer waren damals eigentlich nichts weiter als kostümierte Segelschiffe), dem das Wetter absolut nicht behagte, wälzte sich wie ein Tümmler in schwerer See; die Decks waren überspült, und der Schornstein saß ihm sozusagen schräg auf einem Ohr. Unter dem kräftigen Jubel von Edward, Harry, Rachel und Laura stach ein Boot in See. Dem vermeintlichen Hilfsangebot, auch wenn es vielleicht seinen Stolz kränkte, misstraute der Holländer keine Sekunde und ließ die Männer an Bord kommen.

Von da an machte er ihnen nur Schwierigkeiten, und sie mussten ihn auf den Schoner verfrachten. Es besserte ihre Laune keineswegs, als sie feststellten, dass ihre Beute aus einem Löwen, einem Tiger, zwei Bären und einer Horde Affen bestand; sein Transport auf den Schoner dürfte wahrscheinlich etwas unsanft verlaufen sein.

Als Nächstes wollten sie herausfinden, ob die *Thelma*, nicht vielleicht doch so wie die *Clorinda*, eine weitere, geheime Ladung von größerem Wert barg. Sie hatten inzwischen die ganze Mannschaft achtern eingesperrt, und jetzt wurde einer nach dem anderen einzeln an Deck gebracht und befragt. Doch entweder befand sich kein Geld an Bord, oder die Mannschaft war in diesem Punkt ahnungslos oder wollte nichts darüber verraten. Die meisten wirkten allerdings so verängstigt, dass sie bereit gewesen wären, die eigene Großmutter zu verkaufen; einige lachten aber bloß über die Einschüchterungsversuche der Piraten, weil sie vermuteten, vor kaltblütigem Mord würden sie zurückschrecken, wenigstens in nüchternem Zustand.

Sie wandten jedes Mal dieselbe Methode an. Wenn sie mit einem Mann fertig waren, wurde er nach vorn geschickt und in der Back eingesperrt, und bevor man von achtern den nächsten heraufholte, bearbeitete einer der Piraten eine Rolle Segeltuch gnadenlos mit der neunschwänzigen Katze, während ein anderer aus Leibeskräften wie am Spieß brüllte. Dann wurde in die Luft geschossen und etwas über Bord geworfen, sodass es richtig platschte. Das Ganze sollte natürlich dazu dienen, diejenigen zu beeindrucken, die unten in der Kajüte noch darauf warteten, dass die Reihe an sie kam. Das ganze Theater wirkte auch völlig realistisch. Aber es brachte nichts, weil wahrscheinlich überhaupt kein versteckter Schatz existierte.

Dafür aber gab es an Bord Unmengen holländischen Schnaps und Branntwein, was den Piraten nach so viel westindischem Rum eine willkommene Abwechslung bot.

Nachdem sie ein paar Stunden gezecht hatten, kam Otto eine glänzende Idee. Könnten sie nicht für die Kinder eine Zirkusvorstellung veranstalten? Sie hatten doch unablässig darum gebettelt, die Tiere auf dem Dampfer sehen zu dürfen. Wenn man nun etwas wirklich Großartiges für sie inszenieren würde – einen Kampf zwischen dem Löwen und dem Tiger zum Beispiel?

Gesagt, getan. Die Kinder und alle abkömmlichen Besatzungsmitglieder gingen an Bord des Dampfers und postierten sich in der sicheren Höhe der Takelage. Die Lastgaffel wurde klar gemacht, die Luke geöffnet und die beiden nach Raubkatzenurin stinkenden Eisenkäfige an Deck gehievt. Dann mussten die zierlichen, unentwegt ängstlich miteinander schnatternden malaiischen Wärter die Käfige öffnen, damit die beiden Herrscher des Dschungels herauskamen und miteinander kämpften.

Wie man sie wieder hineinbekam, darüber machte sich niemand Gedanken. Dabei gilt es allgemein als leichter, Tiger aus Käfigen herauszulassen als sie wieder darin einzusperren.

In diesem Fall jedoch schienen beide Tiere selbst bei geöffneten Käfigen nicht herauskommen zu wollen. Sie lagen leise brummend (oder stöhnend) reglos auf dem Boden und verdrehten die Augen.

Leider verpasste die arme Emily alles, weil sie wegen ihres Beins in Jonsens stickiger Kajüte liegen musste und den holländischen Captain bewachen sollte.

Nachdem man sie allein gelassen hatte, versuchte er anfangs, mit ihr zu reden, aber im Unterschied zu vielen Holländern sprach er kein Wort Englisch. Er konnte gerade noch den Kopf bewegen, und sein Blick fiel zuerst auf ein sehr scharfes Messer, das irgendein Trottel in einer Ecke der Kajüte liegen gelassen hatte, und dann auf Emily. Natürlich bat er sie, ihm das Messer zu bringen.

Aber Emily fürchtete sich vor ihm. Ein gefesselter Mann strahlt eine viel größere Bedrohung aus als ein ungefesselter – vermutlich weil man befürchtet, er könnte sich befreien.

Das Bewusstsein, nicht aus der Koje herauszukommen und fliehen zu können, steigerte die Angst zur albtraumhaften Panik.

Vergessen wir nicht, er hatte keinen Hals, und dazu noch der Zigarrengestank.

Nach einer Weile muss er wohl statt des erwarteten mitleidigen Gesichtsausdrucks ihre bange und angewiderte Miene bemerkt haben. Er wurde selber aktiv. Mit zuerst nur leicht schaukelnden Körperbewegungen brachte er sich schließlich ins Rollen.

Emily schrie um Hilfe und trommelte mit den Fäusten gegen die Koje, aber es kam niemand. Auch die an Bord zurückgebliebenen Seeleute waren außer Hörweite; das

Geschehen auf dem ungefähr 50 Meter entfernten, in schwerer See stampfenden und rollenden Dampfer beanspruchte ihre volle Aufmerksamkeit. Dort war einer der Piraten wagemutig zur Reling heruntergeklettert und warf Belegnägel auf die Käfige, um deren Insassen aufzuscheuchen. Beim geringsten Schwanzzucken flitzte er wie ein verängstigtes Mäuschen am nächsten Tau hinauf. Nur die malaiischen Wärter blieben die ganze Zeit ungerührt an Deck. Sie hockten im Kreis auf den Fersen und summten misstönend durch die Nase. Wahrscheinlich ging es ihnen innerlich kaum anders als dem Löwen und dem Tiger.

Nach ein paar Minuten wurden die Piraten jedoch dreister. Otto trat dicht an einen der Käfige und versetzte dem Tiger mit einer Handspake einige Rippenstöße. Aber nicht einmal das brachte das arme Tier auf die Beine, dazu war es viel zu seekrank. Allmählich kletterten sämtliche Zuschauer herunter aufs Deck, hielten sich jedoch weiter fluchtbereit, während der betrunkene Maat und sogar Captain Jonsen (der stocknüchtern war) die Tiere anstachelten und verhöhnten.

Kein Wunder, dass keiner die arme Emily hörte, die mit dem grässlichen Holländer in der Kajüte allein war.

Sie schrie und hörte nicht auf zu schreien, doch aus *diesem* Albtraum gab es kein Erwachen.

Inzwischen war es ihm gelungen, sich trotz des schlingernden Schiffs fast bis an das begehrte Messer heranzurollen. Die gewaltige Anstrengung und die straffe Fesselung hatten die Stirnadern dick anschwellen lassen. Seine Finger versuchten hinter dem Rücken die Schneide zu ertasten.

Die namenlose Angst verlieh Emily plötzlich den Mut der Verzweiflung. Trotz der unerträglichen Schmerzen in ihrem Bein warf sie sich aus dem Bett und konnte das Messer gerade noch an sich reißen, bevor seine gefesselten Hände danach griffen.

Innerhalb der nächsten fünf Sekunden hieb und stach sie etwa ein dutzendmal blindlings auf ihn ein; dann schleuderte sie das Messer in Richtung Tür und schaffte es irgendwie, in die Koje zurückzuklettern.

Der heftig blutende Holländer lag blind vom eigenen Blut reglos da und stöhnte. Emily, deren eigene Wunde wieder aufbrach, verlor überwältigt von Schmerz und Schreck die Besinnung. Das ungestüm fortgeschleuderte Messer verfehlte sein Ziel und klapperte über die Stufen wieder zurück auf den Kajütsboden; und die erste Zeugin dieser Szene war Margaret, die sofort vom Deck oben herunterspähte und der die stumpfen Augen aus dem kleinen, totenkopfähnlichen Gesicht quollen.

Weil es Jonsen und Otto auf andere Weise nicht gelang, die trägen Tiere aufzurütteln, versammelten sie ihre Männer und kippten die Käfige mit langen Hebelstangen, sodass die Tiere aufs Deck rutschten.

Aber selbst dann wollten sie nicht kämpfen – sie zeigten nicht einmal den geringsten Unwillen. So wie sie zuvor in ihren Käfigen gelegen und gestöhnt hatten, so lagen sie jetzt auf Deck und stöhnten.

Es waren kleine und durch die Reise abgemagerte Exemplare. Plötzlich packte Otto den Tiger fluchend um die Mitte und riss ihn hoch auf die Hinterläufe, Jonsen tat dasselbe mit dem kopflastigeren Löwen, und so standen sich die beiden Duellanten gegenüber, deren Köpfe schlapp über den Armen ihrer Sekundanten baumelten.

Aber in den Augen des Tigers glomm ein schwacher Bewusstseinsfunke. Plötzlich spannte er die Muskeln, es kostete ihn nur eine kleine Anstrengung, dann hatte er Ottos Griff gesprengt wie Samson seine neuen Ketten – und ihm fast noch die Arme ausgerenkt. Im Bruchteil eines Augenblicks schlitzte er ihm mit einem Prankenhieb das halbe Gesicht auf. Tiger sind keine Teddybären. Jonsen wuchtete sofort den schweren Leib des Löwen auf den Tiger und entkam mit Otto durch eine offene Tür, während die Piraten möglichst schnell wieder in die Takelage zu klettern versuchten, wobei sie übereinander stolperten wie Menschen in einem brennenden Theater.

Der Löwe wälzte sich vom Tiger. Der Tiger robbte taumelnd in den Käfig zurück. Die klagenden Malaien schenkten dem ganzen Geschehen keine Beachtung.

Dabei war die Szene absolut sehenswert gewesen!

Aber jetzt war die grandiose Zirkusvorstellung vorbei. Gedemütigt, übersät mit grünen und blauen Flecken, die sie sich in der Panik gegenseitig beigebracht hatten, halfen die betrunkenen Piraten dem Maat ins erste der beiden Boote und ruderten Hals über Kopf durch die kabbelige See zum Schoner. Nacheinander kletterten sie auf die Reling und schwangen sich an Deck.

Seeleute haben feine Nasen. Sie rochen das Blut sofort und drängten sich oben an der Niedergangstreppe, wo Margaret noch immer wie betäubt auf der obersten Stufe saß.

Emily lag unten in der Koje mit geschlossenen Augen – wieder bei Bewusstsein, aber mit geschlossenen Augen.

Den holländischen Captain sahen sie in einer Blutlache ausgestreckt auf dem Boden liegen. »*Aber meine Herren, ich habe doch Frau und Kinder!*«, sagte er plötzlich auf Holländisch mit verwunderter und leiser Stimme; dann starb er, weniger an einer tödlichen Wunde als an den zahlreichen oberflächlichen Stich- und Schnittverletzungen.

Margaret war eindeutig die Täterin – sie hatte einen gefesselten, wehrlosen Mann völlig grundlos getötet und sah ihm jetzt mit stumpfem, ausdruckslosem Blick beim Sterben zu.

Die Verachtung, die sie Margaret bereits entgegenbrachten, das mangelnde Mitleid mit ihrem offensichtlichen Leiden und Elend standen in direktem Verhältnis zur Kindheit, die sie Lügen gestraft hatte.

Schon bei einem erwachsenen Täter wäre ihnen dieses Verbrechen in seiner hemmungslosen Mutwilligkeit zutiefst verwerflich erschienen, dass es aber jemand in ihrem Alter und mit ihrer Erziehung verübt hatte, das fanden sie ungeheuerlich. Margaret wurde an den Armen von der Stufe gehoben, auf der sie noch immer saß, und bedenkenlos ins Meer geworfen.

Doch ihr Gesichtsausdruck, als sie – wie das große weiße Schwein in jenem Sturm – luvwärts verschwand, prägte sich Ottos Gedächtnis so tief ein, dass er ihn niemals vergaß. Sie war schließlich sein Mädchen.

Die Leiche des Holländers wurde an Deck gebracht. Captain Jonsen ging nach unten und beugte sich einmal kurz über die arme kleine Emily. Als sie seinen heißen Atem im Gesicht spürte, kniff sie die Augen noch fester zusammen. Sie öffnete sie erst, als sie ganz allein war – und schloss sie wieder, als kurz darauf José erschien, um den Boden der Kajüte zu schrubben.

Das zweite Boot, das die restliche Mannschaft und die vier Kinder zurückbrachte, hätte Margaret fast gerammt. Sie schwamm, ohne einen Laut von sich zu geben, verzweifelt um ihr Leben; mal klebten ihr die Haare um Mund und Augen, dann wieder, wenn ihr Kopf untersank, breiteten sie sich auf dem Wasser aus. Man zog sie ins Boot und setzte sie ins Achterende zu den übrigen Kindern. So fanden sie wieder zusammen.

Tropfnass wie sie war, rückten die anderen natürlich ein Stück von ihr ab, trotzdem gehörte sie wieder dazu. Sie saßen mit weitaufgerissenen Augen da und schauten sie ernst, doch wortlos an. Margarets Zähne klapperten vor Erschöpfung, als sie erfolglos versuchte, den Saum ihres Kleides auszuwringen. Auch sie sagte nichts, trotzdem stellte sich sowohl bei ihr wie bei den anderen Kindern bald das Gefühl ein, dass sich die Stimmung zwischen ihnen entspannte.

Die Ruderer zerbrachen sich keine Sekunde lang den Kopf, wie Margaret wohl im Wasser gelandet war. Sie vermuteten, sie sei versehentlich über die Reling gefallen, interessierten sich aber nicht weiter dafür, denn sie hatten alle Hände voll zu tun, zur Leeseite des Schoners herumzumanövrieren und an Bord zu klettern. Achtern herrschte ein gewaltiges Spektakel, in dem ihre Ankunft völlig unbemerkt blieb.

Kaum zurück an Bord, ging Margaret wie eh und je nach vorn, kletterte die Leiter in den vorderen Laderaum hinunter und zog sich aus, während die Kinder jede ihrer Bewegungen mit unverhohlenem Interesse beobachteten. Dann wickelte sie sich in eine Decke und legte sich hin.

Keiner von ihnen wusste so recht, wie es zuging, aber in weniger als einer halben Stunde spielten alle zusammen begeistert »Teekesselchen«. Bald darauf erschien ein Mann der Besatzung, spähte durch die Luke hinunter, rief dem Rest der Crew zu »Ja!« und verschwand wieder. Aber die Kinder hatten ihn weder gesehen noch gehört.

Von nun an jedoch veränderte sich die Atmosphäre auf dem Schoner. Ein Mord hinterlässt seine Spuren in einer kleinen Gemeinschaft. Das Blut des holländischen Captains war tatsächlich das erste Blut, das je an Bord geflossen war, jedenfalls bei der Ausübung ihres Gewerbes (für private Streitereien verbürge ich mich nicht). Die Umstände des Blutvergießens versetzten den Piraten einen schweren Schock, öffneten ihnen die Augen für eine Verworfenheit der menschlichen Natur, die sie niemals für möglich gehalten hatten, und beim Gedanken daran schnürte es ihnen irgendwie auch die Kehle zu. Solange es nur die Zirkusposse zu ahnden galt, würde man wahrscheinlich kein amerikanisches Kriegsschiff zu ihrer Verfolgung entsenden; hohe Marinebehörden meiden natürlich die Nähe zur Lächerlichkeit, doch angenommen, der Dampfer lief in einen Hafen ein und meldete die gewaltsame Entführung des Captains? Oder noch schlimmer, der Maat hatte mit einem verfluchten Fernglas gesehen, wie die blutige Leiche des Captains im Meer versenkt wurde? Dann war die Verfolgung so gut wie gewiss.

Die Verteidigung: »Von uns Männern hat keiner diese ruchlose Tat verübt, das war eine unserer jungen weiblichen Gefangenen«, konnte man den Geschworenen schwerlich zumuten.

Dem Logbuch des Dampfers hatte Captain Jonsen die eigene Position entnommen, darum wendete er den Schoner und nahm Kurs auf seinen Zufluchtsort Santa Lucia. Es ist unwahrscheinlich, dachte er, dass ein britisches Kriegsschiff jetzt noch in der Gegend des *Clorinda*-Vorfalls kreuzt – die hatten wirklich anderes zu tun, und es gab Gründe (ziemlich kostspielige), warum er seitens der spanischen Behörden keine Behelligung zu befürchten brauchte. Natürlich gefiel es ihm nicht, mit einem leeren Schiff nach Hause zu kommen, aber das schien unvermeidlich.

Äußeres Zeichen für die veränderte Atmosphäre auf dem Schoner war die plötzlich gestraffte Disziplin. Kein Tropfen Rum floss mehr. Die Wachen wurden so regelmäßig gehalten wie auf einem Linienschiff. Der Schoner wirkte ordentlicher, es ging in jeder Hinsicht seemännischer zu.

»Donner« wurde am nächsten Tag geschlachtet und verspeist, ohne die geringste Rücksicht auf die Gefühle seiner Bewunderer; vom Zartgefühl gegenüber den Kindern blieb nichts übrig. Selbst José spielte nicht mehr mit ihnen. Man behandelte sie mit distanzierter Strenge, in der auch eine gewisse Angst mitschwang – so als hätten diese unglückseligen Männer endlich gemerkt, welch teuflische Hefe da unter ihren Haufen gemengt worden war.

Die Kinder selbst spürten die Veränderung so deutlich, dass sie sogar ihre Trauer um »Donner« vergaßen – ausgenommen Laura, deren Gesicht den halben Tag lang rot glühte vor Wut.

Der Schiffsaffe aber, der jetzt kein Schwein mehr ärgern konnte, starb schier vor Langeweile.

II

Wegen der wieder aufgebrochenen Wunde am Bein verzögerte sich Emilys Auszug aus der Kajüte noch um etliche Tage. In dieser Zeit war sie viel allein. Jonsen und Otto ließen sich selten unten blicken, und taten sie es einmal, dann waren sie zu sehr mit sich beschäftigt, um ihre Schmeicheleien zu beachten. Sie sang und plauderte fast unablässig mit sich selbst und hielt nur inne, um die beiden mit überschwänglichen Koseworten zu bitten, ihren Häkelhaken aufzuheben, das niedliche Tier zu bewundern, das sie aus ihrer Zudecke gebastelt hatte, ihr eine Geschichte zu erzählen oder was sie als Kinder alles angestellt hatten – es passte überhaupt nicht zu Emily, dieses plumpe Heischen um Aufmerksamkeit! In der Regel verschwanden sie aber wieder oder legten sich schlafen, ohne von ihr Notiz zu nehmen.

Sie erzählte sich auch selber endlose Geschichten; ebenso viele wie in *Tausendundeine Nacht* und genauso verschachtelt. Aber die von ihr laut aneinandergereihten Worte hatten nichts damit zu tun; das heißt, wenn sie so ähnliche Geräusche produzierte, wie man es beim Erzählen macht (und das passierte häufig), dann tat sie es des Geräusches wegen; das stumme und verborgene Aneinanderreihen von Sätzen und Szenen im eigenen Kopf eignet sich für das richtige Geschichtenerzählen viel besser. Hätte man sie unbemerkt dabei beobachtet, dann wäre nur ihrem dramatischen Mienenspiel und unruhigen Gezappel zu entnehmen gewesen, was sie gerade tat – und hätte sie nur den mindesten Verdacht gehegt, beobachtet zu werden, wäre das vernehmbare Geplapper wieder losgegangen. (Wem private Gedanken laut durch den Kopf laufen, der kann dem Risiko des Belauschtwerdens nur dadurch sicher entgehen, dass er fremde Ohren mit etwas anderem beschäftigt.)

Zum Singen jedoch brauchte sie keine Worte; wie bei einem Vogel glich ihr Gesang einer endlosen Abfolge von

Tönen, geknüpft an die erstbeste Vokabel und praktisch ohne Melodie. Weil sie unmusikalisch war, gab es für sie keinen Grund aufzuhören, deshalb dauerte ein Lied oft eine halbe Stunde.

Obwohl José den Kajütsboden kräftig gescheuert hatte, blieb ein großer Fleck zurück.

Manchmal verlor sie sich in friedlichen Erinnerungen an Jamaika; eine Zeit, die ihr nun wie ein fernes Goldenes Zeitalter vorkam. Wie jung musste sie damals gewesen sein! Wenn ihre Phantasie erlahmte, konnte sie sich auch die Anansi-Geschichten in Erinnerung rufen, die ihr Old Sam erzählt hatte, und sie bildeten dann oft den Ausgangspunkt für neue, selbst erfundene Geschichten.

Sie entsann sich ebenfalls der Gruselmärchen, die er ihr über »Duppies« erzählt hatte. Und *wie* oft sie und ihre Geschwister die Neger mit dem angeblichen »Duppy« im Badeteich gefoppt hatten, mit dem »Duppy« des Ertrunkenen! Es verlieh einem ein großes Gefühl von Macht – wenn man nicht an »Duppies« glaubte.

Doch sie merkte, dass ihr »Duppies« viel weniger Spaß machten als früher.

Sie ertappte sich sogar einmal bei der Überlegung, wie der »Duppy« des Holländers wohl aussähe, blutüberströmt, den Kopf verkehrt herum auf den Schultern, kettenrasselnd … es war nur ein kurzes Aufblitzen, so wie das verdrängte Bild von Tabby einmal in ihr aufgetaucht war. Für einen Augenblick wurde ihr schwindlig, im nächsten Moment befand sie sich weit weg von Jamaika, weit weg vom Schoner, weit weg von irgendwelchen »Duppies« auf einem goldenen Thron im fernsten Osten.

Die anderen Kinder durften sie in der Kajüte nicht mehr

besuchen; aber wenn Emily sie oben herumtoben hörte, unterhielt sie sich oft lautstark mit ihnen. Einmal brüllte jemand zu ihr herunter:

»Marghie ist übrigens wieder da.«

»O-oh.«

Danach war Emily eine Weile still, ihre schönen, unschuldigen grauen Augen fixierten das Ohr eines Zwergs am Fußende ihrer Koje. Nur die leicht gekrauste Nasenwurzel und die winzigen Schweißperlen auf ihren Schläfen verrieten, wie angestrengt sie nachdachte.

Aber nicht nur bei äußeren Anlässen wie diesem litt sie Qualen.

So heftig sie dagegen aufbegehrte, diese Phasen klarer Bewusstheit, die mit einer so erhabenen Vision eingesetzt hatten, gewannen zunehmend Macht über sie und verloren gleichzeitig ihren Glanz. Sie verdüsterten sich. Das Leben drohte, jetzt kein automatischer, ständiger Energiefluss mehr zu sein, immer öfter und stets völlig unerwartet entglitt ihr alles, und sie erinnerte sich, dass sie *Emily* war, die getötet hatte … und die *hier* war … und dass allein der Himmel wusste, was aus dem kleinen unvermögenden Geschöpf werden sollte und welchen Wunders es bedurfte, damit sie durchkam. Jedes Mal, wenn das geschah, wurde ihr ganz flau im Magen.

Sie stand jetzt wie Laura auf der Schwelle. Als Teil der Natur war sie praktisch unverwundbar. Doch als *Emily* war sie vollkommen nackt, verletzlich. Es war besonders hart, dass dieser Übergang gerade jetzt erfolgte, wo in ihr ein solcher Sturm tobte.

Denn wohlgemerkt: Im Bett, die Decke bis unters Kinn hochgezogen, darf sich in einem gewissen Grade jeder sicher fühlen. Auch wenn sie abgrundtiefe Schrecken durchlebte, war hinterher eigentlich nichts Schlimmes passiert. Aber was, wenn sie nicht mehr im Bett lag, sondern aufgestanden war? Angenommen, es kam zu einer kritischen Situation, wo sie einfach handeln musste? Welche entsetzlichen Fehler würde sie dann begehen?

Ach, warum musste sie überhaupt erwachsen werden? Warum nur, um Himmels willen?

Abgesehen von diesen Anfällen blinder, heimlicher Panik quälten sie zu anderer Zeit auch ganz gewöhnliche und sehr realistische Sorgen. Sie war jetzt zehneinhalb. Welche Zukunft lag vor ihr, welcher Werdegang? (Ihre Mutter hatte ihnen – den Mädchen ebenso wie den Jungen – schon sehr früh den Gedanken eingeimpft, dass sie sich ihren Lebensunterhalt eines Tages selbst verdienen mussten.) Ich sage, sie war zehneinhalb, aber es schien so ewig lange her, seit sie auf den Schoner gekommen war, dass sie glaubte, wahrscheinlich noch älter zu sein. – Das Leben jetzt war zwar interessant, aber, so fragte sie sich, entsprach es auch einer wirklich nützlichen Ausbildung? Was konnte sie später damit anfangen? Offensichtlich lernte sie dabei nur, auch so etwas Ähnliches wie ein Pirat zu sein (ob sie als Mädchen überhaupt Pirat sein konnte, das stellte ein ganz eigenes Problem dar). Aber mit der Zeit erkannte sie immer klarer, dass irgendein anderes Leben unmöglich für sie in Frage kam – letztlich, für sie alle.

Geschwunden war leider auch das letzte bisschen Zuversicht, Gott zu sein. Diese besondere erhabene Laufbahn blieb ihr versperrt. Doch die innere Gewissheit, sie sei der sündhafteste Mensch, der je geboren wurde, die wollte noch lange nicht weichen. Irgendeine entsetzliche Macht hatte es so verfügt, es war zwecklos, dagegen anzukämpfen. Sie hatte doch schon das allerschrecklichste Verbrechen begangen … aber das allerschrecklichste Verbrechen war ja nicht Mord, sondern jene geheimnisvolle Sünde gegen den Heiligen Geist, neben der sogar ein Mord verblasste … hatte sie unwissentlich vielleicht auch dieses Vergehen bereits begangen? Leicht möglich, denn sie wusste nicht, worin es bestand. Und wenn es sich so verhielt, kein Wunder, dass ihr die Gnade des Himmels versagt blieb!

So lag die arme kleine Ausgestoßene zitternd und schwitzend unter ihrer Decke, während ihre sanften Augen das Ohr des Zwergs fixierten, den sie gemalt hatte.

Aber schon bald sang sie wieder glücklich und hing halb aus der Koje, um den braunen Fleck auf dem Boden mit Bleistift zu umreißen. Hier noch ein Strich und einer dort, und schon war es eine lebensechte alte Marktfrau, mit einem Bündel auf dem Rücken! Ich gebe zu, dass selbst Otto, als er später hereinkam, beim Anblick ihres Werks ein wenig ins Wanken geriet.

Wenn sie wieder still auf dem Rücken lag und die praktischen Schwierigkeiten ihres künftigen Lebens erwog (einmal ganz abgesehen von Gott, ihrer Seele und alldem), dann musste sie dabei ohne Edwards glücklichen Optimismus auskommen; sie war alt genug, um zu wissen, wie hilflos sie in Wirklichkeit war. Wie sollte sie, deren nacktes Leben von der Güte der sie umgebenden Menschen abhing, wie sollte sie jemals die nötige Intelligenz und Kraft aufbringen, um gegen sie und ihresgleichen zu kämpfen?

Ihre Gefühle für Jonsen und Otto hatten inzwischen eine merkwürdige Richtung genommen. In erster Linie empfand sie echte Zuneigung. Schon richtig, Kinder entwickeln gegenüber jedem, mit dem sie in engeren Kontakt kommen, eine mehr oder minder stark ausgeprägte Anhänglichkeit; doch es war mehr als das, es ging tiefer. Sie mochte die zwei zum Beispiel viel lieber als ihre Eltern. Die beiden wiederum äußerten ihrem Charakter gemäße, verhaltene Zeichen der Sympathie für sie – aber durfte sie da *wirklich sicher* sein? Erwachsene wie Jonsen und Otto konnten sie leicht hinters Licht führen, das spürte Emily. Angenommen, sie planten wirklich, sie umzubringen, dann könnten sie das ganz einfach vor ihr verbergen, sie würden sich weiterhin unverändert freundlich verhalten … Vermute ich hierin zu Recht einen Reflex ihres eigenen Hangs zur Heimlichkeit?

Wenn sie die Schritte des Captains auf der Treppe hörte, brachte er ihr vielleicht einen Teller Suppe, oder er kam vielleicht herunter, um sie zu töten – plötzlich, mit unverändert freundlicher Miene bis zuletzt.

Falls er diese Absicht hegte, konnte sie ihn durch nichts daran hindern. Schreien, der Versuch, sich zu wehren oder zu fliehen – alles völlig sinnlos und – nun ja, ein Bruch der Etikette. Wenn er entschlossen die Fassade wahrte, dann schickte sich das ebenso für sie. Wenn er seine Absicht durch nichts verriet, dann durfte sie ebenfalls kein Zeichen ihrer dunklen Ahnung geben.

Darum sang sie auch weiter, wenn einer der beiden herunterkam, lächelte verschmitzt und zuversichtlich, bettelte sogar um Aufmerksamkeit.

Sie mochte Jonsen ein bisschen lieber als Otto. Normalerweise findet ein Kind alles Derbe und jede Missbildung bei einem Erwachsenen zutiefst abstoßend, doch die Risse und Narben auf Jonsens riesigen Händen fesselten sie ebenso, wie einen Jungen mit Teleskop die Täler auf dem Mond faszinierten. Während er unbeholfen mit Kurslineal und Stechzirkel hantierte und unendlich sorgfältig an seiner Karte ausrichtete, lag Emily auf der Seite und erforschte und benannte sie alle.

Warum musste sie erwachsen werden? *Warum* konnte sie ihr Leben nicht immer von anderen Menschen regeln lassen, so als hätte es gar nichts mit ihr zu tun?

Die meisten Kinder haben in etwa dieses Gefühl. Bei den meisten Kindern wird es wettgemacht; dennoch zögern sie gewöhnlich mit der Erklärung, sie wären viel lieber erwachsen. Allerdings führen die meisten Kinder ein sicheres Leben und reifen einer zumindest scheinbar sicheren Zukunft entgegen. Bereits einen ausgewachsenen Mann ermordet zu haben und dies auf ewig verschweigen zu müssen, das ist kein normaler Werdegang für ein zehnjähriges Kind; eine Margaret zu haben, die man nicht völlig aus seinen Gedanken verbannen konnte; jede normale Lebensbahn für sich versperrt zu sehen, offen einzig einen Weg der Gewalt, direkt in die Hölle.

Sie stand noch auf der Grenze; so oft war sie noch ein Kind, nichts weiter als ein Kind … ein bisschen Zauberei genügte … Anansi und die Amsel, Schutzgeister und goldene Throne …

Das alles ist nur der zaghafte Versuch, die merkwürdige Tatsache zu erklären, dass Emily für ihr Alter eher kindlich wirkte – es auch tatsächlich *war*, und zwar wegen, nicht trotz der Abenteuer, die sie erlebt hatte.

Aber diese Kindlichkeit brannte mit einer intensiveren Flamme. In Ferndale hatte sie aus purer Lust am Klang der eigenen Stimme nie so laut geschrien, wie sie es jetzt in der Kajüte des Schoners tat, wo sie wie eine große, wilde Lerche jubilierte.

Weder Jonsen noch Otto neigten zur Reizbarkeit, aber der Lärm, den sie veranstaltete, machte sie manchmal fast rasend. Es half wenig, ihr den Mund zu verbieten; denn nach kurzer Zeit dachte sie schon nicht mehr daran. Nach einer Minute flüsterte sie bereits wieder, nach zwei Minuten sprach sie normal, nach fünf Minuten hatte ihre Stimme volle Lautstärke erreicht.

Jonsen selber sprach selten mit irgendjemandem. Seine Kameradschaft mit Otto war, bei aller Anhänglichkeit, außerordentlich schweigsam. Aber wenn er einmal etwas sagte, dann ärgerte es ihn maßlos, wenn er sich kein Gehör verschaffen konnte, selbst wenn er, wie üblich, ein Selbstgespräch führte.

III

Otto stand am Ruder (von der Mannschaft konnte ihn kaum jemand am Steuer ablösen). Er war in Gedanken gerade lebhaft mit seiner jungen Geliebten auf Santa Lucia beschäftigt. Jonsen schlurfte in Schlappen an Deck auf und ab.

Als Ottos Interesse an seinem Gedankenspiel erlahmte, fiel sein Blick auf den Schiffsaffen, der rücklings auf dem Kajütoberlicht lag und sich vergnügte.

Dem Tier war es jetzt gelungen, das Problem eines neuen Spielgefährten zu lösen, und zwar mit genau dem genialen Anpassungsvermögen an die jeweiligen Umstände, dem sich die Gattung Mensch verdankt. Wie ein Kartenspieler, der mit der rechten Hand gegen die linke spielt, so kämpfte der Affe mit den Hinterbeinen gegen die Vorderarme. Seine unglaubliche Geschmeidigkeit erweckte den täuschend ähnlichen Eindruck, es handele sich tatsächlich um zwei Kombattanten. Der von beiden Seiten gutmütig geführte Kampf war trotzdem ziemlich heftig; während die Hinterbeine alles daransetzten, ihm die Augen auszukratzen, gruben sich die kleinen scharfen Zähne brutal in seine eigenen Geschlechtsteile.

Unter dem Oberlicht flossen ebenfalls Tränen, erschollen Hilferufe, die man leicht für echt hätte halten können, wären sie nicht ab und zu unterbrochen worden durch Sätze wie: »Das nutzt nichts: Ich schneide dir den Kopf trotzdem ab!«

Captain Jonsen dachte an ein kleines Haus weit weg im schattigen Lübeck – mit einem Kachelofen ... es war nicht gut, vom Ruhestand zu reden, vor allem durfte man niemals laut sagen: »Das ist meine letzte Fahrt«, nicht einmal zu sich selbst. Die See interpretiert es auf ihre eigene, ironische Weise, tut man es doch. Jonsen hatte zu oft erlebt, dass Skipper zu ihrer »letzten Fahrt« aufbrachen – von der sie dann nie zurückkehrten. Schwermut überfiel ihn, er war den Tränen nahe und ging gleich nach unten. Er wollte allein sein.

Emily führte inzwischen im Kopf eine geheime Unterhaltung mit John. Das hatte sie vorher noch nie getan, aber heute war er plötzlich in ihrer Vorstellung aufgetaucht. Sein Verschwinden war natürlich ein absolutes Tabu zwischen ihnen, sie erörterten in erster Linie den Bau eines prächtigen Floßes für den Badeteich in Ferndale, so als hätten sie den Ort nie verlassen.

Als sie die Schritte des Captains hörte, der sie beinahe

dabei ertappt hätte, errötete sie tief. Als er hereinkam, glühten ihre Wangen immer noch. Auch diesmal würdigte er sie keines Blickes. Er ließ sich auf einen Stuhl fallen, stemmte die Ellbogen auf den Kajütstisch, stützte den Kopf in die Hände und wiegte ihn rhythmisch.

»Captain, schauen Sie mal!« quengelte sie. »Bin ich hübsch? Gucken Sie doch her! Sie müssen hingucken. *Herschauen*! Na, bin ich hübsch?«

Diesmal hob er den Kopf, wandte sich um und betrachtete sie eingehend. Sie hatte die Augen verdreht, so dass man nur noch das Weiße sah, und die Unterlippe nach außen gestülpt. Mit dem Zeigefinger quetschte sie sich die Nase platt.

»Nein«, sagte er nur, »überhaupt nicht.« Dann versank er wieder ins Grübeln.

Sie streckte jetzt auch noch die Zunge heraus und wackelte damit.

»Gucken Sie mal!« sagte sie. »Schauen Sie doch!«

Aber statt sie anzusehen, ließ er den Blick durch die Kajüte wandern. Sie wirkte irgendwie verändert – verniedlicht: wie das Schlafzimmer eines kleinen Mädchens, nicht wie die Kajüte eines Mannes. Die greifbaren Veränderungen waren zwar winzig, aber einem pedantischen Menschen stachen sie ins Auge. Der ganze Raum roch geradezu nach Kindern.

Er verlor die Beherrschung, zwängte die Mütze auf den Kopf und stürmte die Treppe hoch.

An Deck tobten die anderen Kinder rund ums Kompasshaus.

»*Verdammt*!« brüllte Jonsen bei ihrem Anblick und trampelte unbändig vor Wut mit den Füßen.

Natürlich verlor er dabei seine Pantoffeln, und einer davon schlidderte übers Deck.

Ich weiß nicht, welcher Teufel Edward gerade ritt, jedenfalls konnte er der Versuchung einfach nicht widerstehen. Er schnappte sich den Pantoffel und rannte freudekreischend davon. Jonsen brüllte ihm nach, aber Edward übergab den Pantoffel Laura und turnte schon im nächsten Moment auf der Spitze des Klüverbaums herum. Ausgerechnet Edward! Der ängstliche, höfliche Edward!

Laura konnte das Riesentrumm kaum schleppen, umklammerte es aber mit aller Kraft, senkte den Kopf und stürmte zielstrebig wie ein Rugbyspieler das Deck entlang, Jonsen anscheinend direkt in die Arme. Im letzten Moment wich sie ihm geschickt aus, lief ebenso entschlossen und schnell am steuernden Otto vorbei und auf der Backbordseite wieder nach vorn. Jonsen, der nie besonders flink auf den Beinen war, stand in Socken da und brüllte sich heiser. Otto bog sich vor Lachen.

Von der wilden Euphorie, die ein Kind nach dem anderen erfasst hatte, sprang jetzt ein Funke auf die Besatzung über. Die Männer spähten bereits gespannt aus der Luke der Back und schwankten noch zwischen breitem Grinsen und offener Empörung, doch in diesem Moment brachen sie in lautes Hurrageschrei aus. Dann verschwanden alle sofort wie der Teufel auf dem Theater in der Versenkung und zogen, über sich selbst erschrocken, den Lukendeckel zu.

Laura, die den Pantoffel noch immer fest umklammert hielt, blieb mit dem großen Zeh an einem Ringbolzen hängen, fiel der Länge nach hin und schrie wie am Spieß.

Otto verzog keine Miene, als er nach vorn lief, den Pantoffel aufhob und Jonsen zurückgab, der sofort hineinschlüpfte. Edward bekam es mit der Angst und hörte auf herumzuhopsen.

Jonsen bebte vor Zorn. Er näherte sich Edward mit einem eisernen Belegnagel in der Hand.

»Komm da runter!« befahl er.

»Bitte nicht! Bitte nicht! Bitte nicht!« rief Edward und rührte sich nicht vom Fleck. Harry flüchtete plötzlich und versteckte sich in der Kombüse, obwohl er gar nichts ausgefressen hatte.

Mit einer verblüffenden, sonst nur selten an den Tag gelegten Behändigkeit kam Jonsen den Bugspriet entlang auf Edward zu, der angesichts des mörderischen Belegnagels nur immerzu jammerte: »Bitte nicht!« Als Jonsen ihn schon fast erreicht hatte, kletterte Edward an den eisernen Mastringen des Klüvers einen Stag hoch.

Jonsen kehrte händeringend und wutschnaubend aufs Deck zurück. Er schickte einen Matrosen hoch zur Saling, um den Jungen abzufangen und wieder hinunterzutreiben.

Mich schaudert tatsächlich bei dem Gedanken, was mit Edward passiert wäre ohne die ungewöhnliche Ablenkung. Aber genau in diesem Augenblick erschien auf der obersten Sprosse des Vorderladeraums, wo die Kinder untergebracht waren: Rachel. Sie trug ein links herum angezogenes Matrosenhemd, das ihr bis zu den Fersen reichte. In der Hand hielt sie ein Buch. Sie sang aus Leibeskräften: »Vorwärts, Christi Streiter«. Aber sobald sie an Deck stand, verstummte sie, stolzierte, ohne einen Blick nach rechts oder links, direkt nach achtern, beugte vor Otto am Steuerrad das Knie und setzte sich dann auf einen Holzkübel.

Alle, Jonsen eingeschlossen, standen wie versteinert.

Nach einem kurzen, stummen Gebet erhob sie sich und begann ein undeutliches Gebrabbel, was außerordentlich gut die Laute wiedergab, die sie aus der kleinen Kirche von St. Anne kannte, wo sich die ganze Familie einmal im Monat sonntags einfand.

Rachels religiöse Erweckung hatte begonnen. Ein günstigerer Zeitpunkt wäre kaum denkbar gewesen; wer möchte behaupten, hier hätte nicht der Himmel seine Hand im Spiel gehabt?

Otto spielte sofort mit, verdrehte die Augen und breitete die Arme kreuzförmig vor dem Ruderhaus hinter sich aus.

Jonsen, der seine Beherrschung rasch wiedergefunden hatte, schritt auf Rachel zu. Ihre Imitation war großartig. Er lauschte einige Augenblicke schweigend. Er war unschlüssig: Sollte er lachen? Dann gewann der letzte Rest von Ärger die Oberhand.

»Rachel!« blaffte er.

Sie fuhr, fast ohne Luft zu holen, fort: »Rhabarber-Rhabarber-Rhabarber, geliebte Brüder im Herrn, Rhabarber-Rhabarber-Rhabarber.«

»Ich selber bin nicht religiös«, sagte der Captain, »aber ich dulde nicht, dass auf meinem Schiff die Religion verspottet wird!«

Er packte Rachel.

»Rhabarber-Rhabarber-Rhabarber«, fuhr sie, eine Spur schneller und eine Idee lauter, fort. »Lassen Sie mich in Ruhe! Rhabarber-Rhabarber-Rhabarber! Amen! Rhabarber …«

Er setzte sich auf den Kübel und legte Rachel übers Knie.

»Du böser Seeräuber! Du kommst in die Hölle!« kreischte sie, und jetzt endlich verstand man ihre Worte.

Dann versohlte er sie so kräftig, dass sie fast ebenso laut vor Schmerz wie vor Wut brüllte.

Als er sie schließlich wieder auf die Beine stellte, war ihr Gesicht verquollen und puterrot. Sie ließ mit ihren kleinen Fäusten einen regelrechten Hagel von Schlägen auf Jonsens Knie niederprasseln und schrie mit erstickter Stimme: »Hölle! Hölle! Hölle!«

Er schnipste mit einer Handbewegung ihre Fäuste beiseite, und sie trollte sich sofort, so erschöpft vom Weinen, dass sie kaum Luft bekam.

Laura zeigte währenddessen ihr typisches Verhalten. Als sie stolperte und hinfiel, brüllte sie so lange, bis ihr nichts mehr wehtat. Dann verwandelten sich ihre krampfhaften Zuckungen übergangslos in den Versuch, einen Kopfstand zu machen. Sie blieb die ganze Zeit während Edwards Flucht den Stag hoch auf dem Kopf stehen und auch noch bei Rachels elektrisierendem Auftritt. Weil sie während Rachels Bestrafung in Richtung des Großmastes umkippte und mit den Füßen an dessen Basis landete, stieß sie sich dort am Rack, das zum Belegen der Taljen dient, mit gewaltigem Schwung ab – weil sie jetzt lieber rollen wollte. Und das tat sie auch, und zwar sehr schnell, bis sie vor den Füßen des Captains auskullerte. Dort blieb sie völlig unbeteiligt auf dem Rücken liegen, während er Rachel versohlte, zog die Knie bis zum Kinn hoch und summte ein Lied.

IV

Als Emily in den vorderen Laderaum zurückkehrte, bestand ihre erste Handlung darin, das Leben an Bord erheblich zu komplizieren. Als gäbe es nicht schon genug Meer um das

Schiff herum, erklärte sie praktisch auch das ganze Deck zum Ozean. Die Großluke war natürlich eine Insel, und es gab noch andere – meist ähnliche, natürliche Erhebungen. Aber alles Übrige, das ganze offene Deck, konnte man gefahrlos nur in einem Boot oder schwimmend überqueren.

Wer in einem Boot saß und wer nicht, das bestimmte Emily. Man selber wusste es erst, wenn man sie gefragt hatte. Als Laura das Prinzip erfasst hatte, schwamm sie aber immer, egal ob man ihr sagte, sie würde in einem Boot sitzen oder nicht – einfach zur Sicherheit.

»Mein Gott, ist die dumm!« meinte Edward einmal, als sie unablässig weiter mit den Armen ruderte, obwohl ihr alle versichert hatten, sie säße auch im Boot.

»Als wir jung waren, waren wir wohl alle mal so dumm«, sagte Harry.

Es machte die Kinder fassungslos, dass keiner der Erwachsenen dieses »Meer« zur Kenntnis nehmen wollte. Die Seeleute schritten sorglos über die tiefsten Ozeane und weigerten sich sogar, mit den Händen zu paddeln. Den Matrosen andererseits ging es schrecklich auf die Nerven, wenn ihnen die Kinder – egal ob sie sich auf einer Insel in Sicherheit befanden oder ihr eigenes Fahrzeug steuerten – im Brustton der Überzeugung zuschrien:

»Sie ertrinken! Sie ertrinken! O-o-oh, Vorsicht! Da können Sie im Wasser nicht mehr stehen! Gleich fressen Sie die Haie!«

»O-oh, schaut mal! Miguel geht unter! Die Wellen schlagen schon über seinem Kopf zusammen!«

So etwas finden Seeleute überhaupt nicht komisch. Obwohl sie die einzelnen Worte nicht verstanden, blieb ihnen der wesentliche Sinn – den der Maat ihnen maliziös andeutete – nicht verborgen. Sie weigerten sich zwar beharrlich zu schwimmen, bekreuzigten sich aber immerhin inbrünstig und fortwährend, wenn sie ein Stück des offenen Decks überqueren mussten. Woher sollte man denn auch wissen, ob diese Gören nicht vielleicht doch die Gabe des zweiten Gesichts besaßen – *hijos de puntas*!

Im Grunde probierten die Kinder natürlich aus, wie es wäre, wenn sie später selber erwachsene Piraten sein würden, entweder als Gemeinschaft oder jeder für sich auf seinem eigenen Schiff; und obwohl sie während dieser öffentlichen Meerfahrten niemals das Wort Seeräuberei benutzten, sprachen sie jetzt nachts von nichts anderem mehr.

Margaret weigerte sich ebenfalls zu schwimmen, aber sie wussten inzwischen, dass es sinnlos war, sie dazu zwingen zu wollen; es brachte nichts, wenn man ausgerechnet *ihr* zurief, sie würde gleich ertrinken, weil sie sich dann nämlich nur hinsetzte und losheulte. Darum einigte man sich, dass Margaret, egal wo sie ging oder stand, auf einem Floß war, samt einem Fässchen Zwieback und einer Wassertonne – also getrost ignoriert werden konnte.

Denn seit ihrer Rückkehr war Margaret eine sehr langweilige Spielkameradin. Das eine Spiel »Teekesselchen« war ein Strohfeuer gewesen. Sie hatte danach mehrere Tage ausschließlich im Bett verbracht, kaum geredet und im Schlaf versucht, ihre Decke in Streifen zu reißen; auch nachdem sie aufgestanden war und sich absolut liebenswürdig verhielt – sogar noch liebenswürdiger als vorher –, weigerte sie sich, bei irgendeinem Spiel mitzumachen. Sie schien glücklich, doch zu allem, was Phantasie erforderte, war sie schlicht nicht zu gebrauchen.

Außerdem unternahm sie keinerlei Versuch, die Oberhoheit zurückzugewinnen, die sie an Emily abgetreten hatte. Sie kommandierte niemanden herum. Es machte nicht einmal Spaß, sie zu hänseln, denn nichts schien sie aus der Ruhe zu bringen. Manchmal wurde sie mit gutmütiger Herablassung behandelt, manchmal total ignoriert, und jede Äußerung von *ihr* galt von vornherein sowieso als dumm.

Auch Rachel hatte mehrere Tage nach ihrem Gottesdienst keine Lust, sich den anderen anzuschließen. Sie saß lieber allein unten im Laderaum und schmollte. Zwischendurch probierte sie mit einem Messingnagel, den sie irgendwo aufgetrieben hatte, ein Loch in die Bodenplanken zu bohren, um das Schiff so zu versenken. Als Laura hinter ihren Plan kam, sauste sie mit der Neuigkeit schnurstracks zu Emily. Laura bezweifelte ebenso wenig wie Rachel, dass der Plan gelingen könnte.

Emily ging nach unten und ertappte sie auf frischer Tat. Nach drei Tagen hatte Rachel es nicht geschafft, mehr als einen einzigen Holzspan herauszukratzen – was teilweise daran lag, dass sie die gleiche Stelle nie zweimal bearbeitete. Trotzdem rechneten sie und Laura damit, dass massenhaft Wasser hereinfluten und das Schiff volllaufen würde. Obwohl bisher noch kein Tropfen Wasser eingedrungen war, glaubte Laura fest, dass der Schoner infolge von Rachels Bemühungen bereits deutlich tiefer lag.

Laura wartete mit gespannt gefalteten Händen darauf, was Emily angesichts der drohenden Katastrophe zu unternehmen gedachte.

»Du Dummkopf, das bringt doch nichts!« lautete Emilys einziger Kommentar.

Rachel sah sie böse an:

»Lass mich bloß in Ruhe! Ich weiß schon, was ich tue!«

Emilys Augen weiteten sich, und in ihnen flackerte ein sonderbarer Glanz.

»Wenn du in dem Ton mit mir redest, dann lasse ich dich an der Rahnock aufhängen!«

»Was ist das?« fragte Rachel trotzig.

»Inzwischen solltest du wissen, was die Rahnock ist!«

»Mir doch egal!« brummelte Rachel und kratzte mit dem Nagel weiter.

Emily hob in einer Ecke ein großes Eisenstück auf, das so schwer war, dass sie es kaum tragen konnte.

»Weißt du, was ich jetzt mache?« fragte sie in einem merkwürdigen Ton.

Beim Klang von Emilys Stimme hörte Rachel mit dem Kratzen auf und sah hoch.

»Nein«, sagte sie etwas beklommen.

»Ich bringe dich um! Ich bin Pirat geworden, und ich werde dich mit diesem Schwert töten!«

Bei dem Wort »Schwert« schien es Rachel, als bekomme der unförmige Metallklumpen plötzlich eine scharfe, bösartige Spitze.

Sie sah Emily zweifelnd in die Augen. Meinte sie es ernst, oder war es ein Spiel?

Sie hatte sich vor Emily eigentlich immer schon ein bisschen gefürchtet. Emily war so groß, so stark, so alt (beinahe schon erwachsen) und so schlau! Emily war der klügste, der mächtigste Mensch auf der Welt! Sie besaß die Muskeln eines Riesen, die uralte Erfahrung einer Schlange! – Und jetzt ihr schrecklicher Blick, der nicht gespielt wirkte.

Emily starrte Rachel unverwandt an und erkannte echte

Angst in ihrem Blick. Plötzlich drehte sich Rachel um und flitzte, so schnell ihre kleinen dicken Beine sie trugen, die Leiter hoch. Emily donnerte einmal mit dem Eisenstück dagegen, und Rachel wäre in ihrer Aufregung beinahe wieder heruntergepurzelt.

Das Eisenstück war so groß und schwer, dass Emily eine ganze Weile brauchte, um es an Deck zu hieven. Auch dann behinderte es sie beim Laufen so sehr, dass sich der Abstand zwischen ihr und Rachel kaum verringerte, während der drei Runden, die sie, lautstark angespornt von Edward, an Deck drehten. Sogar in ihrer großen Angst vergaß Rachel die rudernden Schwimmbewegungen mit den Armen nicht. Schließlich warf Emily mit den Worten: »Oh, ich kann nicht mehr, mein schlimmes Bein tut weh!« das Eisenstück hin und ließ sich keuchend neben Edward auf die Hauptluke fallen.

»Ich schütte dir Gift ins Mittagessen!« rief sie Rachel fröhlich zu, aber die verkroch sich hinter der Ankerwinde und hätschelte mit selbstvergessener Hingabe die spezielle Nachkommenschaft, die sie dort untergebracht hatte, wobei sie vor mütterlicher Fürsorge fast in Tränen ausbrach.

Emily kicherte noch lange über den Spaß.

»Was hast du denn?« fragte Edward verächtlich mit stolzgeschwellter Brust. Er fühlte sich gerade besonders männlich. »Kriegst du einen Lachanfall?«

»Ich *liebe* Lachanfälle«, sagte Emily entwaffnend. »Mal sehen, ob ich euch anstecken kann. Komm her, Laura! Harry, los!«

Die beiden Krümel erschienen folgsam. Sie schauten ihr gespannt und ernst ins Gesicht, erwarteten das Erscheinen des Gottes, während Emily immer lautere Lachsalven abfeuerte. Die Infektion erfolgte rasch, und sie mussten auch lachen, jeder schriller und wilder als der andere.

»Ich kann nicht mehr aufhören! Ich kann nicht mehr aufhören!« kreischten sie zwischendurch.

»Los, Edward! Sieh mich an!«

»Mach ich nicht!« sagte Edward.

Darum hockte sie sich auf ihn und kitzelte ihn, bis er genauso hysterisch lachte wie der Rest.

»Oh, das soll jetzt aufhören, mein Bauch tut schon richtig weh!« klagte Harry schließlich.

»Dann geh doch weg«, riet ihm Emily in einem klaren Moment. Und bald darauf löste sich die Gruppe auf. Aber sie durften sich lange Zeit nicht anschauen, um keinen Rückfall zu riskieren.

Laura erholte sich am schnellsten. Sie entdeckte plötzlich die schöne tiefe Höhle unter ihrer Achsel und beschloss, dort in Zukunft Elfen zu beherbergen. Eine Zeit lang konnte sie an nichts anderes mehr denken.

V

Captain Jonsen befahl José plötzlich ans Steuer und ging nach unten, um sein Fernrohr zu holen. Dann stützte er die Hüfte am Schanzkleid ab, schob die Blende über das Objektiv und starrte unverwandt auf etwas, das fast genau vor der untergehenden Sonne lag. Emily, milde gestimmt, trat dicht neben ihn. Dann rieb sie sanft wie eine Katze die Wange an seinem Rock.

Jonsen senkte das Glas und versuchte es mit bloßem Auge, so als ob er diesem mehr traue. Dann bemühte er erneut das Glas.

Was war das für ein resolut wirkender Mast, der da hoch und schmal wie eine Säule aufragte? Sein Blick suchte den restlichen Horizont ab; er war leer bis auf diesen einen drohend erhobenen Finger.

Jonsen hatte seinen Kurs bewusst so gewählt, um die in dieser Jahreszeit üblichen Schifffahrtsrouten zu meiden. Vor allem hatte er den Kurs so gelegt, um den Routinefahrten des Jamaika-Geschwaders von einer britischen Insel zur anderen zu entgehen. Dieses Schiff – es hatte hier nichts verloren, genauso wenig wie er.

Emily legte den Arm um seine Hüfte und drückte sie behutsam.

»Was ist das?« fragte sie. »Ich will auch mal gucken.«

Jonsen sagte nichts und starrte weiter konzentriert in die Ferne.

»Ich will auch mal gucken!« sagte Emily. »Ich habe noch nie durch ein Fernrohr geschaut, noch nie!«

Jonsen schob das Rohr abrupt zusammen und blickte zu ihr herunter. Seine gewöhnlich ausdruckslose Miene war jetzt aufgewühlt. Er hob eine Hand und strich Emily sacht übers Haar.

»Du hast mich doch gern?« fragte er.

»Mm«, stimmte Emily zu. Später fügte sie verlegen hinzu: »Sie sind ein netter Kerl.«

»Würdest du mir zuliebe etwas ganz Schwieriges tun?«

»Ja, aber dann darf ich auch durch Ihr Fernrohr schauen, das habe ich noch nie gemacht, und ich möchte es doch so gern!«

Jonsen seufzte matt und setzte sich auf den Kajütsaufbau. Wie *in aller Welt* sah es eigentlich in den Köpfen von Kindern aus?

»Jetzt hör mal zu«, sagte er. »Ich muss etwas Ernstes mit dir besprechen.«

»Ja«, sagte Emily und bemühte sich, ihr großes Unbehagen zu verbergen. Ihr kläglicher Blick versuchte irgendwo an Deck Halt zu finden. Er presste sie an sein Knie, um ihre Aufmerksamkeit zu erzwingen.

»Wenn böse, grausame Männer kommen würden, um mich zu töten und euch zu verschleppen, was würdest du tun?«

»Oh, wie entsetzlich!« sagte Emily. »Werden die das wirklich tun?«

»Nicht, wenn du mir hilfst.«

Es war unerträglich. Mit einem Satz saß sie rittlings auf seinen Knien, schlang die Arme um seinen Hals und faltete die Hände hinter seinem Kopf.

»Ob Sie wohl ein guter Zyklop wären?« sagte sie, hielt seinen Kopf fest und drückte ihre Nase an seine Nase, ihre Stirn an seine Stirn, und so schauten sie sich nun in die Augen, bis jeder das Gesicht des anderen schmäler werden sah und die beiden Augen zu einem einzigen großen, verschleierten Auge mitten auf der Stirn verschmolzen.

»Herrlich!« sagte Emily. »Sie wären ein wunderbarer Zyklop! Aber jetzt hat sich Ihr eines Auge losgemacht und schwebt über dem anderen!«

Die Sonne berührte die See, und dreißig Sekunden lang zeichnete sich jedes Detail des fernen Kriegsschiffes schwarz gegen den Brand ab. Aber Jonsen konnte nur an das Haus mit dem grünen Kachelofen im stillen Lübeck denken.

Kapitel Neun

Die Dunkelheit ließ plötzlich den Vorhang fallen über jenem drohenden Finger.

Captain Jonsen blieb, ob er Wache hatte oder nicht, die ganze Nacht an Deck. Die Nacht war heiß, selbst für diesen Breitengrad, und mondlos. Der Sternenglanz beleuchtete alles in der näheren Umgebung, ließ aber in der Ferne nichts erkennen. Die schwarzen Masten ragten deutlich vor dem funkelnden Geschmeide, das langsam an deren Spitzen hin und her zu schaukeln schien. Die Segel wirkten flach, im Streulicht schwanden ihre verschatteten Wölbungen. Leinen, Marsbrassen und Toppnantbänder traten ebenso willkürlich an manchen Stellen hervor, wie sie anderswo unsichtbar blieben, dass sie jeden Anschein mechanischer Vorrichtungen verloren.

Blickte man geradeaus, die leuchtende Kompasslampe im Rücken, stieg das schmale, milchweiße Deck an bis zum perspektivisch verkürzten Sonnensegel des Bugspriets, der auf einen einzelnen vergrößerten Stern knapp über dem Horizont zu weisen schien.

Der Schoner hatte nur eben so viel Fahrt, dass sich die See am Vordersteven mit leisem Rauschen teilte und einen Funkenregen emporschleuderte, der, als wäre der Ozean ein sensibles Nervengeflecht, auch dort aufflammte, wo das Wasser die Schiffsflanken streifte, und selbst im blassen Kielwasser noch glitzerte. Nur der schwache Teergeruch in der Nase erinnerte daran, dass dies kein Phantasiegebilde aus Elfenbein und Ebenholz war, sondern ein Stück Technik. Denn ein Schoner zählt in der Tat zu den technisch überzeugendsten, nüchternsten und schmucklosesten Fahrzeugen, die der Mensch je ersonnen hat.

Einige Meter entfernt schimmerte ein Schwarm Leuchtfische in unterschiedlicher Tiefe.

Aber einige hundert Meter entfernt ließ sich überhaupt nichts ausmachen! Die See glich dort einer unveränderlich glitzernden, bewegungslosen Schwärze. In der Nähe erkannte man so viele Einzelheiten, dass es unglaublich schien, dass dort draußen ein ganzes Schiff unsichtbar liegen könnte, unglaublich auch, dass es weder mit dem Fernglas noch durch angestrengtes Ausspähen zu *sehen* sein sollte.

Jonsen patrouillierte an der Leeseite des Schiffs, so dass die schwache Brise, die sich in den Mulden der Segel sammelte und überfloss, wie eine kontinuierliche, kühle Kaskade auf ihn niederging. Von Zeit zu Zeit kletterte er, trotz der Tatsache, dass größere Höhe keine bessere Sicht gewährt, auf die Fockmastspitze und starrte ins Nichts, bis ihm die Augen brannten, stieg dann wieder herunter und schritt erneut ruhelos auf und ab. Ein Schiff mit gelöschten Lichtern konnte sich, ohne dass er es merkte, bis auf eine Meile heranschleichen.

Jonsen neigte nicht zu Ahnungen, aber jetzt überkam ihn die unabweisbare Gewissheit, dass irgendwo ganz in der Nähe der Feind im Schutz der Dunkelheit lauerte und seine Vernichtung plante. Er spitzte die Ohren, konnte jedoch nichts hören außer den rauschenden Wassern und dem vereinzelten trockenen Schlagen eines lockeren Blocks.

Hätte doch nur der Mond geschienen! Er entsann sich einer Episode, die fünfzehn Jahre zurücklag. Der Sklavenhändler, auf dem er damals als zweiter Maat diente, pflügte unter voller Segelfläche und mit dichtgemachten Luken über seiner stinkenden Fracht die Wellen, da kreuzte, beinahe in Schussweite, eine Fregatte die glitzernde Bahn des Mondes – flog durchs Licht und verschwand wieder. Jonsen hatte im Nu begriffen, dass, obwohl die Fregatte, mit dem Licht hinter sich, für sie jetzt unsichtbar blieb, sie selbst, im vollen Schein des Mondes, für die Fregatte aber deutlich zu sehen sein mussten. Prompter Geschützdonner bestätigte seine Einschätzung. Er wäre am liebsten blindlings getürmt, doch sein Captain befahl stattdessen, alle Segel zu bergen; und so lagen sie die ganze Nacht unter den bloßen Rahen, reglos natürlich, aber (weil nun nichts mehr das Licht reflektieren konnte) gleichfalls unsichtbar. Bei Anbruch der Dämmerung trieb die Fregatte so weit vor dem Wind, dass sie mit Leichtigkeit Fersengeld geben konnten.

Aber heute Nacht! Da gab es keine wohlmeinende Mondspur, die den Angreifer verriet, nur diese innere Überzeugung, die sich mit jedem Augenblick verfestigte.

Kurz nach Mitternacht war er von einer seiner unnützen Kletterpartien zum Masttopp wieder heruntergekommen und verharrte einen Augenblick an der Vorschiffsluke. Das heftige Atmen der Kinder war deutlich vernehmbar. Margaret plapperte im Schlaf – ziemlich laut, doch man konnte kein einziges klares Wort verstehen.

Aus einer Laune heraus stieg Jonsen die Leiter in den Laderaum hinunter. Unten herrschte eine Hitze wie in einem Backofen. Ein geflügeltes Insekt schwirrte laut surrend umher. Das Geräusch des Wassers, das oben an Deck einem trockenen Rascheln glich, war hier ein angenehmes

Gluckern und Plätschern entlang der hölzernen Außenhaut, schönster Wohlklang im Ohr eines Seemanns.

Laura lag im schwachen Licht der offenen Luke auf dem Rücken. Ihre Decke hatte sie abgestreift, und das als Nachthemd dienende Leibchen war ihr bis unter die Achseln gerutscht. Jonsen fragte sich, wie es überhaupt denkbar war, dass sich ein so froschähnliches Etwas jemals in den schwellenden Leib einer Frau verwandeln konnte. Er bückte sich, um das Leibchen herunterzuziehen; doch bei der ersten Berührung rollte sich Laura ungestüm auf den Bauch, zog die Knie an, reckte ihm den kleinen spitzen Po entgegen und schlief laut schnaufend in dieser Stellung weiter.

Als sich seine Augen an die Dämmerung gewöhnt hatten, verrieten ihm undeutliche weiße Kleckse, dass fast alle Kinder die dunklen Decken abgestreift hatten. Aber Emily, die aufrecht im Finstern saß und ihn beobachtete, bemerkte er nicht.

Als er sich zum Gehen wandte, erhellte ein Lächeln sein Gesicht; er bückte sich und schnipste mit dem Fingernagel sacht gegen Lauras Hinterteil. Es sackte zusammen wie ein geplatzter Ballon, trotzdem schlief sie jetzt flach auf dem Bauch weiter.

Als Jonsen wieder an Deck kam, kicherte er noch immer. Aber dann meldeten sich sämtliche Vorahnungen mit doppelter Macht. Er spürte förmlich das Kriegsschiff, das in der Dunkelheit beilag und den richtigen Augenblick abpasste! Er kletterte zum fünfzigsten Mal die Webeleinen hoch, postierte sich auf der Saling und starrte sich die Augen aus dem Kopf.

Als er einmal kurz hinunterblickte, konnte er eben Emilys kleine weiße Gestalt erkennen, die an Deck herumhüpfte. Aber im nächsten Moment hatte er es bereits vergessen.

Plötzlich erfasste sein müder Blick einen dunklen Fleck, dunkler als das Meer. Er wandte den Blick ab und schaute dann wieder hin, um sicher zu sein. Die Stelle war noch da, backbord voraus, obwohl nicht deutlich zu erkennen … Jonsen sauste blitzartig wie ein Schiffsjunge die Wanten hinunter. Als er wie ein Donnerkeil auf Deck einschlug, hätte er Emily fast zu Tode erschreckt, sie hatte ihn nicht dort oben vermutet. Er war genauso erschrocken wie sie.

»Da unten ist es so furchtbar heiß«, begann sie, »ich konnte nicht schlafen –«

»Runter mit dir!« zischte Jonsen wütend, »lass dich hier oben ja nicht mehr blicken! Und für die anderen gilt das Gleiche!«

Völlig verängstigt stolperte Emily so schnell sie nur konnte die Leiter hinunter und mummelte sich von Kopf bis Fuß in ihre Decke ein, teils weil sie an den nackten Beinen wirklich fror, hauptsächlich aber, um sich zu trösten. Was hatte sie getan? Was war denn los? Kaum unten angelangt, hörte sie schon hastige Schritte an Deck, und die Lukendeckel über ihr wurden notdürftig dicht gemacht. Das undurchdringliche Dunkel schien sie zu verschlingen. Es war niemand in ihrer unmittelbaren Nähe, und sie wagte nicht, sich auch nur einen Zentimeter zu bewegen. Alle schliefen.

Jonsen befahl alle Mann an Deck, und sie traten schweigend längs der Reling an. Der Fleck war jetzt deutlich zu sehen; näher und kleiner, als er zuerst gedacht hatte. Sie horchten auf das Klatschen von Rudern, doch er näherte sich lautlos.

Plötzlich war er da, schrammte die Schiffsflanke entlang, glitt achteraus davon. Es war ein abgestorbener Baum, der von irgendeinem Hochwasser führenden Fluss aufs Meer hinausgespült worden war, wo sich Seetang und Meerespflanzen in ihm verfangen hatten.

Anschließend behielt Jonsen die ganze Mannschaft noch bis zum Morgengrauen an Deck. In der neuen Stimmung gehorchten sie ihm bereitwillig. Denn sie wussten, er war eigentlich ein fähiger Captain. Er tat meistens das Richtige – nur die Hektik, die er bei jedem unvorhergesehenen Zwischenfall entfaltete, wirkte stümperhaft.

Obwohl jetzt so viele Augenpaare Ausschau hielten, gab es keinen weiteren Alarm.

Aber beim ersten blassen Schimmer der Morgendämmerung waren alle Nerven bis zum Zerreißen gespannt. Die rasch wachsende Helligkeit würde ihnen gleich ihr Schicksal offenbaren.

Jedoch erst bei vollem Tageslicht ließ sich Jonsen davon überzeugen, dass von einem Kriegsschiff wirklich jede Spur fehlte.

Tatsächlich waren dessen Royalsegel keine volle Stunde, nachdem er es zuerst gesichtet hatte, hinter dem Horizont versunken.

II

Doch die Besorgnis dieser Nacht trieb Jonsen endlich zu einem Entschluss.

Er änderte seinen Kurs; hatte er ihn bisher darauf hin berechnet, jedem anderen Schiffsverkehr auszuweichen, bestimmte er ihn jetzt so, dass er möglichst rasch in die nach Osten führende Schifffahrtsroute mündete.

Otto rieb sich die Augen. Was dachte sich der Kerl dabei? Wollte er Rache nehmen für den Schreck, der ihm in die Knochen gefahren war? Beabsichtigte er etwa, mitten im dichtesten Schiffsverkehr eine Prise einzubringen? Das sähe Jonsen ähnlich, den Kopf in den Rachen des Löwen zu stecken, nachdem er bei seinem Gebrüll zuerst weiche Knie bekommen hatte; und Otto ging das Herz auf. Aber er stellte keine Fragen.

Unterdessen begab sich Jonsen in seine Kajüte, öffnete ein Geheimfach in der Koje und entnahm ihm einen ganzen Packen Schiffspapiere, die er einem Händler in Havanna, der solche Dinge anbot, abgekauft hatte. *Die »John Dodson« aus Liverpool unterwegs nach den Seychellen mit einer Ladung gusseiserner Töpfe* – was sollte man damit in diesen Gewässern anfangen? Der Kerl hatte ihn übers Ohr gehauen! – Ah, das hier klang schon besser: *»Lizzie Green« aus Bristol unterwegs von Matanzas nach Philadelphia mit Ballast* … Schon komisch, diese Route nur mit Ballast zu segeln: Aber das ging bloß den imaginären Besitzer etwas an. Jonsen vergewisserte sich, dass alles seine Richtigkeit hatte – ergänzte die fehlenden Daten usw. –, und legte dann das Bündel zurück ins Versteck bis zur nächsten Verwendung. Als er an Deck kam, erteilte er einige Befehle.

Zuerst wurden an Heck und Bug Hängestellings montiert, und José verschwand mitsamt einem Farbtopf über die Reling, um den vielen Namen, die das Heckbord des Schoners zeitweise geschmückt hatten, noch einen weiteren hinzuzufügen: *Lizzie Green*. Weil ihm das noch nicht genügte, ließ er den Namen überall anbringen, wo es passend schien – an den Booten, den Kübeln – Gründlichkeit konnte hier nicht schaden. Unterdessen wurden etliche Segel eingeholt und neue angeschlagen – beziehungsweise alte, auffällige Segel, von denen jeder, der sie auch nur einmal gesehen hatte, schwören würde, er könnte sie nie vergessen. Otto nähte einen großen Flicken auf das Großsegel, obwohl es gar kein Loch aufwies. In seinem Eifer überlegte Jonsen sogar, die Rahen niederzuholen und das Schiff wie einen lupenreinen Gaffelschoner aufzutakeln, zum Glück für die schwitzende Mannschaft verwarf er den Einfall aber wieder.

Das Glanzstück seiner Maskerade war von Dauer – er verfügte über keine Geschütze. Man kann Geschütze zwar verstecken oder über Bord werfen, aber nicht die Rillen, die sie auf Deck hinterlassen, wie so mancher das Unschuldslamm spielende Seeräuber aus eigener bitterer Erfahrung wusste. Jonsen musste keine Geschütze verstecken, es gab nicht einmal verräterische Rillen an Deck; jeder Schwachkopf konnte mit einem Blick erkennen, dass er keine Geschütze mitführte, nie welche mitgeführt hatte. Und wer hätte auch jemals von einem Piratenschiff ohne Geschütze gehört? Eigentlich lächerlich, dennoch hatte er immer wieder bewiesen, dass man ein Schiff ebenso leicht ohne Geschütze kapern konnte; außerdem durfte man in der Regel darauf bauen, dass sich der gekaperte Kauffahrer bei der Erstattung seines Berichts das Vorhandensein einer größeren oder kleinen Anzahl von Kanonen einbilden würde. Ob um das Gesicht zu wahren oder aus grundsätzlicher Überzeugung – der Vermutung, Geschütze müssten mit im Spiel gewesen sein –, jedenfalls hatte fast jedes Schiff, mit dem Jonsen in Berührung gekommen war, getarnte Geschütze gemeldet, bemannt mit »fünfzig oder siebzig Raufbolden der übelsten spanischen Sorte«.

Traf er natürlich auf ein Kriegsschiff und wurde herausgefordert, dann musste er kampflos kapitulieren. Freilich lohnte sich der Kampf mit einem Kriegsschiff sowieso nie. Ein großes bohrt einen in Grund. Ist es aber eine kleine Nussschale von einem Kutter unter dem Kommando eines angriffslustigen jungen Offiziers, gerade mal Anfang zwanzig, dann bohrt man ihn in Grund – und das dicke Ende kommt noch. Besser gleich in Grund gebohrt werden, als die Ehre einer großen Nation so zu kränken.

Als es ihm endlich einfiel, die Lukendeckel über ihnen wieder öffnen zu lassen, waren die Kinder schon halb erstickt. Da unten war es sowieso wahnsinnig heiß und dumpfig, denn die viereckige Öffnung stellte die einzige Belüftungsmöglichkeit dar, und blieben die Lukendeckel nicht vollständig offen, dann glich der Laderaum dem Black Hole of Calcutta. Emily war schließlich eingedöst und hatte, von endlosen Albträumen geplagt, lange geschlafen; als sie in dem verschlossenen Laderaum erwachte, richtete sie sich auf, wurde sofort ohnmächtig, sank wieder hin und atmete röchelnd. Sie schluchzte bereits jämmerlich, noch bevor sie wieder richtig zu sich kam. Daraufhin begannen natürlich auch die Krümel zu weinen, und dieses Geräusch mahnte Jonsen, wenn auch ziemlich spät, die Lukendeckel öffnen zu lassen.

Ihr Anblick versetzte ihm einen heftigen Schreck. Erst nachdem sie geraume Zeit auf Deck an der frischen Morgenluft gewesen waren, zeigten sie zumindest ein bisschen Interesse für die seltsame Metamorphose des Schoners.

Jonsen musterte sie durchaus besorgt. Sie wirkten keineswegs wie gut behütete, wohlversorgte Kinder, obgleich er das bisher noch nicht bemerkt hatte. Sie waren völlig verdreckt, ihre Kleider zerrissen und wenn überhaupt, dann nur notdürftig mit Garn geflickt, die Haare nicht bloß ungekämmt – sondern teerverklebt. Bis auf Rachel, die eisern rund und rosig geblieben war, wirkten alle mager und hatten eine gelblich braune Farbe. Die Narbe an Emilys Bein leuchtete noch immer purpurrot, und alle Kinder waren gespickt mit Insektenstichen.

Jonsen beorderte José von seinen Malerarbeiten zurück und drückte ihm einen Eimer Süßwasser in die Hand, dazu den Kamm des Maats (das einzige Exemplar an Bord) und eine Schere. José wunderte sich in aller Unschuld: So besonders schmutzig kamen die Kinder ihm gar nicht vor. Doch er tat seine Pflicht, solange sie sich noch zu elend fühlten, um sich groß zu sträuben, und nur, wenn er einmal zu grob hinlangte, wimmerten sie leise. Auch nachdem er mit ihrer Toilette fertig war, hatte er es natürlich längst nicht bis zu dem Punkt geschafft, wo ein Kindermädchen normalerweise anfängt.

Es dauerte bis Mittag, ehe die *Lizzie Green* sich selbst glich – was immer das bedeuten mochte; und kurz nach Mittag, als sie immer noch Kurs auf »Philadelphia« hielten, sichtete man fast in derselben Minute unter dem Horizont zwei meilenweit voneinander entfernte Segel. Captain Jonsen studierte sie eingehend, traf seine Wahl und änderte den Kurs so, dass sie möglichst bald auf das fremde Schiff treffen würden.

Die Mannschaft zweifelte mittlerweile ebenso wenig wie Otto an Jonsens Absichten, und achtern sang der Wetzstein munter, bis der Dolch eines jeden Matrosen so scharf war, dass das Herz seines Besitzers lachte. Ich hatte bereits erwähnt, dass durch die Ermordung des holländischen Captains die ganze Art ihres Piratengeschäfts beeinflusst worden war. Die Hefe gärte.

Bald darauf erschien über dem Horizont auch der Rauch eines großen Dampfers. Otto hob die Nase in den Wind. Vielleicht dauerte er an, vielleicht auch nicht. Sie befanden sich immer noch weit von zu Hause, und in diesen Gewässern herrschte reger Verkehr. Der Maat fand das ganze Vorhaben ziemlich hoffnungslos.

Jonsen schlurfte wie gewohnt umher und kaute nervös an den Fingernägeln. Plötzlich wandte er sich an Otto und forderte ihn auf, mit nach unten zu kommen. Er war sichtlich erregt, seine Backen glühten, sein Blick flackerte. Zuerst trug er auf der Karte akribisch die eigene Position ein. Dann brummte er über die Schulter:

»Die Kinder müssen verschwinden.«

»Aye«, sagte Otto. Da Jonsen nichts weiter sagte, fügte er hinzu: »Ich nehme an, du wirst sie in Santa an Land setzen?«

»Nein. Sie müssen jetzt verschwinden. Wir schaffen es vielleicht gar nicht bis Santa.«

Otto atmete tief durch.

Jonsen polterte los:

»Wenn wir mit ihnen an Bord geschnappt werden, was wird dann aus *uns*?«

Otto wurde erst weiß, dann rot, ehe er antwortete:

»Das wirst du wohl riskieren müssen«, sagte er schleppend. »Woanders kannst du sie jedenfalls nicht an Land setzen.«

»Wer hat was von an Land setzen gesagt?«

»Eine andere Wahl bleibt dir nicht«, erwiderte Otto störrisch.

Ein plötzlicher Einfall erhellte plötzlich Jonsens sorgenvolle Miene

»Wir könnten sie natürlich auch in kleine Säcke stecken«, sagte er milde lächelnd, »und dann über Bord gehen lassen.«

Otto bedachte ihn mit einem kurzen Blick; was er sah, beruhigte ihn doch.

»Was hast du vor?« fragte er.

»Sie in kleine Säcke stecken! In kleine Säcke!« bekräftigte Jonsen und rieb sich kichernd die Hände, als die in ihm schlummernde Rührseligkeit die Oberhand gewann. Dann schob er Otto beiseite und drängte an Deck.

Die große Brigg, auf die er es zuerst abgesehen hatte, erwies sich als zu weit entfernt, darum nahm er jetzt das Ruder und ließ den Bug des Schoners ein paar Strich abfallen, um stattdessen dem Dampfer den Weg abzuschneiden.

Otto pfiff durch die Zähne. Endlich dämmerte ihm, was der Captain im Schilde führte.

III

Je mehr der Abstand zum Dampfer schmolz, desto größer wurde das Interesse der Kinder; so etwas wie diesen unglaublichen Riesenpott hatten sie noch nie gesehen. Der holländische Dampfer, ein altmodisches Fahrzeug, hatte sich von einem Segelschiff nicht wesentlich unterschieden, aber dieser hier glich von der Form her schon mehr unseren heutigen Dampfschiffen. Sein Schornstein ragte zwar noch hoch und schmal und mit einer Art Artischocke gekrönt empor, aber sonst sah er ziemlich genau so aus, wie Sie und ich das kennen.

Jonsen rief ihn eindringlich an, und der Dampfer stoppte umgehend die Maschinen. Die *Lizzie Green* schlüpfte in seinen Windschutz. Jonsen ließ ein Boot aussetzen, in das er dann selber stieg. Die Kinder und die Mannschaft des Schoners drängten sich aufgeregt an der Reling und sahen zu, wie von der hoch aufragenden Eisenflanke eine kleine Leiter heruntergelassen wurde, und beobachteten, wie Jonsen in seinem dunklen Sonntagsstaat und der seinem Rang entsprechenden Schirmmütze allein an Bord kletterte. Er hatte den Zeitpunkt bestens gewählt, in einer Stunde würde es dunkel sein.

Er hatte sich einiges vorgenommen. Zuerst musste er sein vorher präpariertes Märchen an den Mann bringen, die Erklärung, wie er zu seinen Passagieren gekommen war. Anschließend galt es den Captain des Dampfers, einen völlig Fremden, zu überreden, ihm die Verantwortung abzunehmen, was ihm doch schon bei seiner Freundin, der Señora auf Santa Lucia, nicht geglückt war.

Otto war kein Mensch, der seine Anspannung offen zeigte, dennoch litt er unter ihr. Jonsens Plan grenzte an Tollkühnheit; schon beim geringsten Verdacht waren sie so gut wie geliefert.

Jonsen hatte ihm die Flucht befohlen, sollte er, Otto, zwischendurch ein mulmiges Gefühl bekommen.

Mittlerweise flaute die Brise ab, und es war noch hell.

Jonsen war in dem Dampfer verschwunden wie in einem Wald.

Ganz aufgeregt zeigte Emily den Übrigen die Besonderheiten dieses außergewöhnlichen Schiffs. Die Kinder glaubten noch immer, es handele sich um eine Prise. Edward prahlte lauthals, was er tun würde, wenn das Schiff gekapert war.

»Ich schneide dem Captain den Kopf ab und schmeiße ihn ins Meer!« krakeelte er.

»Pst!« rief Henry in einem weithin hörbaren Bühnenflüstern.

»Mensch! Ist mir doch egal!« brüllte Edward, vom eigenen Mut berauscht. »Dann hole ich mir alles Gold raus und behalte es.«

»Ich werde den Kahn versenken!« eiferte ihm Harry jetzt nach und fügte dann noch hinzu, »Auf den tiefsten Meeresgrund!«

Emily verstummte, überwältigt von ihrer überaus regen Phantasie. Sie sah den Laderaum des Dampfers, wo sich Gold und Juwelen türmten. Sie sah sich selbst, wie sie sich mit bloßen Fäusten den Weg durch ganze Horden behaarter Matrosen bahnte, bis nur noch der Captain zwischen ihr und dem Schatz stand.

Dann passierte es! Es war, als würde eine leise, kalte Stimme in ihr plötzlich sagen: »*Was soll das? Du bist doch nur ein kleines Mädchen!*« Sie stürzte aus schwindelnden Höhen und fühlte sich schrumpfen. Sie war *Emily*.

Die grauenvolle, blutüberströmte Fratze des holländischen Captains schien sie aus der Luft anzustarren. Sie duckte sich vor Schreck. Doch im nächsten Augenblick war es schon wieder vorbei.

Sie blickte sich entsetzt um. Wusste irgendjemand, wie wehrlos sie war? Irgendwer hatte sie sicher beobachtet. Die anderen Kinder plapperten arglos. Die Matrosen trugen ihre Messer schlecht versteckt, sie grinsten einander an oder sie fluchten. Otto fixierte den Dampfer mit zusammengezogenen Brauen.

Sie fürchtete alle. Sie hasste alle.

Margaret flüsterte mit Edward, und er nickte. Wieder packte sie die Panik. Was erzählte ihm Margaret? Hatte sie es jedem erzählt? Wussten es alle? Spielten ihr alle nur etwas vor, täuschten sie, indem sie so taten, als wüssten sie es nicht, und warteten dabei in aller Ruhe ab, um sie überraschend zu entlarven und auf unvorstellbar schreckliche Weise zu bestrafen?

Hatte Margaret es überhaupt schon erzählt? Wenn sie sich jetzt hinter Margaret schlich und sie ins Meer stieß, käme sie dann vielleicht noch rechtzeitig? – Aber schon bei dem bloßen Gedanken glaubte sie zu sehen, wie Margaret sich bis zur Hüfte aus den Wellen reckte und mit ruhiger, leidenschaftsloser Stimme allen die ganze Geschichte erzählte und dann wieder an Deck kletterte.

In einer anderen flüchtig aufblitzenden Vision sah sie die runde, gemütliche Gestalt ihrer Mutter in der Tür von Ferndale stehen und mit der Köchin zanken.

Erneut glitt ihr Blick über die unheilvolle Realität des Schoners. Plötzlich hatte sie alles so satt, fühlte sich müde, so unsagbar müde. Warum musste sie auf immer und ewig an dieses schreckliche Leben gekettet sein? Würde sie ihm nie entrinnen, nie zurückkehren können zu dem gewöhnlichen Leben, wie es kleine Mädchen führten mit Papa und Mama und … einem Geburtstagskuchen?

Otto rief nach ihr. Sie gehorchte ihm, obwohl sie das Gefühl hatte, zu ihrer eigenen Hinrichtung zu marschieren. Er wandte sich um und rief auch Margaret zu sich.

Weiß Gott, sie war aufmerksamer als neulich Nacht

beim Captain! Aber Otto hing zu sehr den eigenen Gedanken nach, um ihren erschrockenen Blick zu bemerken.

Jonsen erwartete an Bord des Dampfers keine leichte Aufgabe, aber seine eigene behagte ihm genauso wenig. Er wusste nicht recht, wie er anfangen sollte – dabei hing doch alles davon ab, dass er Erfolg hatte.

»Hört mal«, platzte er los. »Für euch geht's jetzt nach England.«

Emily warf ihm einen schnellen Blick zu. »Ja?« sagte sie schließlich, ihr Ton verriet nur höfliches Interesse.

»Der Captain ist drüben auf dem Dampfer, um alles Nötige zu arrangieren.«

»Dann bleiben wir nicht mehr bei euch?«

»Nein«, sagte Otto. »Ihr fahrt mit dem Dampfer nach Hause.«

»Und dann sehen wir euch nie wieder?« forschte Emily nach.

»Nein«, sagte Otto. »– Irgendwann mal, vielleicht.«

»Kommen denn alle mit oder nur wir zwei?«

»Wieso, natürlich alle!«

»Oh. Das habe ich nicht gewusst.«

Es entstand ein peinliches Schweigen, während Otto überlegte, wie er das eigentliche Problem anpacken könnte.

»Sollten wir uns dann nicht bereit machen?« fragte Margaret.

»Aufgepasst jetzt!« unterbrach Otto sie. »Wenn ihr an Bord kommt, werden sie euch genau über alles ausfragen. Sie werden wissen wollen, wie ihr hierhergekommen seid.«

»Sollen wir es ihnen sagen?«

Otto staunte, dass sie so rasch erfasst hatte, worum es ging.

»Nein«, sagte er. »Der Captain und ich möchten das nicht. Es soll ein Geheimnis bleiben, versteht ihr?«

»Und *was* sollen wir sagen?« fragte Emily.

»Sagt denen ganz einfach … Piraten hätten euch gefangen genommen … und dann in einem kleinen Hafen auf Kuba an Land gesetzt –«

»– Wo die Dicke war?«

»– Ja. Und dann sind wir gekommen und haben euch an Bord des Schoners gebracht, der nach Amerika unterwegs ist, um euch vor den Piraten zu retten.«

»Schon verstanden«, sagte Emily.

»Ihr sagt genau das, und … der Rest bleibt unser Geheimnis, ja?« fragte Otto besorgt.

Emily fixierte ihn mit ihrem merkwürdigen sanften Blick.

»Natürlich!« sagte sie.

Nun, er hatte sein Möglichstes getan, doch Otto war es schwer ums Herz. Dieses Engelchen! Er glaubte, dass Emily ein Geheimnis keine zehn Sekunden für sich behalten würde.

»Könnt ihr das auch den Krümeln eintrichtern?«

»Aber ja, das erkläre ich ihnen schon«, sagte Emily leichthin. Sie bedachte sich einen Moment. »Die erinnern sich sowieso nicht mehr an viel, glaube ich. Ist das alles?«

»Das ist alles«, sagte Otto, und dann gingen sie auseinander.

»Wovon hat er geredet?«, fragte Margaret. »Was wollte er eigentlich?«

»Ach, halt den Mund!« sagte Emily grob. »Das geht dich nichts an!«

Doch in ihrem Inneren ging alles drunter und drüber. Wollte man sie wirklich laufen lassen? Wollte man nicht bloß falsche Hoffnungen wecken und sie dann im letzten Moment doch festhalten? Wollte man sie Fremden ausliefern, die erschienen waren, um sie als Mörderin zu hängen? War vielleicht ihre Mutter mit dem Dampfer gekommen, um sie zu retten? Aber sie liebte doch Jonsen und Otto, wie könnte sie es ertragen, von ihnen getrennt zu sein? Der liebe, vertraute Schoner … Diese Gedanken schwirrten ihr gleichzeitig durch den Kopf. Aber den Krümeln gegenüber gab sie sich sehr energisch:

»Los!«, sagte sie. »Wir gehen auf den Dampfer.«

»Sollen *wir* etwa kämpfen?« fragte Edward ziemlich kleinlaut.

»Gekämpft wird überhaupt nicht«, sagte Emily.

»Ist da wieder ein Zirkus?« fragte Laura.

Dann erklärte sie ihnen, dass sie noch einmal auf ein anderes Schiff wechseln würden.

Als Captain Jonsen zurückkam und sich mit einem großen Baumwolltaschentuch den Schweiß von der glänzenden Stirn wischte, schien er es verdammt eilig zu haben. Die Kinder wären vor Aufregung am liebsten Hals über Kopf ins Boot gesprungen; mit solcher Hast, dass sie dabei fast ins Meer gefallen wären. Jetzt wussten sie auch, warum man sie gewaschen und gekämmt hatte.

Anfangs schien ihr Aufbruch problemlos zu verlaufen. Aber Rachel riss sich als Erste los.

»Meine Babys! Meine Babys!« kreischte sie und rannte auf dem ganzen Schiff herum, klaubte alle möglichen Stofffetzen, zerfusselten Tauenden, Farbtöpfe zusammen … bald hatte sie beide Arme voll.

»Du kannst unmöglich den ganzen Krempel da mitschleppen!« sagte Otto.

»Aber ich kann euch doch nicht zurücklassen, meine kleinen Lieblinge!« schrie Rachel jämmerlich. Der Koch kam eben noch rechtzeitig aus der Kombüse gestürzt, um seine Schöpfkelle zu retten – und es entbrannte ein erbitterter Kampf.

Jonsen saß natürlich wie auf Kohlen, er wollte nichts wie weg. Doch es war sehr wichtig, dass sie sich in Frieden und Freundschaft trennten.

José hob Laura über die Bordwand.

»Mein lieber lieber José!« platzte sie plötzlich heraus und schlang die Arme fest um seinen Hals.

Daraufhin kraxelten Harry und Edward, die bereits im Boot saßen, wieder zurück aufs Deck. Sie hatten vergessen, Auf Wiedersehen zu sagen. Und dann sagten die Kinder einzeln jedem der Piraten Auf Wiedersehen und küssten und überhäuften ihn mit Kosenamen.

»Nun macht schon! Macht schon!« grummelte Jonsen ungeduldig.

Emily warf sich ihm in die Arme und schluchzte, als bräche ihr das Herz.

»Schick mich nicht weg!« bettelte sie. »Ich will immer bei dir bleiben, immer!« Sie klammerte sich an seine Rockaufschläge und barg das Gesicht an seiner Brust: »Ach, ich *will aber nicht* weg!«

Jonsen war sonderbar bewegt; einen Augenblick spielte er sogar mit dem Gedanken.

Aber die anderen saßen schon im Boot.

»Beeil dich!« sagte Otto. »Sonst fahren sie ohne dich los!«

»Wartet auf mich! Wartet auf mich!« schrie Emily und war wie der Blitz über die Bordwand und im Boot.

Jonsen schüttelte verwirrt den Kopf. Bis zum Schluss wurde er einfach nicht schlau aus ihr.

Aber jetzt, als sie zum Dampfer hinüberruderten, richteten sich alle Kinder im Boot auf, obwohl sie dabei ins Wasser zu fallen drohten, und riefen:

»Auf Wiedersehen! Auf Wiedersehen!«

»Adios!« riefen die Piraten, winkten rührselig und schütteten sich insgeheim fast aus vor Lachen.

»K-k-kommt uns mal in England besuchen!« schrillte Edwards heller Sopran.

»Ja!« rief Emily. »Ihr wohnt dann bei uns! Ihr alle! – Ihr müsst versprechen, dass ihr kommt und bei uns wohnt!«

»Einverstanden!« brüllte Otto. »Wir kommen!«

»Aber *bald*!«

»Meine Babys!« wimmerte Rachel. »Ich habe fast alle meine Babys verloren!«

Aber jetzt lagen sie schon längsseits des Dampfers, und bald kletterten sie an einer Strickleiter hoch aufs Deck.

Es war ein langer, langer Weg bis ganz nach oben! Aber schließlich befanden sich alle an Bord.

Das kleine Boot kehrte zum Schoner zurück.

Die Kinder blickten ihm nicht einmal nach.

Kein Wunder, dass sie so schnell vergaßen. Denn so aufregend es auch gewesen war, zum ersten Mal überhaupt auf ein Schiff zu gehen, hier an Bord dieses Dampfschiffs zu sein, das stellte alles in den Schatten. Dieser Luxus! Der weiße Anstrich! Die Türen! Die Fenster! Die Treppen! Das

Messing! – Ein Feenpalast, nein; aber ein irdisches Wunder von völlig ungeahnter Art.

Es blieb ihnen jedoch wenig Zeit, alle Einzelheiten zu würdigen. Rasend vor Neugier umringten die Passagiere sie im Kreis. Als die schmutzigen, ungepflegten Würmchen nacheinander an Deck gehievt wurden, lief ein erstauntes Raunen durch die Menge. Die Geschichte von der Kaperung der *Clorinda* durch eine teuflische Bande von Freibeutern, wie sie die Karibik hier seit jeher unsicher machten, war ihnen natürlich bekannt; auch dass die kleinen unschuldigen Wesen an Bord gefangen genommen und vor den Augen des machtlosen Captains zu Tode gefoltert worden waren. Den Opfern dieser ruchlosen Mordtat jetzt von Angesicht zu Angesicht gegenüberzustehen, das galt ihnen als Sensation ersten Ranges.

Erst einer schönen jungen Dame in einem Musselinkleid gelang es, die Anspannung zu lösen. Sie sank neben dem kleinen Harry auf die Knie und schloss ihn in die zierlichen Arme.

»Du kleines Engelchen«, hauchte sie. »Du armer kleiner Mann, was hast du alles Schreckliches durchgemacht! Wirst du das wohl jemals vergessen können?«

Wie auf ein Signal fielen jetzt alle weiblichen Passagiere über die sprachlosen Kinder her und bedauerten sie, während die Männer weniger demonstrativ danebenstanden mit einem Kloß im Hals.

Nach ihrer anfänglichen Verblüffung zeigten sie sich der Lage gewachsen – wie es Kinder normalerweise tun, wenn sie sich als Zielscheibe blinder Bewunderung fühlen. Mein Gott, sie waren Könige und Königinnen! Sie konnten vor Müdigkeit kaum aus den Augen schauen, aber sie dachten gar nicht daran, ins Bett zu gehen, sie doch nicht! Sie waren noch nie in ihrem Leben derart hofiert worden. Nur der Himmel wusste, wie lange das so bleiben würde. Da durfte man doch keine Minute versäumen.

Schon nach kurzem wich auch ihre Verwunderung, und sie gewannen die Überzeugung, dies alles gebühre ihnen ganz zu Recht. Sie waren sehr wichtige Persönlichkeiten – ziemlich einzigartig.

Nur Emily stand scheu abseits und beantwortete Fragen unbehaglich. Sie schien sich ihrer neuen Wichtigkeit nicht mit demselben Elan hingeben zu können wie die anderen.

Sogar die Kinder der Passagiere beteiligten sich am Wirbel und den Huldigungen; vielleicht weil sie die günstige Gelegenheit witterten, im allgemeinen Trubel länger aufbleiben zu dürfen. Sie brachten (vermutlich nicht aus ureigenem Antrieb) ihre Spielsachen als Opfergaben für diese neue Götter und wetteiferten untereinander in ihrer Großzügigkeit.

Ein schüchterner kleiner Junge ungefähr in ihrem Alter, mit braunen Augen, einem netten Lächeln, langen, seidenweichen Haaren und sauberen, wohlriechenden Kleidern, näherte sich Rachel.

»Wie heißt du?« fragte sie ihn.

»Harold.«

Sie nannte ihm ihren Namen.

»Wie viel wiegst du?« fragte er sie.

»Weiß nicht.«

»Du siehst ziemlich schwer aus. Darf ich mal versuchen, dich hochzuheben?«

»Ja.«

Er umklammerte ihren Bauch von hinten, lehnte sich zurück und stolperte ein paar Schritte mit ihr. Dann setzte er sie wieder ab, und die Freundschaft war besiegelt.

Emily hielt sich abseits; und irgendwie respektierte unbewusst jeder ihre Zurückhaltung. Doch plötzlich schien ihr Herz einen Sprung zu bekommen. Sie warf sich bäuchlings aufs Deck – weinte allerdings nicht, sondern strampelte krampfartig. Eine große, stattliche Stewardess hob sie auf und trug die immer noch am ganzen Körper Bebende nach unten in eine hübsche, saubere Kabine. Dort redete sie unablässig besänftigend auf sie ein, zog sie aus, wusch sie mit warmem Wasser und brachte sie ins Bett.

Emilys Kopf fühlte sich völlig anders an als jemals zuvor, kaum wie ihr eigener. Er summte und drehte sich – mir nichts, dir nichts – wie ein Rad. Ihr Körper andererseits war empfindlicher als sonst und trank die sanfte, glatte Kühle der Laken, die Weichheit der Matratze, wie ein durstiges Pferd Wasser soff. Ihre Glieder saugten mit jeder Pore Trost ein, sie schien nicht genug davon bekommen zu können. Sie fühlte sich allmählich bis ins Mark durchdrungen von körperlicher Ruhe, und schließlich hatte sich auch ihr Kopf beruhigt und geordnet.

Die ganze Zeit hatte sie kaum richtig verstanden, was man zu ihr sagte; nur ein ständiger Refrain blieb ihr im Gedächtnis haften: *»Die gemeinen Männer … Männer … bloß Männer … diese grausamen Männer …«*

Männer! Es stimmte vollkommen, sie hatte seit Monaten immer nur Männer gesehen. Es war himmlisch, endlich wieder andere Frauen um sich zu haben. Als die nette Stewardess sich über sie beugte, um ihr einen Kuss zu geben, da klammerte sie sich fest an sie und vergrub das Gesicht in dem warmen, weichen, nachgiebigen Fleisch, als wolle sie am liebsten darin versinken. Gott! Wie anders als die harten, muskulösen Körper von Jonsen und Otto!

Als die Stewardess sich wieder aufrichtete, weidete Emily ihre geweiteten, warmen, geheimnisvollen Augen an ihr. Der üppig wogende Busen der Frau faszinierte sie. Unglücklich kniff sie die eigene magere, kleine Brust. War es denkbar, dass sie selbst einmal solche Brüste bekam – schöne, bergehohe Brüste, die in einer Art Füllhorn untergebracht werden mussten? Oder wenigstens so feste kleine Äpfelchen wie Margaret?

Gott sei Dank war sie nicht als Junge zur Welt gekommen. Plötzlich empfand sie Widerwillen gegen das ganze männliche Geschlecht. Sie fühlte sich von Kopf bis Fuß weiblich; eins mit der geheimen Gemeinschaft: Initiantin der γμναικειον.

Plötzlich reckte Emily die Arme, fasste den Kopf der Stewardess, zog ihn dicht zu sich und flüsterte ihr ernst ins Ohr.

Die anfängliche Ungläubigkeit in der Miene der Frau verwandelte sich in äußerste Bestürzung, die Bestürzung in Entschlossenheit.

»Unfassbar!« sagte sie schließlich. »Die Dreistigkeit dieser Halunken! So eine Unverfrorenheit!«

Ohne weiteres Wort schlüpfte sie aus der Kabine. Man kann sich leicht ausmalen, dass der Captain des Dampfers ebenso perplex war wie sie, als er erfuhr, welchen Streich man ihm da gespielt hatte.

Nachdem sie gegangen war, lag Emily ein paar Augenblicke da und starrte mit einem sehr sonderbaren Gesichtsausdruck ins Leere. Dann schlief sie plötzlich ein und atmete leicht und ruhig.

Sie schlief jedoch nur zehn Minuten, und als sie aufwachte, standen Rachel und ihr kleiner Freund in der offenen Kabinentür.

»Was wollt ihr?« sagte Emily unwirsch.

»Harold hat dir seinen Alligator mitgebracht«, sagte Rachel.

Harold kam nach vorn und setzte das Tierchen auf die Bettdecke. Der Alligator war sehr klein, höchstens zehn Zentimeter lang, ein Jährling, und doch die exakte Miniaturausgabe eines ausgewachsenen Exemplars mit der stumpfen Schnauze und der runden sokratischen Stirn, die ihn von einem Krokodil unterscheiden. Das Tier bewegte sich ruckartig wie ein mechanisches Spielzeug. Harold hob es am Schwanz hoch, es spreizte die Tatzen in der Luft, ruckelte hin und her und glich mehr denn je einem mechanischen Spielzeug. Dann setzte er es wieder hin, und es stand da – das zungenlose Mäulchen weit offen, die harmlosen Zähne glichen den Körnchen eines Schmirgelpapiers – und bellte und zischte abwechselnd. Harold ließ es nach seinem Finger schnappen – die Wärme hier unten hatte es hungrig gemacht. Sein Kopf zuckte so rasch vor, dass man die Bewegung kaum wahrnehmen konnte, doch der Biss war noch so schwach, dass er selbst einem Kind nicht wehtat.

Emily holte tief Luft; sie war fasziniert.

»Darf ich ihn über Nacht behalten?« fragte sie.

»Von mir aus«, sagte Harold, dann wurden er und Rachel von jemand draußen gerufen.

Emily schwebte im siebten Himmel. Das also war ein Alligator! Sie würde wahrhaftig mit einem Alligator schlafen! Sie hatte geglaubt, jemand, der einmal ein Erdbeben mitgemacht hatte, der könnte eigentlich kein richtiges Abenteuer mehr erleben; an dieses hier hatte sie allerdings nicht gedacht.

Es war einmal ein Mädchen, das hieß Emily, und diese Emily schlief mit einem Alligator ...

Auf der Suche nach größerer Wärme trippelte das Tierchen behutsam übers Bett. Ungefähr sechs Zentimeter vor ihrem Gesicht blieb es stehen, und sie schauten sich in die Augen, diese beiden Kinder.

Das Auge eines Alligators ist groß, vorstehend und leuchtend gelb mit einer Schlitzpupille wie das einer Katze. Ein Katzenauge erscheint dem flüchtigen Betrachter ausdruckslos, doch beim aufmerksamen Hinschauen erkennt man darin vielfältig wechselnde Regungen. Aber das Auge eines Alligatoren ist unendlich viel starrer und leuchtender – reptilartig.

Was konnte Emily in einem solchen Auge entdecken? Trotzdem lag sie da und starrte unverwandt, und der Alligator starrte zurück. Ein zufälliger Beobachter hätte vielleicht eine Gänsehaut bekommen bei dem Anblick, sie da so – ja, Aug' in Auge zu sehen.

Auf einmal öffnete der Alligator sein Mäulchen und zischte leise. Emily hob einen Finger und kraulte ihn mit dem Finger im Kieferwinkel. Aus dem Zischen wurde ein beinahe schnurrendes Geräusch. Ein dünnes, trübes Lid überzog seine Augen von vorn nach hinten, dann schob sich das äußere Lid von unten darüber.

Plötzlich öffnete er wieder die Augen und schnappte nach ihrem Finger, dann drehte er sich um, kroch oben in den Ausschnitt ihres Nachthemds und schlängelte sich auf ihrer Haut kühl und rau immer tiefer, bis er ein ruhiges

Plätzchen gefunden hatte. Überraschenderweise ertrug sie es, ohne mit der Wimper zu zucken.

Alligatoren sind absolut unzähmbar.

IV

Vom Deck des Schoners beobachteten Jonsen und Otto, wie die Kinder an Bord des Dampfers kletterten, verfolgten die Rückkehr ihres Boots und wie der Dampfer Fahrt aufnahm.

So! Alles glattgegangen. Niemand hatte seine Geschichte bezweifelt – eine Geschichte, die in ihrer Schlichtheit fast schon wieder an die Wahrheit grenzte.

Sie waren weg.

Jonsen spürte gleich den Unterschied, und es schien beinahe, als empfände der Schoner ebenso. Ein Schoner ist schließlich ein Ort für *Männer*. Er streckte sich, holte tief Luft und spürte, wie sich ein ekelhaft lähmender Einfluss verflüchtigte. José fegte eifrig etliche von Rachels verlassenen »Babys« auf einen Haufen zusammen. Er schubste sie ins Leespeigatt. Er holte einen Eimer Wasser und kippte ihn schwungvoll übers Deck. Die Klappe schwang auf – Ah! Fort mit dem ganzen Kram!

»Vorschiffsluke verschalken!« befahl Jonsen.

Die Männer wirkten so unbeschwert wie seit vielen Monaten nicht mehr, wie befreit von einer gewaltigen Last. Sie sangen bei der Arbeit, und zwei Freunde versetzten einander im Vorübergehen einen freundschaftlichen, derben Knuff. Der schlanke, maskuline Schoner bebte und stürzte sich in die auffrischende abendliche Brise. Ein

Sprühregen aus Gischt brach ohne ersichtlichen Grund plötzlich über den Bug, flog heckwärts und klatschte Jonsen direkt ins Gesicht. Er schüttelte sich wie ein nasser Hund und grinste.

Rum floss; und zum ersten Mal seit der Begegnung mit dem holländischen Dampfer betranken sich alle Matrosen tierisch, lagen an Deck und kotzten in die Speigatten. José rülpste wie ein Fagott.

Inzwischen war es dunkel geworden. Der Wind legte sich wieder. Die Gaffeln klapperten mit dem Wellenschlag ziellos in der Flaute; die leeren Segel knatterten wie Kanonenschüsse, ein kräftiger Applaus. Jonsen und Otto blieben nüchtern, brachten es jedoch nicht übers Herz, die Mannschaft zu maßregeln.

Der Dampfer war längst in der Dunkelheit untergetaucht. Die bösen Ahnungen, die Jonsen die ganze letzte Nacht über bedrückt hatten, waren verflogen. Keine Eingebung offenbarte ihm Emilys Geflüster mit der Stewardess oder die bald darauf erfolgte Begegnung des Dampfers mit einem britischen Kanonenboot und den langen Austausch von Lichtsignalen zwischen beiden Schiffen. Schon jetzt holte das Kanonenboot seinen Vorsprung rasch ein, doch kein Vorgefühl störte seinen Seelenfrieden.

Er war müde – so müde, wie ein Seemann es sich allenfalls zugesteht. Die letzten vierundzwanzig Stunden waren hart gewesen. Er ging nach unten, sobald seine Wache vorüber war, und kletterte in die Koje.

Aber er schlief nicht gleich ein. Er lag eine ganze Weile wach und überdachte noch einmal seine letzten Schritte. Ein wirklich raffiniertes Manöver. Er hatte die Kinder unbestreitbar wohlbehalten wieder abgeliefert: Marpole würde als Lügner dastehen. Hätte er sie, wie zuerst geplant, auf Santa Lucia an Land gebracht, hätte das keinen endgültigen Schlusspunkt hinter die *Clorinda*-Episode gesetzt, denn dann hätte die Welt ja eigentlich nichts davon erfahren; und die Kinder nötigenfalls herbeizuschaffen wäre schwierig gewesen.

Ihm war tatsächlich nur die Wahl zwischen zwei Übeln geblieben: Entweder er musste sie ewig mitschleppen zum Beweis, dass sie noch lebten, oder er musste sie an Land setzen, wodurch sie seiner Kontrolle entzogen wurden. Im ersten Fall brächte ihn ihre Anwesenheit an Bord bestimmt in Verbindung mit dem Piratenüberfall auf die *Clorinda*, dessen man ihn sonst nie verdächtigen würde; im zweiten Fall könnte man ihn wegen ihrer Ermordung verurteilen, sollte er nicht in der Lage sein, die Kinder vorzuweisen.

Aber jetzt, wo er seine großartige Idee erfolgreich ausgeführt hatte, waren beide Probleme gelöst.

Die Sache mit dieser kleinen Schlampe Margaret wäre allerdings fast ins Auge gegangen ... zum Glück hatte das zweite Boot sie aufgefischt ...

Der Schein der Kajütlampe fiel in die Koje und erhellte einen Teil der von Emilys kindlichen Zeichnungen verunstalteten Wand. Er runzelte die Stirn, aber gleichzeitig versetzte ihm der Anblick einen Stich ins Herz. Er erinnerte sich, wie sie dort gelegen hatte, krank und hilflos. Plötzlich entsann er sich tausend kleiner Erlebnisse mit ihr – eine überwältigende Flut von Erinnerungen.

Der Bleistift, den sie immer benutzt hatte, lag noch zwischen dem Bettzeug, und zufällig bekam er ihn in die Finger. Es gab noch immer ein paar weiße, nicht vollgekritzelte Stellen.

Jonsen konnte nur zwei Dinge zeichnen: Schiffe und nackte Frauen. Er vermochte jeden beliebigen Schiffstyp bis ins kleinste Detail zu zeichnen – sogar jedes einzelne Schiff, auf dem er einmal gesegelt war. Auf dieselbe Weise konnte er aufreizende, dralle Frauen zeichnen, ebenfalls bis ins kleinste Detail; von vorne, von hinten, von der Seite, von oben, von unten; er beherrschte die perspektivische Verkürzung tadellos. Hätte er jedoch ein drittes Motiv zeichnen sollen – und sei es nur eine bekleidete Frau –, dann wäre dabei bloß ein unkenntliches Gekritzel herausgekommen.

Er nahm den Bleistift, und schon bald erschienen zwischen Emilys primitiven, unsicheren Strichen runde Schenkel, noch rundere Bäuche, hohe schwellende Busen, alles in rubensscher Manier.

Gleichzeitig beschäftigte ihn in Gedanken noch immer die eigene Schlauheit. Ja, das mit Margaret wäre fast ins Auge gegangen – und es wäre ausgesprochen misslich gewesen, hätte bei der Rückgabe der Gruppe ein Kind gefehlt.

Die nächste Erinnerung traf ihn wie eine kalte Dusche; etwas, das er bis jetzt völlig vergessen hatte. Ihn verließ der Mut – und das nicht ohne Grund:

»Hey!« rief er Otto oben an Deck zu. »Wie hieß gleich der Junge, der sich in Santa das Genick gebrochen hat? Jim – Sam – wie hieß der noch?«

Ottos Antwort bestand in einem lang gezogenen Pfiff.

Kapitel Zehn

Während der Überfahrt auf dem Dampfer nach England wuchs Emily ein ganzes Stück, schoss plötzlich in die Höhe, so wie es Kinder in diesem Alter üblicherweise tun. Trotzdem wirkte sie jetzt keineswegs schlaksig, sondern noch anmutiger. Arme und Beine behielten, obwohl sie länger wurden, die schönen Proportionen, und ihr ernstes Gesicht verlor nichts von seinem Reiz, nur weil es dem eigenen jetzt eine Idee näher kam. Der einzige Nachteil war, dass sie oft Schmerzen in den Waden hatte und manchmal auch im Rücken, aber das merkte man ihr natürlich nicht an. (Durch eine Sammlung unter den Passagieren waren genug Kleider für alle Kinder zusammengekommen, deshalb machte es nichts, dass ihr die alten Sachen nicht mehr passten.)

Sie war ein nettes Kind, und da sie inzwischen etwas von ihrer früheren Zurückhaltung aufgegeben hatte, wurde sie bald zum allgemeinen Liebling. Für Margaret schien sich niemand groß zu interessieren, von den alten Damen erntete sie allenfalls Kopfschütteln. Es lag ja auf der Hand, dass Emily viel vernünftiger war.

Man hätte nie für möglich gehalten, dass Edward nach ein paar Tagen gründlicher Körperpflege wie ein richtiger kleiner Gentleman aussehen würde.

Rachel gab Harold nach kurzer Zeit den Laufpass, um sich ungestört ihrer speziellen parthenogetischen Leidenschaft widmen zu können; in dieser Hinsicht kamen die vielen echten Puppen, die sie geschenkt bekommen hatte, überaus gelegen. Harold aber war mit Laura, trotz ihres zarten Alters, rasch durch ebenso feste Bande verknüpft.

Die meisten Kinder an Bord des Dampfers hatten sich mit den Matrosen angefreundet und begleiteten auf Schritt und Tritt deren faszinierende Tätigkeiten – das Deck schrubben und Ähnliches. Eines Tages stieg einer der Männer tatsächlich ein Stück in die Takelage hoch (soweit sie überhaupt vorhanden war), was unten auf Deck glühende Bewunderung auslöste. Aber das alles imponierte den Thorntons natürlich nicht die Spur. Edward und Henry bestaunten am liebsten den Maschinenraum, Emily dagegen schlenderte am liebsten mit Miss Dawson, der schönen jungen Dame im Musselinkleid, an Deck auf und ab und hatte dabei den Arm um ihre Hüfte gelegt; oder sie stand hinter ihr, während sie kleine Aquarellzeichnungen von niederstürzenden Wellen mitsamt darin treibenden Wrackteilen tuschte oder die Fotografien ihrer Onkel und Tanten mit getrockneten tropischen Blumen dekorierte. Eines Tages nahm Miss Dawson sie mit hinunter in ihre Kabine und führte ihr ihre komplette Garderobe vor, jedes einzelne Stück – es dauerte Stunden. Für Emily öffnete sich eine neue Welt.

Der Captain ließ Emily zu sich kommen und befragte sie, aber sie erzählte ihm nicht mehr, als sie der Stewardess in jener ersten entscheidenden Aufwallung schon anvertraut hatte. Etwas schien ihr die Sprache verschlagen zu haben – Angst oder etwas anderes; wenigstens konnte er nichts aus ihr herausbringen und ließ sie darum klugerweise in Ruhe. Irgendwann würde sie ihre Geschichte vermutlich von selbst erzählen, vielleicht ihrer neuen Freundin. Aber eben das tat sie nicht. Sie sprach nicht über den

Schoner, über die Piraten oder irgendetwas, das damit zusammenhing; sie wollte nur zuhören, alles aufsaugen, was sie erfahren konnte über England, wohin ihre Reise jetzt endlich ging – an jenen wunderbar exotischen, romantischen Ort.

Louisa Dawson war für ihr Alter eine blitzgescheite Person. Sie merkte, dass Emily über die zurückliegenden schrecklichen Ereignisse nicht sprechen wollte, hielt es aber für besser, Emily zum Reden zu bringen, anstatt sie im Geheimen darüber grübeln zu lassen. Als die Tage verstrichen, ohne dass Emily sich ihr anvertraute, begann sie das Kind auszuhorchen. Sie besaß, wie wir alle, eine ziemlich klare Vorstellung von den Zuständen auf einem Piratenschiff. Dass die kleinen Unschuldslämmchen alles mit heiler Haut überstanden hatten, war ein ähnliches Wunder wie das von den drei Männern im Feuerofen.

»Wo habt ihr auf dem Schoner eigentlich gewohnt?« fragte sie Emily eines Tages unvermittelt.

»Im Laderaum«, meine Emily leichthin. »Das hier ist also Ihr Großonkel *Vaughan*, ja?«

Im Laderaum. Sie hätte es sich denken können. Vermutlich angekettet wie Schwarze, da unten in der Finsternis, in Gesellschaft von Ratten und bei Wasser und Brot.

»Hattet ihr große Angst, wenn gekämpft wurde? Habt ihr es gehört, wenn sie über euch gekämpft haben?«

Emily bedachte sie mit einem sanften Blick, schwieg jedoch.

Es war sehr klug von Louisa Dawson, auf diese Weise das Gemüt des Kindes zu entlasten. Aber außerdem nagte an ihr die Neugier. Es machte sie rasend, dass Emily nichts erzählte.

Zwei Fragen brannten ihr auf den Nägeln. Die eine war so heikel, dass sie sich fast von selbst verbot. Die andere konnte sie sich nicht verkneifen.

»Hör mal, Liebling«, sagte sie und schlang die Arme um Emily. »Habt ihr mal gesehen, wie jemand umgebracht wurde?«

Emily versteifte sich spürbar. »I wo«, sagte sie. »Wieso denn?«

»Und eine Leiche habt ihr auch nicht gesehen?«, fuhr sie fort. »Einen Toten?«

»Nein«, sagte Emily, »es gab keine.« Sie schien eine Weile zu überlegen. »Nicht viele.«

»Du armes, armes Kind«, sagte Miss Dawson und streichelte ihr die Stirn.

Emily musste man alles mühsam aus der Nase ziehen, Edward nicht. Es bedurfte kaum einer Ermunterung. Er merkte rasch, was man von ihm hören wollte. Und es deckte sich mit dem, was er gern erzählte. Die Übungsgefechte mit Harry, das Erklettern der Takelage vom Großmast, der Sturm auf die Kombüse … diese Erlebnisse waren ihm schon damals ziemlich real erschienen; jetzt bezweifelte er deren Realität überhaupt nicht mehr. Und Harry unterstützte ihn.

Edward genoss es, dass jeder ihm bereitwillig zu glauben schien. Wer eine blutrünstige Geschichte hören wollte, der kam bei ihm auf seine Kosten.

Auch Rachel widersprach ihm nicht. Die Piraten waren schlecht – gottlos schlecht, wie sie ja selber nur allzu gut wusste. Darum hatten sie wahrscheinlich auch all das getan, was Edward behauptete; wahrscheinlich immer dann, wenn sie gerade nicht hinschaute.

Miss Dawson war viel zu klug, um Emily stets derart heftig zu bedrängen. Sie verbrachte sehr viel Zeit damit, das Kind gefühlsmäßig immer enger an sich zu binden.

So gern sie Emily von England erzählte, fand sie es doch merkwürdig, dass diese langweiligen Geschichten jemand interessierten, der so abenteuerliche, so schreckliche Dinge erlebt hatte wie Emily!

Sie erzählte ihr alles über London, wo sich den ganzen Tag lang schier endloser Verkehr drängte und so dichter Betrieb herrschte, dass man kaum vorwärts kam. Sie versuchte ihr auch die Eisenbahnzüge zu beschreiben, aber irgendwie gelang es Emily nicht, sich ein richtiges Bild davon zu machen; ihre Vorstellungskraft endete bei einem Dampfer wie diesem, nur, dass er an Land fuhr – aber sie wusste, das stimmte so nicht.

Miss Dawson war wirklich eine wunderbare Person! Was die nicht schon alles gesehen hatte! Emily ergriff dasselbe Gefühl wie damals auf dem Schoner; nämlich dass die Zeit ungenutzt, beinahe vergeudet vorüberglitt. In ein paar Monaten würde sie elf Jahre alt sein. Ein hohes Alter, und wie wenig Interessantes oder Bedeutendes hatte sie in dieser langen Zeit erlebt! Da war natürlich das Erdbeben und die Tatsache, dass sie mit einem Alligator in einem Bett geschlafen hatte, aber was zählte das schon verglichen mit den Erfahrungen von Miss Dawson, die London so gut kannte, dass es ihr kaum noch wunderbar erschien, und die gar nicht mehr zählen konnte, wie oft sie schon mit einem Eisenbahnzug gefahren war?

Ihr Erdbeben … das war etwas Einzigartiges. Durfte sie es wagen, Miss Dawson davon zu erzählen? Könnte es sein, dass sie dadurch in Miss Dawsons Achtung ein wenig stieg und bewies, dass sogar sie, die kleine Emily, einige Erfahrungen vorzuweisen hatte? Aber sie wagte es nie. Angenommen, für Miss Dawson waren Erdbeben so alltäglich wie Eisenbahnen? Das Fiasko wäre unerträglich. Und den Alligator, den hatte Miss Dawson von Harold wegschaffen lassen wie einen ganz gewöhnlichen Wurm.

Manchmal saß Miss Dawson schweigend neben Emily und streichelte sie, während ihr Blick bald auf sie, bald auf die anderen ins Spiel vertieften Kinder fiel. Schwer vorstellbar, dass diese glücklich wirkenden Geschöpfe viele Monate lang stündlich in Lebensgefahr geschwebt hatten! Warum waren sie nicht gestorben vor Angst? Ihr selbst wäre es so ergangen, da war sie sicher. Oder zumindest völlig übergeschnappt?

Sie hatte sich immer gefragt, wie Menschen überhaupt auch nur einen einzigen kurzen Gefahrenmoment überleben konnten, ohne vor Angst tot umzufallen; aber hier handelte es sich um viele Monate … und dazu noch um Kinder … Es wollte ihr einfach nicht in den Kopf.

Und die andere Frage hätte sie ihr auch liebend gern gestellt, wenn ihr bloß eine entsprechend feinfühlige Formulierung eingefallen wäre.

Unterdessen strebte Emilys Vernarrtheit in Miss Dawson dem kritischen Höhepunkt zu, und eines Tages erfolgte der Umschwung. Miss Dawson küsste Emily dreimal und forderte sie auf, in Zukunft Lulu zu ihr zu sagen.

Emily zuckte wie vom Blitz getroffen zusammen. Diese Göttin bei ihrem Vornamen nennen? Allein bei dem Gedanken wurde sie feuerrot. Die Vornamen aller Erwachsenen waren heilig, und Kinderlippen durften sie niemals aussprechen. Es wäre eine Blasphemie.

Miss Dawsons Aufforderung war für sie so quälend, als hätte sie in der Kirche groß angeschrieben gesehen:

BITTE AUF DEN BODEN SPUCKEN.

Klar, wenn Miss Dawson sie aufforderte, Lulu zu ihr zu sagen, dann durfte sie zumindest nicht mehr Miss Dawson zu ihr sagen. Doch das ... *andere* Wort laut auszusprechen, da weigerten sich ihre Lippen.

Und einige Zeit lang schaffte sie es mit raffinierten Ausweichmanövern, jede Art von Anrede zu vermeiden. Doch das wurde natürlich zunehmend schwieriger; allmählich geriet jedes Gespräch zu einer unerträglichen Qual. Schon bald ging sie Miss Dawson ganz aus dem Weg.

Miss Dawson war zutiefst getroffen, womit hatte sie dieses sonderbare Kind (ihr »Kleines Feenmädchen«) denn bloß verletzt? Die Kleine schien sie doch richtig gemocht zu haben, aber jetzt ...

Darum folgte ihr Miss Dawson überall auf dem Schiff mit gekränktem Blick, und Emily entkam ihr stets mit hochroten Wangen. Als der Dampfer England erreichte, war es zwischen ihnen zu keiner echten Unterhaltung von Herz zu Herz mehr gekommen.

II

Als der Dampfer den Lotsen an Bord nahm, fanden, wie sich denken lässt, die Neuigkeiten den Weg an Land und erreichten auch rasch die *Times*.

Mr. und Mrs. Bas-Thornton hatten, weil sie es nach der Katastrophe in Jamaika nicht mehr aushielten, Ferndale für einen Spottpreis verkauft und waren direkt nach England zurückgekehrt, wo Mr. Thornton bald eine Anstellung als Londoner Theaterkritiker für diverse Kolonialzeitungen bekam und seine eher indirekten Kontakte zur Admiralität spielen ließ, in der Hoffnung, eine Strafexpedition gegen ganz Kuba in Gang zu bringen. Es war, wie gesagt, die *Times*, die sie in ihrer unaufgeregten Art über die Neuigkeit informierte, und zwar am selben Morgen, als der Dampfer in Tilbury anlegte. Das Manöver gestaltete sich langwierig wegen des Nebels, aus dem der gewaltige Lärm des Hafenviertels verschwommen widerhallte. Stimmen schallten von den Kais. Glocken bimmelten. Die Kinder verschmolzen zu einem kompakten, nach außen orientierten Block, zu einem improvisierten Argus, fest entschlossen, sich nichts, aber auch gar nichts entgehen zu lassen. Aber eigentlich vermochten sie kaum eine Einzelheit zu erkennen, geschweige denn das ganze Bild.

Miss Dawson hatte alle unter ihre Fittiche genommen, mit der Absicht, sie im Haus ihrer Tante in London so lange unterzubringen, bis ihre Verwandten ausfindig gemacht worden waren. Darum brachte sie sie jetzt an Land und weiter zum Zug, den sie gleich bestiegen.

»Warum sollen wir in so einem Kasten hocken?« fragte Harry. »Wird es regnen?«

Rachel musste die steilen Trittbretter mehrmals rauf- und runterklettern, bis sie alle ihre Babys glücklich ins Abteil geschafft hatte.

Der Nebel, der sie an der Flussmündung empfangen hatte, wurde immer dichter. Sie saßen also zuerst im Halbdunkel, bis ein Mann kam, der das Licht anzündete. Es war richtig ungemütlich und entsetzlich kalt. Aber bald erschien wieder ein Mann und brachte einen großen, flachen, heißen Behälter ins Abteil; er sei mit heißem Wasser gefüllt, sagte Miss Dawson, zum Füße draufstellen.

Auch als sie bereits im Zug saß, hielt Emily es kaum für möglich, dass er jemals abfahren würde. Sie war davon felsenfest überzeugt, da setzte er sich schließlich in Bewegung und ruckte los wie eine angekettete Kanonenkugel.

Damit war ihre Aufnahmefähigkeit vorläufig erschöpft. Sie spielten die ganze Fahrt über lärmend *Ringlein, Ringlein, du musst wandern* und hätten ihre Ankunft in London beinahe nicht bemerkt. Nachdem sie zuerst gar nicht aussteigen wollten, überwanden sie sich doch und standen in der für das Jahresende typischen dicken Londoner Nebelsuppe. Jetzt wurden sie wieder munter, und um ja nichts zu versäumen, sagten sie sich immer wieder, dass sie ja nun wirklich in *England* waren.

Sie hatten gerade miterlebt, wie der Zug in ein gewaltiges, von gelben Lampen erleuchtetes und von dieser ungewöhnlichen, orangefarbenen Luft erfülltes Haus einfuhr, als Mrs. Thornton sie entdeckte.

»Mutter!« rief Emily. Sie hatte nicht gewusst, dass sie sich einmal so freuen würde, sie zu sehen. Mrs. Thornton reagierte grenzenlos hysterisch. Die Kleinen fremdelten anfangs, folgten aber bald Emilys Beispiel und sprangen schreiend um sie herum; die Szene erinnerte tatsächlich mehr an Aktäon mit seinen Hunden als an eine Mutter mit ihren Kindern; die affenartigen Händchen zerrissen ihre Kleider, aber das war ihr einerlei. Und ihr Vater hatte völlig vergessen, wie sehr er Rührszenen verabscheute.

»Ich habe mit einem Alligator geschlafen!« schrie Emily

zwischendurch immer wieder. »Mutter! Ich habe mit einem Alligator geschlafen!«

Margaret stand mit allen Bündeln im Hintergrund. Von ihren Verwandten war niemand zum Bahnhof gekommen. Schließlich nahm Mrs. Thornton sie wahr.

»Ja, Margaret ...«, begann sie unsicher.

Margaret kam lächelnd auf sie zu, um sie zu küssen.

»Geh weg!« fauchte Emily wütend und stieß sie vor die Brust. »Das ist *meine* Mutter!«

»Geh weg!« brüllten auch die anderen. »Das ist *unsere* Mutter!«

Margaret verschwand wieder im Schatten, und Mrs. Thornton war viel zu konfus, um so entsetzt zu reagieren, wie sie es sonst getan hätte.

Mr. Thornton jedoch hatte seine Sinne noch so weit beisammen, um die Situation zu erfassen. »Komm, Margaret!« sagte er. »Margaret ist *meine* Freundin! Wir schauen mal, ob wir eine Droschke finden!«

Er nahm das Mädchen am Arm, beugte ein wenig die stattlichen Schultern und ging mit ihr den Bahnsteig entlang.

Sie kehrten mit einer Droschke zurück, alle stiegen ein, und Mrs. Thornton besann sich gerade noch rechtzeitig und sagte zu Miss Dawson: »Freut-mich-Ihre-Bekanntschaft-zu-machen-Auf-Wiedersehen.«

Nur mit Mühe kamen alle in der Droschke unter. Plötzlich rief Mrs. Thornton:

»Aber wo ist denn John?«

Die Kinder verstummten schlagartig.

»Wo ist er? – War er denn nicht mit euch im Zug?«

»Nein«, sagte Emily und schwieg dann wie der Rest.

Mrs. Thornton blickte nacheinander alle an.

»John! Wo ist John?« fragte sie alle und niemand im besonderen, und in ihrer Stimme schwang leise Unruhe.

Jetzt erschien Miss Dawsons ratlose Miene am Droschkenfenster.

»*John?*«, fragte sie. »Wer soll denn das sein? John?«

III

Die Kinder verbrachten den Frühling in dem Haus, das ihr Vater in Hammersmith Terrace, am Rand von Chiswick, erworben hatte; Captain Jonsen, Otto und die Mannschaft verbrachten ihn jedoch im Newgate-Gefängnis.

Als das Kanonenboot, das sie festgenommen hatte, in die Themse eingelaufen war, wurden sie gleich dorthin geschafft.

Die Kinder kamen aus dem Staunen nicht heraus. London war nicht so, wie sie erwartet hatten, sondern noch viel überwältigender. Hin und wieder stellten sie fest, dass sich manches zwar mit früher erhaltenen Schilderungen deckte, keineswegs aber den Vorstellungen entsprach, die diese Schilderungen in ihnen geweckt hatten. In diesen Fällen ging es ihnen ein bisschen so wie dem heiligen Matthäus, wenn er nach dem Bericht einer belanglosen Begebenheit hinzufügt: »Auf dass sich erfülle, was verheißen ward durch den Propheten Soundso.«

»Seht mal!« rief Edward. »In dem Laden gibt es nur Spielzeug!«

»Erinnerst du dich denn nicht …«, begann Emily.

Ja, ihre Mutter hatte ihnen bei einem Besuch in der Gemischtwarenhandlung ihres Vaters in St. Anne erzählt, in London gebe es nicht nur Läden, die Spielzeug verkauften, sondern Läden, die *nur* Spielzeug verkauften. Damals kannten sie so gut wie keine Spielsachen. Ein Vetter in England hatte ihnen mal ein paar teure Wachspuppen geschickt, aber das Wachs war bereits geschmolzen, bevor sie das Paket geöffnet hatten; ihre einzigen Puppen waren darum leere Flaschen, denen sie alte Stoffreste überstreiften. Diese Puppen besaßen gegenüber den Wachspuppen einen weiteren Vorteil; man konnte sie füttern, indem man ihnen das Essen oben in den Hals stopfte. Kippte man noch etwas Wasser dazu, setzte nach ein, zwei Tagen erkennbar der Verdauungsprozess ein. Die Flaschen mit eckigen Schultern nannten sie *Männlein* und die Flaschen mit runden Schultern *Weiblein*.

Ihre anderen Spielsachen waren absonderlich geformte Stöckchen und verschiedene Samen und Beeren. Kein Wunder, wenn sie es seltsam fanden, dass es diese Dinge in einem Laden geben sollte.

Aber die Idee fesselte sie trotzdem. Unten am Badeteich wuchsen ein paar riesige Kapokbäume, die sich mit ihren Wurzeln wie auf Stelzen aus der Erde stemmten und eine Art großen Käfig bildeten. Einen dieser Bäume ernannten sie zu ihrem Spielwarenladen, dekorierten ihn mit Flammenbaumblättern, knallbunten Samen und anderem *Spielzeug*, und dann gingen sie hinein und verkauften einander die Sachen. Das verstanden sie unter einem »Spielwarenladen«. Darum boten ihnen die Londoner Spielwarenläden auch eine echte Überraschung und wirkten wie eine weithergeholte Erfüllung der Prophezeiung.

Die Häuser in Hammersmith sind hohe, geräumige, gemütliche Häuser, aber weder groß noch aristokratisch, deren Gärten bis zum Fluss reichen.

Die Kinder waren entsetzt über den völlig verdreckten Fluss. Der mit Unrat übersäte Schlamm bei Ebbe ekelte sie weniger als die Dreckbrühe bei Flut. Wenn Ebbe herrschte, kletterten sie oft die Mauer hinunter und buddelten beglückt im Schlamm nach etwas Wertvollem. Hinterher stanken sie wie die Iltisse. Ihr Vater besaß zu Schmutz und Dreck eine recht praktische Einstellung. Auf seine Anordnung hin stand vor der Souterraintür immer eine Wanne mit Wasser, in der sie sich waschen mussten, bevor sie das Haus betraten. Aber die anderen Kinder in der Nachbarschaft durften überhaupt nicht im Schlamm spielen.

Emily spielte auch nicht im Schlamm, das taten nur die Krümel.

Mr. Thornton war bis zu den frühen Morgenstunden gewöhnlich in irgendeinem Theater; und wenn er nach Hause kam, setzte er sich an den Schreibtisch, und im Morgengrauen brachte er das Geschriebene dann zum Briefkasten. Die Kinder waren oft schon wach, wenn er ins Bett ging. Er trank bei der Arbeit Whisky und konnte deshalb den ganzen Vormittag lang gut schlafen (sie mussten natürlich leise sein). Aber gegen 12 Uhr stand er auf und stritt dann häufig mit ihrer Mutter, die immer versuchte, ihn zum Mittagessen zu nötigen.

Den Frühling über bildeten sie für ihre Bekannten einen Gegenstand des Staunens sowie des Mitleids. Sie genossen beinahe schon Weltruhm; damals ließ sich dieser Umstand wesentlich leichter verbergen als heute. Doch die Leute – Freunde – erschienen oft und verbreiteten sich über die

Piraten; was für verruchte Gesellen sie wären und wie grausam sie sie misshandelt hätten. Die Kinder wollten meistens Emilys Narbe sehen. Rachel und Laura wurden ganz besonders bedauert, die ja am meisten gelitten haben mussten, weil sie doch die Jüngsten waren. Diese Leute sprachen von Johns Heroismus und erklärten ihnen, er sei genauso für sein Vaterland gestorben, als wäre er erwachsen und ein richtiger Soldat geworden; er hätte sich als echter englischer Gentleman erwiesen, ebenbürtig den Rittern früherer Zeit oder den Märtyrern. Sie sollten sehr stolz auf John sein, der es gewagt hatte, diesen Schurken die Stirn zu bieten, und lieber gestorben sei, als zu dulden, dass seinen Schwestern ein Leid geschah.

Die Ruhmestaten, zu denen Edward sich gelegentlich bekannte, wurden immer noch mit einer fast blindgläubigen Bewunderung aufgenommen. Ganz intuitiv stellte er besagte Handlungen inzwischen so dar, als habe er sie immer Jonsen und seiner Mannschaft zum Trotz vollbracht und nicht wie früher Seite an Seite mit ihnen oder über ihre Köpfe hinweg.

Die Kinder hörten sich an, was man ihnen alles erzählte, und je nachdem wie alt sie waren, glaubten sie es auch. Da sie noch keinen ausgeprägten Widerspruchsgeist besaßen, vermengten sie das Gehörte mühelos mit ihren eigenen Erinnerungen; manchmal verdrängte es ihre eigenen Erinnerungen. Woher wollten sie, Kinder, besser wissen als die Erwachsenen, was sie erlebt hatten?

Mrs. Thornton war eine empfindsame Frau, im Wesentlichen aber Christin. Johns Tod versetzte ihr einen Schlag, von dem sie sich nie mehr erholte. Trotzdem lehrte sie die Kinder, Gott in ihren Gebeten für Johns glorreiches Ende zu danken, das ihnen stets als Beispiel dienen sollte; und dann lehrte sie sie, Gott darum zu bitten, den Piraten ihre Grausamkeiten zu verzeihen. Sie erklärte ihnen, das Gott dies erst tun könne, wenn sie auf Erden ihre verdiente Strafe erhalten hätten. Die Einzige, die das alles überhaupt nicht begriff, war Laura – sie war schließlich noch sehr jung. Sie gebrauchte dieselben Worte wie die anderen, schaffte es aber trotzdem, sich vorzustellen, sie würde *zu den*, nicht *für die* Piraten beten; so kam es allmählich dahin, dass sie immer, wenn von Gott die Rede war, Captain Jonsens Gesicht vor sich sah.

Wieder versank ein Abschnitt ihres Lebens in der Vergangenheit und kristallisierte zu einem Mythos.

Emily war schon zu alt, um noch laut zu beten, darum konnte keiner wissen, ob sie mit denselben Worten für die Piraten betete oder nicht. Eigentlich wusste niemand, was in Emily damals überhaupt vorging.

IV

Eines Tages holte eine Droschke die ganze Familie ab, und sie fuhren nach London. Die Droschke brachte sie direkt zum Temple, und dann mussten sie durch gewundene Korridore und ein paar Treppen hinauf.

Es war ein strahlender Frühlingstag, und der große Raum, in den man sie führte, zeigte nach Süden. Die hohen Fenster waren mit schweren Vorhängen drapiert. Nach den düsteren Treppenfluchten wirkte das Zimmer sonnig und warm. Im Kamin prasselte ein mächtiges Feuer, die wuchtigen Möbel waren bequem, und im dicken Teppich versank man buchstäblich.

Bei ihrem Eintritt stand ein junger Mann am Kamin. Er war förmlich gekleidet, beinahe prächtig, und er sah so gut aus wie ein Prinz. Er begrüßte alle mit einem Lächeln, ging auf sie zu und sprach mit ihnen wie ein alter Freund. Sogar die misstrauischen Kleinen akzeptierten ihn bald. Er bot ihren Eltern Kuchen und Wein an und bestand dann netterweise darauf, dass die Kinder auch einmal nippen durften und gleichfalls ein Stück Kuchen bekamen. Der Geschmack des Weins erinnerte sie an jene stürmische Nacht auf Jamaika. Seitdem hatten sie keinen mehr zu trinken bekommen.

Schon bald trafen weitere Personen ein. Es waren Margaret und Harry mit einer kleinen, gelbgesichtigen, fanatisch wirkenden Tante. Die Kinder hatten sich lange nicht gesehen, darum begrüßten sie einander nur flüchtig. Mr. Mathias, ihr Gastgeber, behandelte die Neuankömmlinge mit derselben Freundlichkeit.

Man gab sich allergrößte Mühe, das Zusammentreffen zufällig erscheinen zu lassen; aber die Kinder wussten mehr oder weniger, dass das nicht stimmte und dass bald etwas passieren würde. Sie selber konnten aber auch Theater spielen. Rachel kletterte auf Mr. Mathias' Knie. Alle versammelten sich am Kamin, Emily saß bolzengerade auf einem Schemel, Edward und Laura thronten nebeneinander in einem geräumigen Sessel.

Mitten in der allgemeinen Unterhaltung entstand eine Pause, und Mr. Thornton wandte sich an Emily und sagte: »Erzähl Mr. Mathias doch mal von deinen Abenteuern.«

»O ja!« sagte Mr. Mathias, »erzähl mir davon. Also, du bist …«

»Emily«, flüsterte Mr. Thornton.

»Alter?«

»Zehn.«

Mr. Mathias nahm einen unbeschriebenen Bogen Papier und griff zur Feder.

»Welche Abenteuer?« sagte Emily klar und deutlich.

»Na«, sagte Mr. Mathias, »ihr seid doch auf einem Segelschiff nach England losgefahren, oder? Mit der *Clorinda*?«

»Ja. Das war eine Bark.«

»Und dann?«

Emily zögerte mit ihrer Antwort.

»Da war ein Affe«, sagte sie abwartend.

»Ein Affe?«

»Und eine Menge Schildkröten«, warf Rachel ein.

»Jetzt erzähl ihm schon von den Piraten«, soufflierte Mrs. Thornton. Mr. Mathias runzelte unwillig die Stirn. »Bitte, sie soll es mit ihren eigenen Worten sagen.«

»Ach ja«, sagte Emily lustlos, »wir wurden von Piraten gekapert.«

Bei diesem Wort setzten sich Edward und Rachel stocksteif hin.

»Sie waren doch auch dabei, Miss Fernandez?« fragte Mr. Mathias.

Miss Fernandez! Alle schauten sich fragend um. Wen mochte er gemeint haben? Er blickte Margaret an.

»Ich?« sagte sie plötzlich, als wäre sie eben erst aufgewacht.

»Ja, du! Mach schon!«, sagte ihre Tante.

»Sag *Ja*«, soufflierte Edward. »Du warst doch mit uns zusammen, oder?«

»Ja«, sagte Margaret lächelnd.

»Das hättest du auch gleich sagen können«, hackte Edward auf ihr herum.

Mr. Mathias nahm die merkwürdige Art, wie die Älteste behandelt wurde, schweigend zur Kenntnis; und Mrs. Thornton ermahnte Edward, nicht in diesem Ton zu reden.

»Erzählen Sie uns bitte alles, was Sie von der Kaperung noch wissen«, wandte er sich erneut an Margaret.

»Von was?«

»Wie die Piraten die *Clorinda* gekapert haben.«

Sie sah sich nervös um und lachte, sagte aber nichts.

»Der Affe war in der Takelage, darum sind sie ganz einfach an Bord gekommen«, sprang Rachel ein.

»Haben die Piraten – äh – mit den Matrosen gekämpft? Haben Sie gesehen, wie jemand geschlagen wurde? Oder bedroht?«

»Ja!« rief Edward und sprang mit weit aufgerissenen Augen begeistert hoch. »*Rumms*! *Bumms*! *Zack*!« verkündete er und schlug bei jedem Wort auf den Sessel, dann setzte er sich wieder hin.

»Sie haben nichts getan«, sagte Emily. »Sei nicht albern, Edward.«

»Rumms-Bumms-Zack«, wiederholte er, schon weniger überzeugt.

»*Peng*!« sekundierte ihm Harry unter dem Arm seiner fanatischen Tante hervor.

»Bimbam, bimbam«, leierte Laura, die plötzlich munter wurde und ihren eigenen Zapfenstreich intonierte.

»Ruhe!« brüllte Mr. Thornton. »Hat einer von euch gesehen, wie sie jemand geschlagen haben, ja oder nein?«

»Sie haben ihnen die Köpfe abgeschlagen!« rief Edward. »Und ins Meer geworfen! – Ganz, ganz weit …«, er bekam einen verträumten, traurigen Blick.

»Sie haben niemand geschlagen«, sagte Emily. »Wen hätten sie denn schlagen sollen, es war ja keiner da.«

»Wo waren denn die Matrosen?« fragte Mr. Mathias.

»In der Takelage«, sagte Emily.

»Verstehe«, sagte Mr. Mathias. »Äh – habt ihr nicht gesagt, der Affe war in der Takelage?«

»Er hat sich das Genick gebrochen«, sagte Rachel. Sie zog angeekelt die Nase kraus: »Er war betrunken.«

»Sein Schwanz war zerfressen«, erklärte Harry.

»Also«, sagte Mr. Mathias, »als sie dann an Bord waren, was haben sie da getan?«

Allgemeines Schweigen.

»Na los! Was haben sie getan? – Was haben sie getan, Miss Fernandez?«

»Ich weiß es nicht.«

»Emily?«

»*Ich* weiß es auch nicht.«

Er lehnte sich verzweifelt in seinem Stuhl zurück. »Aber ihr habt sie doch gesehen!«

»Nein, das haben wir nicht«, sagte Emily, »wir sind ins Deckshaus gegangen.«

»Und seid dort geblieben?«

»Wir konnten die Tür nicht öffnen.«

»*Peng-peng-peng*!« ratterte Laura plötzlich los.

»Und dann? Als sie euch herausgelassen haben?«

»Wurden wir auf den Schoner gebracht.«

»Hattet ihr Angst?«

»Wovor?«

»Na, vor ihnen.«

»Wen meinen Sie?«

»Die Piraten.«

»Warum sollten wir Angst vor ihnen haben?«

»Sie haben euch keine Angst gemacht?«

»*Angst*?«

»Mensch! José hat furchtbar gerülpst!« warf Edward fröhlich ein und wollte schon das Geräusch imitieren. Mrs. Thornton wies ihn zurecht.

»Also«, sagte Mr. Mathias ernst, »jetzt will ich noch etwas von dir wissen, Emily. Als ihr bei den Piraten wart, haben sie da mal etwas getan, was euch nicht gefallen hat? Du weißt, was ich meine, etwas *Widerliches*?«

»Ja!« rief Rachel, und alle Blicke richteten sich auf sie. »Er hat einmal Unterhosen erwähnt«, sagte sie ganz schockiert.

»Was genau hat er gesagt?«

»Er hat uns verboten, auf unseren Unterhosen das Deck runterzuschliddern«, erklärte Emily unbehaglich.

»Weiter nichts?«

»Er hätte nicht von Unterhosen reden sollen«, sagte Rachel.

»Dann darfst du es aber schon lange nicht«, rief Edward. »Besserwisserin!«

»Miss Fernandez«, begann der Anwalt zaghaft, »haben Sie dem noch etwas hinzuzufügen?«

»Wozu?«

»Nun … dem, worüber wir eben sprachen.«

Sie sah von einem zum anderen, sagte aber nichts.

»Ich will gar keine Einzelheiten von Ihnen wissen«, sagte er sanft, »aber haben die Piraten Ihnen gegenüber – gewisse Vorschläge gemacht?«

Emily fixierte mit funkelnden Augen Margaret, die ihren Blick auffing.

»Es ist sinnlos, Margaret zu vernehmen«, sagte die Tante verdrießlich. »Es dürfte Ihnen auch so absolut klar sein, was passiert ist.«

»Ich muss leider darauf zurückkommen«, sagte Mr. Mathias. »Ein andermal, vielleicht.«

Mrs. Thornton hatte schon geraume Zeit versucht, ihm durch Stirnrunzeln und geschürzte Lippen Einhalt zu gebieten.

»Ein andermal wäre viel besser«, sagte sie; und Mr. Mathias richtete die Vernehmung wieder auf die Kaperung der *Clorinda*.

Sie schienen aber merkwürdig wenig auf das geachtet zu haben, was damals um sie herum passiert war, stellte er fest.

V

Als alle anderen gegangen waren, bot Mathias Thornton, den er sympathisch fand, eine Zigarre an, und beide Herren saßen eine Weile am Kamin.

»Und«, sagte Thornton, »ist die Zusammenkunft Ihren Erwartungen gemäß verlaufen?«

»So ziemlich.«

»Mir fiel auf, dass Sie sie hauptsächlich nach der *Clorinda* gefragt haben. In dieser Hinsicht liegen Ihnen aber doch bestimmt schon alle nötigen Informationen vor?«

»Natürlich. Ich konnte anhand von Marpoles detaillierter und beeidigter Erklärung jede ihrer Aussagen genau überprüfen. Ich wollte mich nur über ihre Zuverlässigkeit vergewissern.«

»Und was haben Sie herausgefunden?«

»Was ich schon immer gewusst habe. Dass ich lieber dem Teufel persönlich Informationen entlocken würde als einem Kind.«

»Um welche Informationen genau geht es Ihnen?«

»Um alle. Die ganze Geschichte.«

»Die kennen Sie.«

Mathias sagte mit einem Anflug von Ärger:

»Ist Ihnen klar, Thornton, dass es ohne kräftige Mithilfe der Kinder vielleicht nicht einmal zu einer Verurteilung kommt?«

»Wo liegt die Schwierigkeit?« fragte Thornton in sonderbar verhaltenem Ton.

»Wir könnten natürlich eine Verurteilung wegen Piraterie erreichen. Aber seit 1837 endet deswegen keiner mehr am Strang, außer es war Mord im Spiel.«

»Und der Tod eines kleinen Jungen zählt wohl nicht als Mord?«, fragte Thornton ebenso kalt wie zuvor.

Mathias musterte ihn neugierig.

»Wir können nur vermuten, was geschehen ist«, sagte er. »Der Junge wurde unzweifelhaft auf den Schoner gebracht und ist jetzt unauffindbar. Doch genau genommen haben wir keinen Beweis, dass er tot ist.«

»Er könnte natürlich durch den Golf von Mexiko geschwommen und in New Orleans an Land gegangen sein.«

Als Thornton seinen Satz beendet hatte, zerbrach seine Zigarre in zwei Teile.

»Ich bin mir bewusst, dass …« begann Mathias in dem für seine Profession typischen, beschwichtigenden Tonfall, war jedoch klug genug, den begonnenen Satz unvollendet zu lassen. »Für uns persönlich gibt es leider keinen Zweifel, dass der Junge tot ist; aber es bestehen juristische Zweifel, und solange juristische Zweifel bestehen, können Geschworene einen Schuldspruch durchaus verweigern.«

»Es sei denn, sie ließen sich einmal durch einen Anfall von gesundem Menschenverstand dazu hinreißen.«

Mathias wartete, bevor er fragte:

»Und die Kinder haben bisher noch keinerlei Andeutungen gemacht, was genau mit ihm passiert ist?«

»Keine einzige.«

»Die Mutter hat sie befragt?«

»Erschöpfend.«

»Trotzdem, sie müssen es wissen.«

»Jammerschade«, sagte Thornton bedächtig, »dass die Piraten die Geschwister nicht dazugebeten haben, als sie beschlossen, das Kind zu töten.«

Mathias ließ Nachsicht walten. Er veränderte nur seine Sitzposition und räusperte sich.

»Solange wir keine unbestreitbaren Beweise für einen Mord, sei es an Ihrem Jungen oder an dem holländischen Captain, vorlegen können, besteht leider die sehr reale Gefahr, dass diese Männer mit dem Leben davonkommen; sie würden allerdings deportiert. – Das alles ist in höchstem Maße unbefriedigend, Thornton«, fuhr er vertraulich fort. »Wir Anwälte arbeiten ungern auf eine Verurteilung ausschließlich wegen Piraterie hin. Das ist zu schwammig. Unsere bedeutendsten Juristen haben sich bis heute auf keine befriedigende Definition für den Begriff der Piraterie einigen können. Inzwischen bezweifle ich, ob sie das jemals schaffen werden. Die eine Richtung behauptet, hierunter falle jedes auf hoher See begangene Schwerverbrechen. Das bringt aber wenig, außer dass sich dadurch ein eigener Begriff erübrigt. Außerdem teilt die andere Richtung diese Auffassung keinesfalls.«

»Zumindest dem Laien erschiene es sonderbar, einen in der Kajüte verübten Selbstmord oder ein Vergehen an der Tochter des Captains als Akt der Piraterie zu bezeichnen!«

»Sie sehen die Schwierigkeiten. Aus diesem Grund erheben wir den Vorwurf der Piraterie immer nur, um einer schwerwiegenderen Anklage zusätzliches Gewicht zu verleihen. Captain Kidd, zum Beispiel, wurde streng genommen nicht wegen Piraterie gehängt. Der erste Punkt in der Anklageschrift, der zu seiner Verurteilung führte, legt dar, dass er seinem eigenen Kanonier in verbrecherischer Absicht und vorsätzlich mit einem Holzkübel, im Wert von acht Pence, einen Schlag auf den Kopf versetzt hat. Das ist eine handfeste Sache. So etwas Handfestes brauchen *wir* auch. Wir haben es nicht. Nehmen Sie den zweiten Fall, die Kaperung des holländischen Dampfers. Dort bietet sich uns dieselbe Schwierigkeit. Ein Mann wird an Bord des Schoners gebracht, er verschwindet. Was ist geschehen? Wir können nur Vermutungen anstellen.«

»Gibt es denn nicht die Möglichkeit, als Kronzeuge auszusagen?«

»Noch so ein in höchstem Maße unbefriedigender Rechtsweg, den ich nicht einschlagen möchte. Nein, die natürlichen und richtigen Zeugen sind die Kinder. Es besitzt durchaus seinen Reiz, sie, die so viel unter diesen Männern gelitten haben, jetzt zu Werkzeugen der Gerechtigkeit zu schmieden.«

Mathias schwieg und sah Thornton prüfend an.

»Auch über den Tod von Captain Vandervoort haben Sie in all den Wochen nicht das Geringste von ihnen herausbekommen können?«

»Nichts.«

»Haben Sie denn den Eindruck, sie wissen wirklich nichts, oder sie wurden so sehr eingeschüchtert, dass sie etwas verschweigen?«

Thornton seufzte leise, fast erleichtert.

»Nein«, sagte er, »ich glaube nicht, dass man sie eingeschüchtert hat. Ich glaube aber, dass sie vielleicht etwas wissen, das sie nicht sagen wollen.«

»Aber wieso?«

»Weil sie in der Zeit auf dem Schoner sowohl diesen Jonsen als auch seinen Stellvertreter Otto ziemlich ins Herz geschlossen haben.«

Mathias reagierte ungläubig.

»Wie können sich Kinder bloß so sehr im Charakter eines Menschen täuschen?«

Thorntons spöttische Miene wurde fast diabolisch.

»Einer solchen Täuschung«, sagte er, »können durchaus auch Kinder erliegen.«

»Aber diese … diese Zuneigung scheint mir absolut unwahrscheinlich.«

»Ist aber eine Tatsache.«

Mathias zuckte die Achseln. Ein Anwalt für Strafsachen beschäftigt sich schließlich nicht mit Tatsachen. Er beschäftigt sich mit Wahrscheinlichkeiten. Der Romancier beschäftigt sich mit Tatsachen, seine Aufgabe ist es, zu sagen, was ein bestimmter Mensch in einer bestimmten Situation getan hat; von einem Anwalt kann man nicht erwarten, dass er mehr aufzeigt als die wahrscheinliche

Handlungsweise eines gewöhnlichen Menschen unter mutmaßlichen Umständen.

Als Mathias diese paradoxen Überlegungen anstellte, lächelte er etwas verbissen. Was ihm da durch den Kopf ging, durfte er nie und nimmer laut sagen.

»Wenn sie irgendetwas wissen, dann werde ich schon dahinterkommen«, mehr sagte er nicht.

»Wollen Sie sie etwa im Zeugenstand vernehmen?« fragte Thornton plötzlich.

»Alle bestimmt nicht. Gott behüte! Aber einen Zeugen werden wir schon aufbieten müssen, leider.«

»Wen?«

»Also, zuerst haben wir an die kleine Fernandez gedacht. Aber sie wirkt … unzulänglich?«

»Genau.« Dann fügte Thornton noch hinzu: »Als sie Jamaika verlassen hat, da war sie noch völlig normal. – Das heißt, ein bisschen verrückt war sie eigentlich schon immer.«

»Nach Ansicht ihrer Tante hat sie wohl die Erinnerung verloren, einen großen Teil zumindest. Nein, wenn ich sie vorlade, dann nur, um ihre Verfassung zu dokumentieren.«

»Also?«

»Ich glaube, ich werde Ihre Emily vorladen.«

Thornton erhob sich.

»Tja«, sagte er, »das müssen Sie dann selber mit ihr besprechen, was sie sagen soll. Schreiben Sie es auf, und lassen Sie sie es auswendig lernen.«

»Aber sicher«, sagte Mathias und betrachtete seine Fingernägel. »Es ist nicht meine Gewohnheit, unvorbereitet bei Gericht zu erscheinen. – Ein Kind im Zeugenstand ist Strafe genug«, fuhr er fort.

Thornton verharrte an der Tür.

»Es ist nie Verlass auf sie. Sie sagen das, was man ihrer Vermutung nach hören will. Und dann sagen sie auch das, was der Anwalt der Gegenpartei vermutlich hören will – wenn ihnen seine Nase gefällt.«

Thornton gestikulierte – eine Gewohnheit, die er im Ausland angenommen hatte.

»Ich denke, ich werde mit ihr am Donnerstagnachmittag in Madame Tussauds Wachsfigurenkabinett gehen und mein Glück versuchen«, schloss Mathias, und die beiden verabschiedeten sich.

VI

Das Wachsfigurenkabinett machte Emily Spaß; obwohl sie nicht wusste, dass man dort bereits eine Wachsfigur von Captain Jonsen – mit finsterem, blutbesudeltem Gesicht und einem Messer in der Hand – in Erwägung zog. Sie verstand sich gut mit Mr. Mathias. Sie fühlte sich richtig erwachsen, jetzt wo sie endlich einmal ausgehen durfte, ohne dass ihr die Kleinen ewig hinterhertrotteten. Anschließend besuchte er mit ihr eine Teestube in der Baker Street, wo sie ihm dann auch seinen Tee einzuschenken sollte; aber da wurde sie plötzlich schüchtern, und zuletzt musste er sich selber bedienen.

Mr. Mathias betrieb, ebenso wie Miss Dawson, einen erheblichen Aufwand an Zeit und Energie, um die Zuneigung des Kindes zu gewinnen. Es gelang ihm immerhin so gut, dass sie von seinen prompten Fragen über den Tod von Captain Vandervoort tatsächlich überrumpelt wurde. Die gewollte Beiläufigkeit, mit der er sie stellte, konnte sie keinen Moment lang täuschen. Er erfuhr nichts; aber kaum hatte er sie zu Hause abgeliefert und war mit seiner Kutsche abgefahren, da übergab sie sich heftig. Wahrscheinlich hatte sie zu viele Eclairs gegessen. Als Emily dann später in der fatalistischen Stimmung, die einem Erbrechen immer unmittelbar folgt, im Bett lag, hatte sie viel Stoff zum Nachdenken und auch Gelegenheit, es ganz emotionslos zu tun.

Ihr Vater verbrachte diesen Abend ausnahmsweise zu Hause und stand jetzt unsichtbar in den Schatten ihres Zimmers und beobachtete sie. Seine lebhafte Phantasie malte ihm den kleinen Fratz als Bühne einer großen Tragödie; und während sein Herz grenzenloses Mitleid mit dem Spross seiner Lenden empfand, begeisterte sich sein Verstand an der herrlichen, der subtilen Kombination widerstreitender Kräfte, die er in die Situation hineininterpretierte. Er glich einem ohnmächtigen, gebannten Zuschauer, der schier unerträgliches Mitleid verspürt, das Schauspiel aber unter gar keinen Umständen versäumen will.

Aber während er so dastand und sie beobachtete, vermittelte ihm sein feinfühliger Blick eine Empfindung, die weder Mitleid noch Begeisterung war: Er merkte mit einem jähen, schmerzhaften Schock, dass er sich vor ihr fürchtete!

Doch es lag gewiss nur am Flackerschein der Kerze und ihrem Unwohlsein, dass ihr Gesicht für einen kurzen Moment diesen unmenschlichen, starren Basiliskenblick zeigte.

Als er auf Zehenspitzen aus dem Zimmer schlich, stöhnte sie plötzlich auf und begann, halb aus dem Bett gebeugt, wieder erfolglos und gequält zu würgen. Thornton überredete sie, aus dem Becher einen Schluck Wasser zu trinken, und hielt dann ihre heißen, feuchten Schläfen in seinen Händen, bis sie schließlich erschöpft und völlig passiv ins Bett zurücksank und in den Schlaf glitt.

Mr. Mathias holte sie danach noch ein paar Mal zu Ausflügen ab oder besuchte und befragte sie einfach zu Hause. Er erfuhr immer noch nichts.

Was ging jetzt in ihr vor? Ich kann Emilys innerste Gedanken nicht mehr lesen oder erahnen. Künftig müssen wir uns mit Vermutungen begnügen.

Mathias musste sich wohl oder über geschlagen geben und dann eine plausible Erklärung für seine Niederlage finden. Er glaubte jetzt nicht mehr, dass sie irgendetwas verheimlichte; hätte es nämlich etwas zu verheimlichen gegeben, dann, so seine Überzeugung, wäre sie dazu gar nicht fähig gewesen.

Aber selbst wenn sie ihm keine Informationen liefern konnte, blieb sie doch eine eminent wertvolle Zeugin. Darum griff er Thorntons Anregung auf und ließ seinen Sekretär in Schönschrift eine Art verkürzten Katechismus kopieren, den Emily auswendig lernen sollte.

Zu Hause zeigte sie ihn ihrer Mutter, die Mr. Mathis in puncto Auswendiglernen völlig recht gab. Also klemmte Emily den Katalog an ihren Spiegel und lernte jeden Morgen die Antworten auf zwei neue Fragen. Ihre Mutter hörte sie ab und piesackte sie ständig, weil sie die auswendig gelernten Antworten mechanisch herunterleierte. Aber wie, fragte sich Emily, soll man denn etwas Auswendiggelerntes ungezwungen und natürlich wiedergeben?

Das ist unmöglich. Und schon lange vor dem Termin konnte Emily diesen Katechismus in- und auswendig, vorwärts und rückwärts.

Wieder fuhren sie in die Stadt, doch diesmal zum Haupt-Kriminalgericht. Eine riesige Menschenmenge drängte sich davor, und Emily wurde mit höchster Eile ins Innere geschafft. Das Gebäude war eindrucksvoll und wimmelte von Polizisten, und je länger sie in dem kleinen Zimmer warten musste, das man ihnen angewiesen hatte, desto nervöser wurde Emily. Würde sie ihren Text parat haben, oder würde sie ins Stocken geraten? Ab und zu hallten Stimmen durch die Korridore, und einzelne Personen wurden aufgerufen. Ihre Mutter leistete ihr die ganze Zeit Gesellschaft, aber ihr Vater schaute nur gelegentlich vorbei, um ihrer Mutter die neuesten Entwicklungen zuzuflüstern. Emily hatte ihren Katechismus dabei und studierte ihn unentwegt.

Endlich kam ein Polizist und brachte sie in den Gerichtssaal.

Ein Kriminalgericht ist ein ganz merkwürdiger Ort. Es ist Stätte eines Rituals, nicht weniger kunstvoll als ein religiöser Ritus, entbehrt aber aller Imposanz und symbolträchtigen Architektur. Ein Richter in seiner Robe wirkt wie ein katholischer Bischof, der die Messe in einer städtischen Badeanstalt zelebriert. Nichts gemahnt einen daran, was hier real präsent ist: die Gegenwart des Todes.

Als Emily, vorbei an den vielen Männern in schwarzen Talaren und mit Federkielen in der Hand, den Gerichtssaal betrat, sah sie zuerst weder den Richter noch die Geschworenen noch die Angeklagten. Ihr Blick fiel auf den

Gerichtsschreiber, der unterhalb der Richterbank saß. Er hatte ein altes und sehr schönes Gesicht, gebildet, überirdisch abgeklärt. Sein Kopf war nach hinten gesunken, der Mund stand leicht offen, die Augen waren geschlossen, er schlummerte sanft.

Dieses Gesicht prägte sich Emily ein, als man sie zur Zeugenbank führte. Sie wurde eingeschworen und bei den vertrauten Worten (die Eidesformel hatte sie ebenfalls auswendig gelernt) verschwand ihre Nervosität, und absolut selbstbewusst beantwortete sie mit lauter Stimme die bekannten Fragen, die ihr der kostümierte Mr. Mathias stellte. Aber solange er sprach, fixierte sie das Geländer vor sich, um nicht den Faden zu verlieren. Schließlich nahm Mr. Mathias wieder Platz, und Emily schaute sich zum ersten Mal richtig um. Hoch über dem schlafenden Mann saß ein anderer mit noch vergeistigteren Zügen, aber dieser Mann war hellwach. Als er jetzt kurz das Wort an sie richtete, glaubte sie, nie eine gütigere Stimme vernommen zu haben. In seiner seltsamen Verkleidung und mit dem hübschen Sträußchen, das er in den Händen drehte, glich er einem gütigen alten Zauberer, der mit seiner Magie nur Gutes wirkte.

An einem Tisch unter ihr saßen noch mehr Männer mit Perücken. Einer zeichnete mit todernster Miene komische Gesichter. Zwei andere flüsterten.

Jetzt erhob sich ein anderer Mann. Er war kleiner als Mr. Mathias und auch älter, und er sah überhaupt nicht gut oder wenigstens interessant aus. Nun nahm er sie ins Verhör.

Watkin, der Verteidiger, war nicht auf den Kopf gefallen. Ihm war nicht entgangen, dass keine von Mathias' Fragen dem Tod von Captain Vandervoort gegolten hatte; und das bedeutete, entweder das Kind wusste nichts darüber – an sich schon eine wertvolle Lücke in der Beweisführung – oder was es darüber wusste, sprach für seine Mandanten. Bislang hatte er beabsichtigt, die naheliegende Strategie zu verfolgen – sie über ihre bisherigen Aussagen zu vernehmen, vielleicht einzuschüchtern, auf jeden Fall zu verwirren und in Widersprüche zu verstricken. Aber diese Strategie war zu durchsichtig, selbst für eine Geschworenenjury. Ebenso bestand keinerlei Aussicht, irgendwie einen glatten Freispruch zu erreichen; dass beste, worauf sich spekulieren ließ, war der Verzicht auf eine Anklage wegen Mordes.

In einem plötzlichen Entschluss warf er seine Taktik komplett über den Haufen. Auch er sprach mit freundlicher Stimme (obwohl ihr notgedrungen das volle gütige Timbre des Richters fehlte). Er unterließ jeden Versuch, Emily zu verwirren. Durch seine Anteilnahme an ihrem Schicksal hoffte er, die Sympathien des Gerichtshofes zu gewinnen.

Seine ersten Fragen war ganz allgemeiner Natur, und er fuhr so lange damit fort, bis Emily ganz selbstbewusst antwortete.

»Nun, kleines Fräulein«, sagte er schließlich. »Eine einzige Frage habe ich jetzt noch, und ich bitte dich, mir laut und deutlich zu antworten, damit wir es alle hören können. Es war von dem holländischen Dampfer die Rede, der die Tiere an Bord hatte. Man hat etwas ganz Grässliches behauptet. Ein Mann, nämlich der Captain des Dampfers, soll von seinem Schiff an Bord des Schoners geschafft und dort umgebracht worden sein. Und jetzt möchte ich Folgendes von dir wissen: Hast du irgendetwas davon gesehen?«

Diejenigen Anwesenden, die die selbstbeherrschte Emily gerade beobachteten, sahen jetzt, wie sie kreidebleich wurde und zitterte. Plötzlich schrie sie gellend auf, eine Sekunde später begann sie zu schluchzen. Alle verharrten in eisiger Stille, jedem pochte das Herz in der Kehle. Durch Emilys Tränen hörten sie, alle hörten sie es, die Worte: »... Er lag in seinem Blut ... es war so schrecklich! Er ... er ist gestorben, er hat noch etwas gesagt ... und dann ist er *gestorben*!«

Den Rest konnte man nicht verstehen. Watkin sackte wie vom Blitz getroffen auf seinen Platz. Die Wirkung auf das Gericht hätte nicht durchschlagender sein können. Mathias hingegen verriet nicht die mindeste Überraschung; er glich mehr einem Mann, der eine Grube ausgehoben hat, in die sein Gegner gestürzt ist.

Der Richter beugte sich vor, um Emily eine Frage zu stellen, doch sie schluchzte und schrie nur. Er wollte sie beruhigen, aber inzwischen war sie schon viel zu hysterisch. Für den vorliegenden Fall jedoch reichte ihre Aussage bereits, und ihr Vater durfte nach vorn kommen und sie von der erhöhten Zeugenbank heben.

Als er mit ihr die Stufen hinunterging, sah sie zum ersten Mal Jonsen und seine Mannschaft, die zusammengepfercht in einer Art Verschlag kauerten. Aber sie waren viel magerer als bei ihrem letzten Zusammensein. Der entsetzliche Ausdruck auf Jonsens Gesicht, als sich ihre Blicke kreuzten, woran erinnerte er sie nur?

Ihr Vater brachte sie so schnell wie möglich nach Hause. Sobald sie in der Droschke saß, gewann sie ihre Fassung erstaunlich schnell zurück. Sie sprach von dem gerade Erlebten, als wäre es nichts weiter als ein geselliges Beisammensein: Sie erzählte von dem schlafenden Herrn und dem, der die komischen Gesichter gezeichnet hatte, von dem Mann mit dem Blumensträußchen, und dann wollte sie wissen, ob sie auch alles richtig gemacht hatte?

»Der Captain war da«, sagte sie. »Hast du ihn gesehen?«

»Worum ging es eigentlich?« fragte sie nach kurzem. »Wozu musste ich die ganzen Fragen denn auswendig lernen?«

Mr. Thornton bemühte sich nicht, ihr zu antworten; er schrak sogar körperlich davor zurück, sein Kind Emily zu berühren. Ihm schwindelte angesichts der vielen Möglichkeiten. Konnte sie wirklich so blöd sein, daß sie nicht wusste, worum es gegangen war? Wusste sie möglicherweise gar nicht, was sie getan hatte? Er warf einen verstohlenen Blick auf ihr unschuldiges Gesichtchen, auf dem sich jetzt schon keine Tränenspuren mehr fanden. Er wusste nicht, was er denken sollte.

Als hätte sie seine Gedanken gelesen, glitt ein kleiner Schatten über ihre Miene.

»Was werden sie jetzt mit dem Captain machen?« fragte sie, und ein Anflug von Angst schwang in ihrer Stimme.

Er antwortete ihr immer noch nicht.

Das Gesicht des Captains, so wie Emily es zuletzt erblickt hatte und wie sie es im Geist jetzt vor sich sah ... woran versuchte sie sich bloß zu erinnern?

Plötzlich brach es aus ihr heraus:

»Vater, *was* ist eigentlich mit Tabby passiert damals in dieser schrecklichen stürmischen Nacht auf Jamaika?«

VII

Eine einmal eröffnete Gerichtsverhandlung ist rasch wieder vorbei. Der Richter hatte die Gefangenen im Handumdrehen zum Tode verurteilt und verhandelte mit derselben konzentrierten, gütigen und persönlichen Aufmerksamkeit schon den nächsten Fall.

Später wurden ein paar Mitglieder der Mannschaft noch begnadigt und deportiert.

In der Nacht vor der Hinrichtung gelang es Jonsen, sich die Kehle durchzuschneiden, aber man fand ihn noch rechtzeitig und konnte ihn verbinden. Bei Tagesanbruch war er bewusstlos und musste auf einem Stuhl zum Galgen getragen und schließlich auch auf dem Stuhl gehenkt werden. Einmal beugte sich Otto über ihn und küsste ihn auf die Stirn, aber davon bekam er nichts mit.

Dem Bericht der *Times* zufolge spielte jedoch der Negerkoch eine herausragende Rolle. Er zeigte keine Angst vor dem Tod und versuchte den anderen Trost zu spenden.

»Wir sind alle hier, um zu sterben«, sagte er. »*Der*« (er zeigte auf den Galgen) »steht nicht umsonst da. Unser Leben endet unwiderruflich hier. Uns rettet jetzt nichts. Aber in ein paar Jahren würden wir sowieso sterben. In ein paar Jahren wird auch der Richter, der uns verurteilt hat, tot sein, alle Menschen, die jetzt leben, werden tot sein. *Ihr* wisst, dass ich unschuldig sterbe; was ich getan habe, habe ich getan, weil ihr Übrigen mich dazu gezwungen habt. Aber ich bedauere es nicht. Lieber sterbe ich jetzt unschuldig als in ein paar Jahren vielleicht mit einer großen Sünde auf dem Gewissen.«

VIII

Wenige Tage später begann das Schuljahr, und Mr. und Mrs. Thornton brachten Emily zu ihrer neuen Schule in Blackheath. Während sie mit der Direktorin Tee tranken, wurde Emily ihren neuen Kameradinnen vorgestellt.

»Armes Ding«, sagte die Direktorin, »hoffentlich kann sie die schrecklichen Dinge, die sie durchgemacht hat, bald vergessen. Ich glaube, unsere Mädchen hier werden sie ganz besonders ins Herz schließen.«

In einem anderen Zimmer freundeten sich Emily und die anderen neuen Mädchen mit den älteren Schülerinnen an. Wenn man auf dies freundliche, glückliche Gewimmel glatter, unschuldiger Gesichter und weicher, anmutiger Glieder blickte und dem unablässigen, arglosen Geplapper lauschte, wäre es vielleicht Gott gelungen, in dieser Schar Emily ausfindig zu machen – aber mir bestimmt nicht.

ENDE

Große Abenteuer bei Fischer Klassik

Herman Melville
Moby-Dick
Aus dem Amerikanischen
von Friedhelm Rathjen
Band 90195

Jules Verne
20000 Meilen unter den Meeren
Aus dem Französischen
von Martin Schoske
Band 90070

Robert Louis Stevenson
Die Schatzinsel
Aus dem Englischen
von Heinrich Conrad
Band 90215

Patrick Hutsch (Hrsg.)
Weltreisende und Entdecker
Ein Lesebuch
Band 90339

Charles Dickens
David Copperfield
Aus dem Englischen
von Gustav Meyrink
Band 90009

Mark Twain
Die Abenteuer von Tom Sawyer
Aus dem Amerikanischen
von Peter Torberg
Band 90037

Daniel Defoe
Das Leben und die seltsamen Abenteuer des Robinson Crusoe
Aus dem Englischen
von Martin Schoske
Band 90052

German Neundorfer (Hrsg.)
Die schönsten Abenteuergeschichten
Band 90348

fi 666 079 / 1

fi 666 080 / 1